MICHAEL WALLNER

Die Frau des Gouverneurs

Michael Wallner

Die Frau des Gouverneurs

Roman

Luchterhand

Erster Teil

I

Als Christian das vertraute Rascheln hört, erhebt er sich langsam, leise und sieht hinaus auf die Veranda. Da ist es wieder, das merkwürdige Tier. Von der zitternden Nase bis zum schlanken Schwanz vielleicht 20 Zentimeter lang, eher weniger. Zu klein für einen Almiqui, den kubanischen Schlitzrüssler, zu haarig für eine Spitzmaus. Was treibt das lichtscheue Tier in der Mittagshitze heraus? Die Veranda liegt im Schatten, wittert es im Innern der Bohlen Larven und Käfer? Der Rüssler hebt den Kopf, aus winzigen Augen schaut er Christian an. Was sieht er? Einen schweißglänzenden schlanken Oberkörper, die Haut eine Mischung aus sonnengebräunt und entzündlich rot, weißblondes Haar, unüblich für die Weltgegend, zwei graugrüne Augen mit orangeroten Elementen. Es drängt Christian zu blinzeln. Regungslos, wie er da steht, beginnen seine Beine bald zu zittern, die Fußballen wollen das Körpergewicht nicht länger tragen.

Gerade als der Rüssler die Erscheinung als ungefährlich einstuft und weiterschnüffelt, berührt Christians Hüfte den Drehstuhl. Maserungsfreies dunkles Holz, *Algarrobo*, robuster als die von Jahresringen geprägten Holzstühle daheim. Es knackt. Sofort flieht das Tier zu den Verandastufen, erkennt offenes Gelände und Schutzlosigkeit, macht kehrt, schlüpft zwischen den Geländerstäben hindurch und verschwindet in den Marabústräuchern.

Christian lässt sich fallen. Er hat das Hemd abgelegt, die Hitze ist unerträglich. Drei Wochen, die letzten Tage der Überfahrt nicht eingerechnet, erträgt er die erstickende Schwüle nun schon. Während er jede Nacht schlaflos die Nordostbrise erwartet, die im Morgengrauen etwas Abkühlung bringt, schläft Carlotta im Zimmer nebenan tief und geräuschvoll. Die Wand zwischen ihnen ist nur symbolisch; knapp über Augenhöhe wird sie von gedrechselten Säulen durchbrochen. Durch die glaslosen Fenster soll die Luft zirkulieren. Nichts zirkuliert, schwer wie Brackwasser steht die Luft, selbst die Ventilatoren versetzen sie kaum in Bewegung. Manchmal hat Christian in solchen Nächten Eisfantasien. Dann schweben ihm Schneekristalle an einem Birkenzweig vor, er sieht sich durch Bruchharsch laufen, erklimmt eine Schneewechte und springt in tiefen Pulverschnee.

Obwohl sie außerhalb der Regenzeit nach Kuba kamen, fällt täglich Niederschlag, weit mehr als verdunsten kann. Ständig sind die Möbel von einem feuchten Film bedeckt, Gesicht und Körper fühlen sich an, als sei man in Schweiß gebadet. Manchmal sind die Finger wie gelähmt und lassen sich kaum strecken. Christians Arbeitspapiere wellen sich, die Bücher quellen auf, als ob sie schwanger wären.

Christian Tolmein ist das gesunde Reizklima der Ostsee gewohnt, heilsame Kälte, Seewind, der den Kopf freibläst. Abgekoppelt vom Golfstrom, durch reichen Süßwasserzufluss gespeist, friert die Ostsee im Winter zu und wirkt ganzjährig als Kältespeicher. Spätestens seit ihrer Ankunft in Santiago sehnt sich Christian nach seinen langen Gängen entlang der Trave. Er fühlt sich als Gefangener der Hitze, die Hirn und Körper lähmt.

Unterhalb der Villa verbindet eine Brücke das Festland mit der Halbinsel, auf der sich eine Kirche, ein Friedhof und eine Siedlung der Minenarbeiter befinden. Die Konstruktion fasziniert Christian durch ihre Leichtigkeit. Weder Stahl noch

Mauern, auch keine Kettenglieder tragen das Bauwerk. Es scheint der Schwerkraft ein Schnippchen zu schlagen, so elegant schwingt es sich 60 Meter über den *Rio Ochoamayo*. Die aus Schilfgras geflochtenen Horizontalverspannungen führen von den Bodenverankerungen über einen einzigen Pylon in der Flussmitte zum anderen Ufer. Die Versteifungsträger und die Brückentafeln bestehen aus Bambus. Christian bewundert die Flechtweise, die der Konstruktion eine derart hohe Stabilität gibt, dass neben Personen auch kleine Fahrzeuge die Brücke überqueren können.

So wie das Motorrad, das sich eben von der anderen Seite nähert. Die Gestalt darauf trägt einen breiten Hut und eine Jacke. Die Beine stecken in Militärstiefeln. Als die Maschine die Mitte erreicht hat, erkennt Christian sie als eine *ACE Indian*. Die vom Fahrzeug ausgelösten Vibrationen werden über die Bambusbohlen auf die Trageseile übertragen. Die Maschine ist schon auf dem letzten Brückendrittel angekommen, da bemerkt Christian eine ungewöhnliche Torsion. Als ob eine unsichtbare Kraft einen Hebel angesetzt hätte, scheint sich der Bau als Ganzes zu verdrehen. Die Schwankung wirkt auf das Motorrad, es kommt ins Schlingern und schert aus. Das ist der Moment, in dem die Brücke reißt.

Die Räder geraten zwischen die Planken, springen wieder hervor, doch da ist kein Weg, auf dem man noch fahren könnte. Der Steg aus Bambus neigt sich zur Seite, das rechte Trageseil schnellt vor dem Fahrzeug wie eine Peitsche empor. Die Brücke wird zur Piste in den Abgrund. Als wäre sie ein fliegender Teppich, bleibt die *Indian* auf ihr haften und folgt dem berstenden Gebilde in die Tiefe.

Christian ist aufgesprungen, hat die Tür geöffnet, mit nacktem Oberkörper steht er auf der Veranda der *Villa Melodiosa*. Er sah ein Motorrad über den Fluss fliegen. Als das Seil riss und die Fahrbahn sich spaltete, mutete es für ihn wie der

Zusammenbruch einer Spielzeugbrücke an. Die reale Katastrophe erreicht ihn erst, als er den Schrei hört. Im Sturz wird dem Fahrer der Hut vom Kopf gerissen. Langes rotbraunes Haar kommt zum Vorschein, und Christian begreift, dass der Fahrer eine Frau ist, die mit hochgeworfenen Armen und wehenden Haaren in den Fluss stürzt. Das Motorrad durchschlägt die Wasseroberfläche als Erstes, knapp daneben kommt die Frau mit den Beinen auf und versinkt.

Im Blinzeln eines Augenblicks schiebt sich ein anderes Bild vor Christians inneres Auge, ein Bild aus einer lang vergangenen Zeit. Er sieht ein kleines Mädchen in einem Zugabteil, winterlich angezogen, der hellblaue Schal verdeckt ihr halbes Gesicht. Dem Mädchen gegenüber halten große Hände einen hölzernen Hampelmann. Eine Hand zieht an der Schnur. Der Hampelmann streckt die Beine und wirft die Arme hoch. Das Mädchen lacht und will, dass die Puppe noch einmal strampelt. Vor dem Fenster ist stockfinstere Nacht, der Wind heult, während die schwere Lokomotive gegen den Sturm anstampft.

Christian öffnet die Augen, fort ist das Bild. Vor ihm liegt der *Rio Ochoamayo.* Der Fluss hat es nicht eilig, sich in die Bahía zu ergießen. Außer zur Regenzeit führt er träges Wasser. Christian hat schon Treibgut beobachtet, das sich durch den Gezeitenrückstau der Bucht vom Meer her den Strom hinaufbewegt hat.

Die Frau und ihr Gefährt sind verschwunden. Ein Drittel der Brücke liegt im Fluss. Christian will hinunter, um Hilfe rufen. Über die Holztreppe ist das Ufer in weniger als einer Minute zu erreichen. Ein Stich in die Ferse erinnert ihn daran, dass er barfuß ist. Er rennt zurück, schlüpft in Sandalen und will loslaufen, als er staunend stehenbleibt.

Als ob sich eine Prozession geordnet auf den Weg machte, streben von allen Seiten Männer und Frauen auf den *Rio*

Ochoamayo zu. Arbeiter mit Strohhüten, in Unterhemden und Latzhosen, mit hochgeschnürten Schuhen oder barfuß. Die Hemden haben bei manchen große Löcher an den Schultern, Merkmal dafür, dass sie unter Tage arbeiten. Frauen tragen Schürzen über weiten Röcken, gelb, rot, viele in Schwarz. Diejenigen, die den Fluss zuerst erreichen, laufen bekleidet hinein. Mit einem Kopfsprung setzen sich zwei junge Männer an die Spitze und schwimmen zu der Stelle, wo die Verunglückte untergegangen ist.

Die Hitze, Christians Blutdruck, er fasst nach dem Geländer. Die Sonne bricht sich in den Wellen, wo die jungen Männer im funkelnden Wasser nach der Frau tauchen. Tatsächlich kommt sie kurz darauf in einer Fontäne aus Licht aus dem *Rio Ochoamayo* empor. Umringt von Menschen hebt sie die Hände, zum Zeichen, dass sie unverletzt ist. Von allen Seiten reden die Arbeiter auf sie ein. Die Frau zeigt hinauf, wo der Brückenrest wie ein gestrauchelter Riese hängt. Die abgebrochene Hälfte wird von der Strömung sacht in Richtung Meer bewegt.

Staunend läuft Christian die Treppe hinunter. Man hilft der Frau aufs Trockene. Rundum krabbeln die Arbeiter wie Käfer an Land. Noch halb im Fluss, besprechen sie das Unglück. Am anderen Ufer sind an die hundert Menschen zusammengelaufen. Schreiend wollen sie erfahren, was passiert ist. Die am diesseitigen Ufer geben ihnen lautstark Antwort. Inmitten des Geschreis erreicht Christian die Stelle, an der man die Brücke sonst betreten hat. Kraftlos schaukeln die Überreste im Fluss, während die Frau, wie durch ein Wunder unverletzt, zierlich unter den Arbeitern steht und einem von ihnen dankt, der ihren Hut aus dem Wasser gefischt hat.

Christian kann mittlerweile genügend Spanisch, um zu verstehen, dass die Frau sich für den Einsturz verantwortlich fühlt, sie sei zu schnell gefahren. Die Umstehenden widersprechen, man hätte die Brücke nach der Regenzeit längst erneuern müssen.

Während sie das nasse Haar zurückstreicht, bemerkt die gerettete Frau Christian. Sie sieht ihn mit einem klugen, einem wissenden Blick an, einem Blick, wie ihn Christian noch nie geschenkt bekommen hat. Die Frau hat dunkle Augen und eine hohe Stirn. Über ihren Nasenrücken verläuft eine feine Narbe. Mit geschmeidiger Bewegung setzt sie den Hut auf. Sie ist jung, und doch hat Christian den Eindruck, diese Frau habe schon viel erlebt. Er findet seine Aufmachung plötzlich lächerlich. Nackter Oberkörper, Sandalen, Reiterhosen – unwillkürlich verschränkt er die Arme.

Die Frau winkt den Helfern im Fluss zu, die das Motorrad über die Wasseroberfläche hieven, als ein dunkler Wagen auftaucht. Der geschlossene Chrysler kommt bis ans Ufer und zieht eine Fahne aus rotem Staub hinter sich her. Als der Wagen hält, verstummen die Gespräche. Ein Teniente steigt aus, unter seiner Offiziersmütze quellen graue Locken hervor. Er öffnet der Frau die hintere Tür. Kein Wort über den Unfall, kein Erstaunen, dass die Brücke über den *Rio Ochoamayo* nicht mehr existiert. Sie verabschiedet sich von dem alten Mann, der ihren Hut geborgen hat, und steigt ein, ohne den angebotenen Arm des Teniente zu beachten.

Der Fahrer setzt sich hinter das Steuer, der Chrysler fährt davon. Wie ein abgestürzter Vogel bleibt das Motorrad an der Uferböschung liegen.

2

Steifer Kragen, enge Weste, vermaledeite Hosenträger. In Christians Schuhen steht der Schweiß, sein Rücken ist nass und klebrig wie geschmolzener Gummi. Muss man ein Eingeborener dieser Insel sein, um in der nächtlichen Hitze nicht den Verstand zu verlieren? Seit einer Stunde hält er den Tischgesprächen stand, mal auf Spanisch, meistens auf Englisch. Miguel Jesús de Gayas trägt die Gouverneursuniform so korrekt, als ob er sie sich erst verdienen müsste. Wenn er zum Glas greift, blitzt das Gold an seinen Schulterstücken. Er ist so scharf rasiert, dass Christian vermutet, er unterziehe sich zweimal täglich der Prozedur. Der weiche Mund kontrastiert mit der Erpelnase. Er spricht laut und eruptiv, dabei wendet er seinen Gästen die vorgewölbten Stirnhöcker zu, unter denen die Augen in tiefen Höhlen fast verschwinden.

Christian hätte arbeiten wollen, arbeiten müssen. Die neue Versuchsreihe, Acetylen und Salzsäure im geänderten Mischungsverhältnis, wollte er ansetzen. Auch wenn Carlotta versicherte, sie habe ihn bestimmt daran erinnert, hatte er die Dinnereinladung vergessen. Aber ein Abendessen beim Gouverneur konnte man nicht absagen, zugleich wäre es unmöglich gewesen, Carlotta allein dorthin gehen zu lassen.

Caesium, denkt Christian. Wie auf vielen Gesellschaften, vor denen er sich als Carlottas Künftiger nicht drücken kann, vertreibt er sich die Zeit, indem er Menschen mit chemischen Grundbausteinen vergleicht. Weil sein äußerstes s-Elektron nur schwach an den Kern gebunden ist, besitzt Caesium einen extrem großen Atomradius. Das erklärt seine hohe Reaktivität. Beim Kontakt mit Sauerstoff entzündet es sich, Caesiumreaktionen laufen in der Regel äußerst heftig ab.

Mit Hilfe seiner Position und der geschmückten Ordensbrust gibt sich der Gouverneur den Anschein eines Schwermetalls, denkt Christian. In Wirklichkeit ist er nur ein silbriges Alkalium. Die Kernladung dieses Mannes so gering, dass er sich seine Bedeutung ständig durch die Reaktion mit der Umwelt beweisen muss. Schmunzelnd beugt sich Christian über den Sauerbraten.

»Was ist so komisch?« Carlotta kaut auf dem flachsigen Fleisch und weiß nicht, wie sie es unbemerkt vom Mund an den Tellerrand bewegen soll.

»Wer hat sich das ausgedacht, uns ein deutsches Nationalgericht vorzusetzen?«

»Ich fände das durchaus aufmerksam, wenn es schmecken würde wie Sauerbraten. Mit den Klößen kannst du jemanden steinigen.«

»Vorsicht.« Christians Augen weisen zu Martin Root, dem Amerikaner, dessen Andeutung über seine hessische Großmutter fürchten lässt, dass er Deutsch versteht. Root und seine Frau sind vor einer Woche aus Guantánamo herübergekommen und wohnen im Gouverneurspalast. Sie scheinen sich im überladenen kubanischen Barock wohler zu fühlen als auf ihrem abgelegenen Militärstützpunkt. Die schattigen Arkaden, der blätterüberdachte Innenhof, der Spiegelsaal, die übermannshohen Kronleuchter und nicht zuletzt die Marmorbäder in Form von Perlbootmuscheln machen *El palacete* zu einer sehr bequemen Residenz.

Christian ist sich der Bedeutung dieses Abends bewusst. Auch wenn das Dinner zu Ehren der deutschen Gäste gegeben wird, befindet sich Carlotta in der Position einer Bittstellerin. Sie ist angetreten, dem Gouverneur die Schürfrechte für Nickel aus der Tasche zu leiern. Das wird ihr nur mit Unterstützung der Amerikaner gelingen. Die *Dücker Hochofen AG* braucht die USA, mit anderen Worten: Carlotta braucht Martin Root. Für die Stahlproduktion sind die Dückerwerke auf Nickel angewiesen, mehr Nickel, als sie aus den finnischen und russischen Minen geliefert bekommen. Kuba besitzt reiche Erzvorkommen, die kubanische Regierung forciert die Förderung, aber Carlotta will Nickel nicht kaufen. Sie will unter Leitung deutscher Ingenieure selbst danach schürfen und es auf Schiffen der Dückerwerke abtransportieren. Das geht schneller, ist effektiver und unabhängig von den Machtrangeleien zwischen Kuba und den USA.

»Sie wollen so etwas wie eine deutsche Kolonie auf Kuba errichten?« Gleich bei ihrer ersten Unterredung hatte der Gouverneur Carlottas Vorschlag durchschaut und ihr eine Absage erteilt. Das Zünglein an der Waage, das weiß Christian so gut wie Carlotta, sind die Amerikaner. Seit dem 1902 ausgehandelten Platt-Amendment läuft auf Kuba nichts ohne die Zustimmung des mächtigen Nachbarn. Ob der Einfluss von Martin Root jedoch ausreicht, die Dinge im Sinne Carlottas zu bewegen, ist fraglich. *Sonderbeauftragter* – seine Position ist so schwammig, wie der Mann undurchsichtig ist.

Christian betrachtet Carlotta von der Seite. Wer sich in der Männerwelt so hervorragend behauptet, muss selbst zum Mann werden, sollte man meinen. Carlotta beweist das Gegenteil. Ihre Rückenansicht erinnert an ein wohlgeformtes Cello, ihre träumerischen Augen lassen an glückliche schleswig-holsteinische Kühe denken. Bei Verhandlungen darf man sie jedoch nicht unterschätzen, wenn einem sein geschäftliches Leben lieb ist. *Blei*, denkt Christian, Carlotta ist eine Bleifrau. Sie wirkt weich und verformbar, dabei verfügt sie über die schwersten stabilen Atome. Selbst in aggressiven Säuren verhält sich Blei unlöslich, da es mit den Anionen der jeweiligen

Säure Bleisalze bildet. In diesem Sinn verbündet sich Carlotta mit Martin Root als ihrem Anion und will über ihn mit bleierner Beharrlichkeit an die Nickelschürfrechte kommen.

»Kennen Sie Mississippi?« Hillary Root, die blonde Frau des Amerikaners, sitzt Christian gegenüber. Diese Frau macht einen unverständlich unglücklichen Eindruck. Wenn sie lacht, erhebt sie die Arme wie zu einem Hilfeschrei. Beim Sprechen legt sie die gefalteten Hände vor den Mund, als ob besser verborgen bliebe, was sie sagt. Werden ihr Speisen vorgelegt, ziert sie sich eine Weile und schaufelt das Essen dann unbeherrscht in sich hinein. Mrs Roots Unglück ist schwer erklärbar, denn ihr Mann wirkt gelassen und höflich. Er ist ein guter Zuhörer und behandelt seine Frau mit der Aufmerksamkeit eines Jungverliebten.

»Ich war leider noch nie in den Südstaaten«, antwortet Christian.

»Sie müssen uns in Vicksburg besuchen.« Mit Preiselbeersauce will Hillary die Sauerbratenkatastrophe genießbar machen. »Ich könnte Ihnen die Mahnmale für die große Schlacht um unsere Stadt zeigen.«

Christian nimmt an, dass sie auf den Amerikanischen Bürgerkrieg anspielt, einem nahezu harmlosen Gemetzel, angesichts des gigantischen Sterbens in Europa, das erst ein Jahrzehnt zurückliegt.

»Wie lange sind Sie schon auf Kuba?«, fragt er ihren Mann.

»Ich hatte bereits häufig hier zu tun.« Root hebt die Nickelbrille und massiert seinen Nasenhöcker. »Zusammen mit meiner Frau lebe ich aber erst seit 1925 hier.«

»Genauso lange wie Ihr neuer Präsident im Amt ist«, wendet sich Christian an den Gouverneur und legt das Besteck auf den kaum geleerten Teller. Ihm entgeht der Blickwechsel zwischen De Gayas und dem US-Sonderbevollmächtigten nicht.

In diesem Augenblick öffnet sich die Flügeltür so plötzlich, dass der Diener überrascht beiseite tritt.

»Entschuldige, Miguel. Bitte verzeihen Sie«, sagt die Frau, die den Saal betritt. Während sie auf den Gouverneur zugeht, schwingt ihr schwarzes Kleid weit aus. Anders als Carlotta und Mrs Root trägt sie nicht die fließende Mode, die in der Hitze am angenehmsten ist. Ihr Kleid ist figurbetont und im Rücken ausgeschnitten.

»Darf ich Ihnen meine Frau vorstellen?« De Gayas küsst ihr die Hand. »Yamilé, das sind Carlotta Dücker und ihr Verlobter, Señor Tolmein.«

»Guten Abend.« Sie gibt zuerst Carlotta die Hand. »Ich musste Manolito die Geschichte vom Kolibri dreimal vorlesen.«

»Unser Sohn ist fünf«, erklärt der Gouverneur. »Leider hat er etwas Fieber.«

»Nichts Ernstes, hoffe ich.«

Hat sich Christian noch vor einer Minute nach seinem Zimmer mit der Vakuumpumpe und dem Bunsenbrenner gesehnt, ist er auf einmal nirgendwo lieber als im Palast des Provinzgouverneurs. Nicht der Umstand, dass eine schöne Frau den Raum betreten hat, ist der Grund dafür, auch nicht, dass ihr Zuspätkommen den Abend aus dem absehbaren Gedümpel reißt – Nachtisch, Zigarre, ein süßer *Draquecito*. Nein, diese Frau wirft Fragen auf. Und es gibt nichts, was Christian so fasziniert wie Fragen. Antworten haben für ihn den Charakter eines Bärenfells vor dem Kamin, man legt sich darauf und dämmert weg. Fragen sind dagegen, als würde man sich an einem Wintermorgen in frischem Schnee wälzen. Christian setzt eine Frage gleich mit einem Schritt, auf ihn folgt die nächste Frage, der Schritt wird zum Gang. In diesem Zustand unaufhörlichen Gehens ist er am glücklichsten.

Christian sieht die Frau im schwarzen Kleid nicht zum

ersten Mal: Sie ist niemand anders als die Motorradfahrerin, die heute in den Fluss stürzte.

»Mir ist fast das Herz stehengeblieben, als ich Sie durch die Luft fliegen sah«, sagt er, als die Reihe an ihm ist, der Señora die Hand zu schütteln. Obwohl die Gesellschaft schon eine Stunde beisammensitzt, ist der Einsturz der Brücke noch mit keinem Wort erwähnt worden.

Sie tritt einen Schritt zurück. »Fliegen?« Ihre Stimme klingt träge, fast abwesend.

»Abstürzen trifft es besser. Ich war heute noch einmal unten am Ufer. Der Rest der Brücke versinkt rasch. Die vielen Menschen. Die Aufregung.« Christian sucht nach einem Anzeichen des Verstehens beim Gouverneurspaar. »Ich habe keine Polizei dort gesehen, niemand Offiziellen, der sich der Sache angenommen hätte. Ist der Vorfall nicht *das* Gesprächsthema in Santiago?«

Beim Eintreten der Frau des Gouverneurs ist Martin Root aufgestanden. »Diese Brücke war illegal, sie wurde nicht genehmigt. Es gibt eine Fähre über den Fluss, aber das genügt den Arbeitern nicht. Sie ziehen es vor, ihre private Brücke zu errichten. Darum ist es auch ihre private Angelegenheit, wenn sie zusammenbricht.«

Christian lächelt ungläubig. »Auch wenn die Frau des Gouverneurs darauf verunglückt?«

»Niemand ist verunglückt«, antwortet De Gayas.

»Niemand?« Christian lacht. »Dann hat wohl auch niemand das Motorrad gefahren.« Er schaut in die Runde. »Zig Menschen haben den Unfall beobachtet. Die Hilfsbereitschaft der Leute war großartig.«

»Meine Liebe, du kommst gerade recht zum Nachtisch.« Der Gouverneur führt seine Frau zu ihrem Platz, der Diener zieht den Stuhl zurück. Señora de Gayas nimmt Platz, ohne Christian nochmals anzusehen.

Während auch die Roots sich setzen, hebt Christian die Arme. »Will mir denn niemand das erklären?«

»War Ihr Besuch in unserer Mine aufschlussreich?«, fragt der Gouverneur Carlotta.

»Ich war beeindruckt vom hohen Nickelgehalt im Erz«, antwortet sie. »Ihre Ingenieure waren sehr zuvorkommend.«

»Und unsere Fördermethode? Wir verwenden als einziges Land außerhalb der britischen Kolonien das *Mond-Verfahren*.«

Christian kann die Wendung des Gesprächs einfach nicht glauben, er begreift nicht, weshalb Carlotta sich damit zufriedengibt. »Waren Sie beim Arzt, Señora? Haben Sie sich untersuchen lassen?«

»Nehmen Sie Platz, Herr Tolmein.« Schneidend klingt die Stimme des Gouverneurs durch den Raum. »Setzen Sie sich oder verlassen Sie mein Haus.« Er verschiebt den Dessertlöffel. Er stellt das Rotweinglas nach rechts, stellt es nach links. Er sieht Christian nicht an.

»Setz dich, Krickel.« Carlotta klopft aufs Tischtuch, wie man einen Hund herbeiruft. In Augenblicken großer Nähe benutzt sie seinen Kosenamen – oder wenn Strenge angebracht ist.

Christian ist jemand, der einen Spaß verträgt. Er liebt Verstellung und Ironie. Er kann sich partout nicht vorstellen, dass De Gayas ihn ernsthaft angeschrien hat. Der Mann scheint Christian zum Narren zu halten. Darum will er es ihm mit gleicher Münze heimzahlen.

»Ich nehme an, dass Ihre Frau eine Zwillingsschwester hat.« Christian gleitet auf seinen Stuhl. »Wie ist der Name Ihrer Schwester, Señora? Ich möchte die Artistin auf dem Motorrad gern kennenlernen.« Er lacht in die Runde und erntet Schweigen. Martin Root putzt seine Brille.

»Genug jetzt, Krickel«, sagt Carlotta, die ihren Vater und

deutsche Wirtschaftsinteressen in der Karibik vertritt. »Lass es gut sein.«

Christian sieht seine Verlobte an und schweigt.

»Da fällt mir ein, ich muss das Memorandum noch abfassen.« Der Gouverneur erhebt sich, sein Stuhl kippt rückwärts, der Diener fängt ihn im letzten Moment auf. De Gayas steht da, die Uniform verleiht ihm etwas von einem Operettengeneral. Das kühne, teils graue Haar fällt in seine Stirn. »Bitte entschuldigen Sie mich.« Er bietet Yamilé seinen Arm. »Begleitest du mich, meine Liebe?«

Kaum angekommen, bricht die junge Frau schon wieder auf. Während auch die Roots aufstehen, während Carlotta ernüchtert den Blick senkt und Christian, die Wasserkaraffe in der Hand, einzuschenken vergisst, verlassen der Gouverneur und seine Frau den Speisesaal.

»Da geht sie hin, Ihre Lizenz«, sagt Martin Root. »Ich denke, das ist der richtige Moment für den exzellenten Cognac des Gouverneurs. Raoúl –«

Der Diener, dunkelhäutig, doch kein Schwarzer, mit dichtem weißem Haar, deutet eine Verbeugung an und geht zum Tabernakelschrank.

»Was ist in Sie gefahren?« Root fasst Christian ins Auge.

Der stellt die Karaffe ab. »Ich habe nicht die geringste Ahnung, was hier gerade vor sich gegangen ist.«

»Unser Gouverneur hat konservative Ansichten, was die außerhäuslichen Aktivitäten seiner Frau betrifft. Wenn er sagt, Yamilé war nicht auf der Brücke, hätten Sie akzeptieren müssen, dass sie nicht auf der Brücke *war.*«

»Aber ich habe sie gesehen. Sie trug Breeches und einen Hut.«

»Und wenn schon.«

»Sie fuhr ein Motorrad der hiesigen Polizei.«

»Eben nicht«, geht Carlotta dazwischen. »Die Lady fuhr

kein Motorrad, sie trug keine Männersachen, sie hat sich nicht bei den Minenarbeitern herumgetrieben. Ist das so schwer zu begreifen?« Bevor Christian antworten kann, beugt sie sich zu Root: »Okay, Martin, wie können wir das wieder ausbügeln?«

»Schwierig. Der Gouverneur hat sein Gesicht verloren.«

»Ich gebe es ihm zurück. Was kostet mich das?«

»Dazu muss ich ihn unter vier Augen sprechen.«

»Deine Reisebegleitung kommt mich teuer zu stehen.« Carlotta schlägt mit der Serviette nach Christian. »Ich hätte dich in deinem Labor lassen sollen. Dann wäre der Schlamassel nicht passiert.«

Caesium, denkt Christian, und ich war der Sauerstoff. Beim Kontakt mit Sauerstoff entzündet sich Caesium explosionsartig. Eindeutiger hätte der Gouverneur sich nicht verhalten können.

»Sie auch, Carlotta?«, fragt Root, nachdem Raoúl ihm eingeschenkt hat. »Man kann gegen De Gayas sagen, was man will, sein *Napoléon* ist vom feinsten.«

»Einen Doppelten.« Sie richtet ihr Kleid über dem Busen und lehnt sich zurück.

3

Offen gesagt, sieht er nicht viel mehr als die Hand vor Augen. Die Hauptstraßen Santiagos sind beleuchtet, für die Gassen rund um die Bahía gilt das nicht. Am Stadtrand ist es finster wie in einer Kohlenkiste. Kein Stern am Himmel, selbst der Mond ist anderswo. Wenn Christian an einer Kreuzung hält, sind im fahlen Licht der Scheinwerfer oft nur die Stimmen rundum der Beweis dafür, dass hier reges Leben herrscht. Manchmal ein schwach erhelltes Fensterkreuz, das Glimmen einer Zigarette. Anfangs hatten sie die Autofenster offen, doch dann tauchte plötzlich ein Frauengesicht neben Carlotta auf, ein freundliches Gesicht vermutlich, aber bis auf die Augäpfel sah man nichts. Das Gesicht sagte etwas.

»Fahr«, zischte Carlotta und drehte das Fenster hoch.

»Im schlimmsten Fall habe ich eine Taschenlampe dabei.«

»Was für ein *schlimmster* Fall?«

Seither schweigen sie im Dunkeln. Die Häuser sind verschwunden. Christian kennt die Straße – bei Tag. Zu beiden Seiten drängt der Wald heran. Königspalmen, dazwischen Eichen, wie sie deutscher nicht anmuten könnten. Die Eichenwurzeln werden von Orchideen und mannshohen Farnen umschlungen. Kaimane, Leguane klettern darüber hin. Von den Schlangen erzählt Christian Carlotta lieber nichts. Bei Tag verdient der Wald die Bezeichnung Paradies, nachts ist man dankbar für das schmale Band, das die Zivilisation mittendurch geschlagen hat. Die Scheinwerfer werfen allenfalls Schlaglichter in das Dickicht der Finsternis.

Es war vernünftig, den *Horch* über den Atlantik zu transportieren. Ein Auto, auf das Verlass ist. Mit dem soliden Fahrgestell ist es den hiesigen Straßenverhältnissen gewachsen. Außer bei Regen. Die Gewitter verwandeln die Fahrbahnen in Bachläufe. Daher fürchtet Christian das eine Schlagloch, das zu tief sein und selbst den robusten Pullman lahmlegen könnte.

Die Ereignisse im Gouverneurspalast lasten unausgesprochen noch immer auf ihnen. Strategisch ist sich Christian seiner Schuld bewusst, in der Sache sieht er sich im Recht. Wenn eine Frau den Einsturz einer Brücke wie durch ein Wunder überlebt, sollte die glückliche Fügung als Tischgespräch erlaubt sein. Sie totzuschweigen beweist die Kälte und Ignoranz des Gouverneurs. Von einer Frau wie Carlotta sollte das weder toleriert noch übergangen werden. Nicht Christian, De Gayas ließ jede Höflichkeit vermissen. Die Nickelschürfrechte sind eine Sache, die Verwerfungen dieses Abends eine andere.

Er legt den Wagen in die Kurve. Diese bemerkenswerte Frau. Ein Januswesen, wie es scheint: beherzt und ungebändigt auf dem Motorrad, schweigsam und unterwürfig in Gesellschaft ihres Mannes. Durch kein Wort ließ sie ihre Haltung in der Angelegenheit erkennen. Sie setzte sich zu Tisch, verfolgte den Ausbruch ihres Mannes mit gesenktem Blick und verließ an seinem Arm das Zimmer. Christian drosselt das Tempo. Fast möchte er selbst an seinen Scherz von den Zwillingsschwestern glauben. Hat Señora de Gayas ihn wiedererkannt? Unwahrscheinlich, halbnackt und unfrisiert, wie er ihr am Fluss entgegentrat.

Carlotta ist nicht nachtragend. Sie kennt ihn und seine Unfähigkeit, den Dingen ihren Lauf zu lassen. Morgen wird sie ihm verziehen haben. Christians Blick fällt auf ihren Busen. Er hat in dieser Nacht mit Zärtlichkeiten gerechnet, jetzt freilich wird Carlotta stattdessen auf ihr Zimmer gehen und die Tür hinter sich schließen. Ein symbolischer Akt, da die durchbrochene Wand keine völlige Distanz erlaubt. Auch an Bord der *Bremen,* auf der sie zwölf lange Nächte verbrachten, schliefen Carlotta und er in getrennten Zimmern. Schlampige Verhältnisse liegen ihr nicht, die Verlobung ist für sie Ausdruck einer ernsten Absicht. Zärtlichkeit ist erwünscht, Innigkeit möglich, auch Hitze – bis zu einem bestimmten Grad. Zweimal hat Christian versucht, den Punkt zu überschreiten. In einer Nacht in Heidelberg, das beleuchtete Schloss, eine Parkbank, abgeschirmt von Cotoneaster-Hecken, ein Kuss, in den Carlotta viel Leidenschaft legte. Christian hatte ihnen mit seiner Sommerjacke ein Lager bereitet, sich bei Carlotta durch Batist und Spitze gearbeitet, als sie sich plötzlich aufsetzte und ihn beiseiteschob. Die Erklärung konnte wahr oder unwahr sein: Sie sei unpässlich, sagte sie.

In Lübeck, ein paar Wochen später, schwammen Christian und Carlotta im Meer. Für ihn, mit seiner Liebe zur Kälte, eine Selbstverständlichkeit, Carlotta musste hineingelockt werden. Danach lagen sie hinter dem Deich im Schilfgras, umgeben von Annehmlichkeiten, die der treue Hermann, ihr Chauffeur, herbeigeschafft hatte. Picknickkorb, Windschutz, Liegetücher und Kissen. Weit und breit kein Mensch, Hermann wartete entfernt im Wagen. Der Wind trieb einen Sandfilm über die Böschung, der Himmel in Graublau, Tanz der Schilfgräser, Carlottas Kopf auf dem gestreiften Kissen. Ihre neugierigen Wasseraugen, die lustigen Flecken der Wangen. Ihre Schenkel legten sich über sein Hinterteil, das Becken schob sich ihm entgegen. Im Stillen überlegte Christian bereits, wie er seinen Badeanzug abstreifen konnte, vielleicht genügte es ja, die Hemdhose unter die Hüfte zu schieben. Nacheinander löste er die Träger von ihren Schultern, den nassen Stoff von ihrer Haut, vergewisserte sich des Einverständnisses in ihren Augen und küsste ihre Brüste. Als er aufblickte, stand ein vor Nässe triefender Hund über ihnen. Für einen Terrier zu klein, für einen Rauhaardackel zu langbeinig, stürzte er sich auf den Picknickkorb. Christian vertrieb ihn mit Schlägen. Dem Tier gefiel das Spiel. Bellend kam es wieder angesprungen, bis Christian ein Stück Wurst auf den Dünenrand warf. Der Hund setzte den Hang hoch.

Christian fand Carlotta halb angekleidet auf der Decke. »Aber wieso? Er ist weg.«

»Sein Besitzer muss in der Nähe sein.« Ihr Blick streifte die kühne Wölbung unter seinem Badeanzug. »Tut mir leid, Krickel. Der Himmel will es nicht.«

Der Himmel und dieser Hund hätten nichts miteinander zu tun, beteuerte er und erkannte an der Art, wie sie die Teller in den Picknickkorb packte, dass ihre Entscheidung endgültig war. Beim Aufbruch entdeckten sie den Hund am Strand, mit großen Sprüngen folgte er einem Kind ins Wasser.

Dass es Liebe ist, steht für Christian außer Frage. Zugleich ist die Verbindung der Dückertochter mit dem Erfinder des Nickel-Sulfid-Verfahrens, dem Leiter der Forschungsabteilung, eine ökonomische Entscheidung. Er hätte ein Vermögen mit seiner Technologie machen können, die für die *Dücker Hochofen AG* mit Geld kaum aufzuwiegen war. Dass Christian darauf verzichtete und lieber die hübsche *Bleifrau* nahm, war seine Art von Mitgift.

Er tritt hart auf die Bremse. Vor ihnen scheint ein Laster in den Straßengraben gefahren zu sein und im Schlamm festzustecken. Der *Horch* schlingert zum Waldrand hin, gerät in tiefes Wasser, ein Schwall ergießt sich über die Straße.

»Fahr weiter.« Carlotta schaut durch das Seitenfenster.

»Das können wir nicht.«

»Nicht stehenbleiben.«

»Ich will nur fragen, ob ich helfen kann.« Er zieht die Handbremse.

»Verdammt, Christian!«

Ein Mann taucht im Scheinwerferkegel auf. Lange Hose, Stiefel mit Metallkappen. Sein Oberkörper ist nackt.

Christian steigt aus. »Brauchen Sie Hilfe?«

Der Hispano mustert den Mann in den gebügelten Hosen, mit bestickten Hosenträgern über dem blütenweißen Hemd, mustert das ausländische Auto. »Haben Sie ein Seil?« Eine beherrschte Stimme, ein wacher Blick.

»Sie haben Glück.« Christian ist stolz auf seine Weitsicht, er hat den *Horch* für Pannen im Urwald ausrüsten lassen. Er bedeutet Carlotta, das Fenster herunterzulassen. »Ich schleppe ihn rasch aus dem Loch. In ein paar Minuten fahren wir weiter.«

»Frag ihn, wie das passiert ist. Auf einer leeren Straße fährt man nicht einfach in den Graben.«

»Einverstanden.« Christian öffnet die Heckklappe. »Was ist geschehen?«, fragt er quer über die Straße.

»Ich habe nicht aufgepasst.«

»Waren Sie zu schnell?« Ein aufgerolltes Stahlseil, der Haken ist verstellbar. Christian nimmt die Taschenlampe.

»Ich habe einfach nicht aufgepasst.«

Christians Blick fällt auf den Laster. »Herrgott!« Er lässt das Seil sinken. »Was ist mit ihm?«

Auf der Ladefläche liegt ein zweiter Mann. Langes Haar, Unterhemd und Baumwollhose. Ein dunkler Fleck zeichnet sich auf dem linken Hosenbein ab. »Er ist verletzt?«

»Halb so schlimm.«

»Wer ist das?«

»Mein Freund.« Ungeduldig streckt der Kubaner die Hand nach dem Seil aus.

»Woher kommt ihr?«

»Aus den Bergen.«

»Was ist los?«, ruft Carlotta aus dem Horch.

Christian hört nicht hin. »Wie hat sich der Mann verletzt?«, fragt er stattdessen und schaltet die Lampe ein. Die Ladefläche ist voller Blut. Risse klaffen in der Hose des Mannes. Christian beleuchtet das Gesicht des Verletzten, er ist bewusstlos. Schmale Lippen, seine Hände sind feingliedrig, keine Arbeiterhände.

»Christian!« Carlotta lässt das Fenster ganz herunter.

»Hier ist ein Verletzter.«

»Komm bitte her!«

Er lässt das Seil fallen und läuft zu ihr zurück.

»Wir fahren jetzt weiter.«

»Der Mann hat viel Blut verloren.«

»Genau deshalb.«

»Wer soll ihm helfen?«

»Ein Einheimischer«, antwortet sie mit unterdrückter Ungeduld. »Sei vernünftig und steig ein.«

»Es ist nach Mitternacht. Wer wird hier vorbeikommen?«

»Christian.« Sie legt die Hand in den weißen Spitzenhandschuhen auf seinen Arm. »Das geht uns nichts an.«

Er versteht ihren Standpunkt. Aber er denkt an das viele Blut. »Wir sind hier nicht unter Wilden, Liebling. Kuba ist ein zivilisiertes Land. Wir müssen diesem Mann helfen. Sonst verblutet er.«

»Woher willst du das wissen? Du bist kein Arzt. Komm jetzt, so schlimm wird es nicht sein.«

Christian war einundzwanzig, als man ihn zum Regiment *Lübeck* einzog. Noch während der Grundausbildung wurde seine Division der 4. Armee unterstellt und zog in die Schlacht um Ypern. Als Chemiestudent hielt man ihn für ausreichend qualifiziert, im unterbesetzten Sanitätskorps Dienst zu tun. Irgendwann war der Feldarzt durch die Strapazen so stark abgemagert, dass er während einer Operation über dem Patienten zusammenbrach. Christian bewunderte den jungen Arzt, der bald nach der Überquerung der *Yver* an Giftgas sterben sollte. Christian assistierte ihm und lernte. Er sah Wunden und Verstümmelungen, die den menschlichen Körper ins Groteske verzerrten. Trotzdem überlebten manche dieser Menschen. Christian verstand, dass man die Frontärzte *Metzger* nannte, weil Rettung oft nur mit gröbsten Eingriffen möglich war.

»Ich kann diesem Mann helfen.«

»Wir wissen nicht, auf welche Weise er verletzt wurde. Wir sollten zur Polizei fahren und es melden. Dann wird ihm geholfen.«

»Bis dahin ist er tot.«

Ein metallisches Geräusch. Der Kubaner hat das Stahlseil an der Vorderachse des Lasters verankert.

»Warten Sie!« Christian nimmt den Hosenträger ab. »Ich muss erst das Bein Ihres Freundes abbinden, verstehen Sie? Die Blutung stillen.«

Der Fahrer schüttelt den Kopf. »Ziehen Sie mich nur raus. Den Rest erledige ich.« Er hebt das Seil und zeigt zum *Horch*.

»Der Kerl will deine Hilfe nicht!«, ruft Carlotta auf Deutsch. »Schlepp ihn raus! Dann fahren wir weiter.«

»Wie Sie wollen.« Christian läuft zum Pullman, steigt ein und startet.

»Dass wir uns darauf eingelassen haben, wird uns noch leidtun.« Carlotta reißt ihren zierlichen Hut vom Kopf.

Er fährt das Auto vor den Lastwagen und stößt zurück. Am Heck sind Handgriffe zu hören.

»Fertig!«, ruft der Mann. Im Rückspiegel beobachtet Christian, wie der Kubaner zur Kabine des Lasters geht. »Gang raus!«, ruft er ihm durch das geöffnete Wagenfenster zu.

Der Mann winkt zum Einverständnis. Christian fährt vorsichtig an, bis das Seil sich strafft, dann steigt er aufs Gas. Schwerfällig ruckt der Pullman vorwärts, der Laster bewegt sich. Der Achtzylinder röhrt, die eigenen Räder beginnen durchzudrehen.

»Du wirst ihn noch ruinieren«, sagt Carlotta.

»Der hält einiges aus.« Christian lässt sich zurückrollen und wiederholt das Manöver.

Nach dem vierten Mal stellt er den Motor ab. Die Vorderachse des Lasters steckt unverändert im Schlamm. Die Hinterräder haben sich eingegraben. Christian fährt sich über die Augen.

»Es hilft nichts: Wie die Dinge liegen, müssen wir uns jetzt um den Verletzten kümmern.« Er springt auf die Ladefläche. »Leuchten Sie mir.«

Ohne weiteren Widerspruch nimmt der Mann die Lampe. Christian kniet im Blut. Er reißt die Hose des Verletzten auf. Mit einer Fraktur hat er gerechnet, vielleicht einem offenen Bruch.

»Das sind Säbelhiebe.«

Der Verwundete stöhnt, seine Lippen bewegen sich. »*Zun zun*«, murmelt er.

Christian ertastet die Beckenarterie und drückt sie gegen den Hüftknochen. Er führt die Hand des Arbeiters an diese Stelle. »Hier draufdrücken.«

Christian bindet den Hosenträger um das Bein, zieht straff an und verknotet ihn. Er hebt Kopf und Schultern des Mannes in seine Arme. »Nehmen Sie die Beine.«

Christian und der Mann tragen den Verwundeten zum Pullman, die losen Enden des Hosenträgers schleifen über die Schotterstraße. Christian öffnet die hintere Tür. Er kennt den Ausdruck, wenn Carlottas freundliche Augen schmal werden, wenn drei parallele Falten ihre Stirn durchfurchen. Wort für Wort könnte er ihren Protest vorhersagen. Sie und Christian haben bisher nur gute Zeiten zusammen erlebt. Wenn jemand krank ist, ruft man den Arzt. Ist jemand in Not, schickt man einen Scheck. Stirbt jemand, kondoliert man. Aber für eine Dezembernacht im Regenwald gibt es keine Verhaltensregeln.

4

Stille. Die Vögel warten auf die Sonne. Bald wird sie hinter dem Hügel hervorkommen, in Christians Rücken. Die Tocororos schwingen sich in den Bäumen, ihre roten Bäuche verraten sie. Er verschränkt die Arme im Nacken.

Eigentlich hatte Carlotta ein Haus in der Stadt anmieten wollen. Nahe an den politischen Schaltstellen zu wohnen, wäre ihr lieber gewesen. Christian aber hatte eine Bedingung für diese Reise gestellt. Wenn er schon in die Tropenhitze mitfahren sollte, wollte er ein Haus in der Natur. Die *Villa Melodiosa* an der Bucht von Santiago wurde als Kompromiss gewählt. Sie gehört einem amerikanischen Industriellen; Martin Root hat ihnen das Anwesen besorgt.

Carlotta hätte mich besser in Lübeck gelassen, denkt Christian, wo jetzt Weihnachtsbaum und Marzipan regieren, wo sie auf der Wakenitz Schlittschuh laufen. Er denkt an seinen kranken Vater und nimmt sich vor, ihm heute noch zu schreiben. An diesem Morgen ist Christian mit der Hitze versöhnt, ist voll Ruhe und dankbar, dass die Vögel noch schweigen. Er schaut zur Flussmündung hinunter. Um diese Zeit tauchen manchmal die *Manatí* auf. Nur morgens wälzen sich die hässlichen Seekühe am Strand, später verstecken sie sich vor den Menschen.

Bis zum Sonnenaufgang will er den Verletzten schlafen lassen. Sie fuhren den Mann nicht ins Krankenhaus, es liegt am anderen Ende der Stadt. Der Lasterfahrer konnte ihnen keinen Arzt nennen, vielleicht wollte er auch nicht. Die Panne hatte sich nur ein paar Kilometer vor der Villa ereignet, deshalb hat Christian den Verletzten mit hierher genommen. Er und der Arbeiter trugen den Bewusstlosen ins Gartenhaus.

»Wenn du nicht die Polizei rufst, tue ich es«, sagte Carlotta, während Christian aus dem Labor holte, was er brauchte. Er kochte das Messer ab, mit dem er sonst Querschnitte für das Mikroskop vorbereitete, dazu Pinzetten und die kleine Schere. Die schnellste Art, an Chloroform zu kommen, ist die Reaktion von Aceton mit Natriumhypochlorit. Im verschlossenen Rundkolben brachte Christian das Narkosemittel ins Gartenhaus, setzte dem Verletzten ein Kaffeesieb auf Mund und Nase und träufelte Chloroform darauf. Der Arbeiter hielt Christian die Dämpfe mit einem Fächer vom Leib. Er operierte eine halbe Stunde, stillte die Blutung, legte einen Druckverband an und schiente das Bein mit der abgebrochenen Armlehne eines alten Schaukelstuhls. Auch wenn es dem Mann sehr schlecht ging, holte er ihn anschließend aus der Narkose. Seither schwankt sein Zustand zwischen Ohnmacht und Schlaf. Aus dem Arbeiter bekam Christian nichts über die Identität des Mannes heraus, genauso wenig wie über die Säbelhiebe. Mit der Versicherung, dass der Operierte nicht transportfähig sei und dass Christian bei Tagesanbruch die Polizei verständigen werde, schickte er den Lasterfahrer fort.

Er spürt die Schwere der Glieder, zugleich genießt er seine überhelle Wachheit. Eine Nacht ohne Schlaf fühlt sich an, als ob man der Zeit ein Schnippchen geschlagen hätte. Er betrachtet die dunklen Tabakfelder gegenüber. Die Arbeiter pflanzen sie für den privaten Gebrauch an. Niemand kümmert sich bisher um die abgesoffene Brücke. Noch halten die Taue und Verankerungen. Bald wird das Schilfgras sich auflösen, dann trägt der Fluss die Brücke fort. Ich werde nicht lange genug hier sein, um mitanzusehen, wie die Einheimischen sie erneuern.

Christian hat den Wagen nicht kommen hören. Ein verbeultes Fahrzeug, es sieht nicht nach Polizei aus. Er seufzt. Musste man nicht damit rechnen, dass sich jemand für den Verletzten interessiert? Christian ist noch im Abendanzug, Jacke und Fliege liegen im Gartenhaus.

Eine schmale Gestalt steigt aus dem Auto, bei diesem Licht wirkt ihr Kleid hellgrau. Sie betritt die Treppe. Auch wenn er seinen Augen kaum traut: Es ist die Frau des Gouverneurs.

»Verzeihen Sie die frühe Störung«, sagt sie mit ihrer merkwürdig abwesenden Stimme, als sie auf der Veranda angekommen ist.

»Ich bin noch wach«, antwortet er reserviert.

Ihre Augen huschen über die Veranda, zu den Nachbarhäusern. »Und Ihre Verlobte?«

»Sie schläft.«

Christian bittet sie nicht weiter. »Kommen Sie anstelle der Polizei?«

Ihr Lächeln dauert nur einen Moment. »Ich bin eigentlich nicht wirklich da.« Ihr Blick fällt auf den Blutfleck an seinem Hosenbein. »Danke, dass Sie das getan haben.«

Er will kein schnelles Einverständnis. »Wer ist dieser Mann?«

Sie reibt sich die nackten Unterarme. Außer dem Ehering trägt sie keinen Schmuck. »Sie werden keine Schwierigkeiten mit ihm haben.«

»Die Schwierigkeiten sind schon da.«

»Sein Name ist Luiz. Wir sind miteinander verwandt.«

»Ihr Verwandter wurde mit einem Säbel verletzt.«

»Es war eine Machete.« Unter ihrem Kopftuch wird ein Schweißtropfen sichtbar, er rinnt über die Stirn und versickert in der Augenbraue. »Es war ein Streit, ein Missverständnis.«

»Warum wurde der Mann auf einem Laster transportiert? Er hätte ins Krankenhaus gehört.«

»Deshalb bin ich ja hier.«

»Weshalb solche Umstände, Señora? Warum haben Sie keine Ambulanz geholt?«

»Ich sagte schon …«

»Sie wollen ihn mitnehmen, bevor wir die Polizei verständigen«, fällt Christian ihr ins Wort.

»Müssen wir das unbedingt hier besprechen?«

In einem Haus am Fluss ist Licht angegangen.

»Kommen Sie.« Er nimmt den Weg entlang der Büsche. Der Pfad ist glitschig, Avocadoblätter verwelken darauf. Das Gartenhaus ist ein offener Holzbau, durch den die Luft streicht. Gerade schickt die Sonne die ersten Strahlen über den Hügel. Der Atem des Verwundeten geht langsam. Die Frau betrachtet sein fahles Gesicht. Christian prüft den Verband. An der Unterseite ist er rot getränkt.

»Die Sehnen wurden durchschnitten. Ich habe das Bein geschient. Sonst konnte ich nichts tun, als die Blutung zu stillen.«

Ihr Blick fällt auf das gebrauchte Besteck in der Blechschale. »Woher können Sie das?«

»Ich habe es im Krieg gelernt.«

»Im Krieg«, wiederholt sie und atmet tief durch. »Wann wird Ihre Verlobte aufwachen?«

Christian mustert die schlanke Frau. »Wir sind fremd hier, Señora, Gäste in Kuba. Wir wollen in nichts Zweifelhaftes verwickelt werden.«

Sie tritt dicht vor ihn. »Man könnte ihn mitsamt dem Tisch zum Auto tragen.«

»Sie haben meine Frage nicht beantwortet. Werden Sie den Mann ins Krankenhaus bringen?«

»Ich fahre ihn zu einem Arzt.«

»Wie heißt dieser Arzt?«

»Doktor Pessão.«

»Warum darf Ihr Verwandter nicht im Krankenhaus behandelt werden?«

»Ich will nicht, dass die Polizei davon erfährt.«

»Sie sind die Frau des Gouverneurs. Er befehligt die Polizei.«

»Sie kennen Kuba nicht, Señor Tolmein.« Ihre Augen werden schmal. »Die Polizei übt ihre Macht hier auf besondere Weise aus. Luiz hat nichts verbrochen. Er vertritt nur eine Meinung, die nicht toleriert wird.«

Christian betrachtet die feinen Falten in den Augenwinkeln der Gouverneursgattin. Wie hat sie sich die Narbe an der Nase zugezogen? »Ihr Mann mag es nicht, wenn Sie mit dem Motorrad über den Fluss fliegen. Wie wird er auf Ihren Ausflug im Morgengrauen reagieren?«

Yamilés Züge werden weicher. »Es wird ihm nicht gefallen. – Wollen wir Luiz jetzt zum Auto schaffen?«

»Der Tisch ist zu schwer für Sie.«

Sie wendet sich nach draußen. »Raoúl?«

Vor dem Gartenhaus steht ein Mann. Er trägt ein schwarzes Hemd und derbe Schuhe.

»Wie kommen Sie herein?« Christian stellt sich ihm in den Weg. Auf den zweiten Blick erkennt er den Diener aus dem Gouverneurspalast.

»Raoúl hilft mir«, erklärt sie.

In den vergangenen Minuten, im Zwielicht des Gartens, ist Christian dem trägen Charme der Frau erlegen. Jetzt aber gibt er Carlotta hundertmal recht: Sie hat die unangenehmen Folgen seiner Hilfsbereitschaft vorhergesehen.

Señora de Gayas spürt sein Zögern. »Sie haben Luiz letzte Nacht geholfen. Jetzt erlauben Sie mir, ihn mitzunehmen.«

»Und wenn die Polizei fragt, wo er ist?«

»Weshalb sollte sie fragen?«

»Carlotta will sie verständigen.«

Yamilé mustert ihn, wie man ein ungezogenes Kind betrachtet, für das man sich eine Strafe ausdenkt. »Ich gebe mich in Ihre Hand, Señor Tolmein, allein durch die Tatsache, dass ich hier bin. Es ist mein Risiko, nicht Ihres. Ich kann nicht zulassen, dass die Polizei Luiz findet.«

Der Mann auf dem Tisch stöhnt. Christian fühlt seinen Puls. »Er hat Fieber. Das ist normal. Er wird bald erwachen. Dann braucht er etwas gegen die Schmerzen.«

»Helfen Sie uns?«

Statt einer Antwort packt Christian die Tischplatte an zwei Ecken. Der Diener fasst am anderen Ende an.

»Danke«, sagt Yamilé.

5

Christian fährt den *Horch*. Die Fenster sind heruntergelassen, er hält den Arm in den Fahrtwind. Weste und Jacke liegen neben ihm. Es ist die gleiche Strecke wie vor Stunden, und doch erinnert nichts an die nächtliche Fahrt durch den Dschungel. Die Ceibabäume sind über und über mit Parasiten bewuchert, man erkennt die Wirtspflanze kaum noch. Moosflechten, dick wie Strohballen, lassen ihre zottigen Bärte ins Dickicht hängen. Der Weg führt vorbei am *Wasserkopf*. Christian hat dem Felsen diesen Namen gegeben. Es ist ein ungewöhnlicher Wasserfall. Der Bach stürzt nicht einfach in die Tiefe, er umhüllt den Felskopf mit weißer Gischt, umgibt ihn mit einem wässrigen Film und mündet in ein türkisblaues Bassin. Christian verlangsamt, ein sicheres Stück vom Straßenrand hält er an. Welke Gummibaumblätter, groß wie Wagenräder, liegen auf dem Boden. Er springt von einem zum nächsten, um seine Schuhe vor dem Morast zu schützen.

»Diese Frau bringt nichts als Ärger«, hatte Carlotta beim Frühstück gesagt. Sie teilte eine Tropenfrucht in zwei Hälften und pulte die Kerne aus dem Fleisch. »Was esse ich da eigentlich?«

»*Cherimoya.*« Er half ihr, die schuppige Schale abzuschneiden.

»Ich werde froh sein, wenn es zu Hause endlich wieder Hörnchen und Kirschmarmelade zum Frühstück gibt.« Das Fruchtfleisch lief ihr übers Kinn. »Diese Frau scheint der

Sargnagel ihres Mannes zu sein. Kein Wunder, dass er nervös ist. Schon dieser Name – Yamilé, wie affektiert!«

»Ich finde ihn eigentlich ganz schön.« Christian aß drei Scheiben Speck, zwei Eier und Maisbrot. Nach der durchwachten Nacht verspürte er einen seltenen Heißhunger.

»Für ein Nuttenparfum vielleicht, nicht für die First Lady von Santiago.« Carlotta schlenderte über die Veranda. Der Fächer, treuer Freund aus Urlaubstagen an der Ostsee, umflatterte ihre Schläfe wie ein Kolibri.

»Hätte ich dich vorhin besser wecken sollen?«, fragte er vorsichtig.

»Im Gegenteil. Nach einem Frauengespräch im Morgengrauen wäre mir nicht der Sinn gestanden. Außerdem, hätten wir sie zusammen empfangen, hätten wir wesentlich formeller reagieren müssen. So, wie es abgelaufen ist, kann man es deiner liebenswert philanthropischen Ader zuschreiben.«

»Du denkst, es war falsch, nicht wahr? Du denkst, wir hätten den Mann besser seinem Schicksal überlassen sollen?«

»Gestern dachte ich das, Krickel, jetzt nicht mehr. Wer konnte auch ahnen, dass die Gouverneursgattin in unserem Haus einen angeblichen *Verwandten* aufgabelt?«

»Du glaubst ihr nicht?«

Carlotta machte ihren anzüglichen Mund. »Die Verletzung war ein Machetenhieb, sagst du? Ein eifersüchtiger Ehemann wäre wohl in der Lage, mit einer Machete zuzuschlagen.«

»Möchtest du, dass wir die Polizei verständigen?«

»Erst mal nicht. Die Wendung der Ereignisse ist für uns nämlich nicht uninteressant. Möglicherweise ist der Gouverneur durch seine Frau angreifbar geworden.« Carlotta hob den geschlossenen Fächer vor den Mund. »Vielleicht wäre es nützlich, wenn wir die Frage der Nickelschürfrechte nicht mit ihm, sondern mit Señora de Gayas besprechen.«

Christian konnte mitansehen, wie die Idee heranflog und

sich gleich einem Schmetterling auf Carlottas Schulter setzte. »Du willst sie als Verbündete gewinnen? Oder willst du sie etwa erpressen?«

»Das ist ein unschönes Wort. Lass es mich so sagen: Wir haben ihr geholfen, ist es da nicht fair, wenn sie uns im Gegenzug hilft?« Mit dem Fächer gab sie ihm einen Klaps. »Aber nicht ich werde mit Yamilé sprechen, sondern ihr Ritter in schimmernder Wehr, der selbstlose Samariter, der Wunderarzt von eigenen Gnaden.«

»Ich?«, fragte er überrascht.

»Du.«

»Wie stellst du dir das vor? Ich kann nicht einfach in den Palast hineinspazieren und mich bei der Frau des Gouverneurs melden lassen.«

»Sie hat dir den Namen des Arztes gesagt, zu dem sie den Verletzten bringen wollte.«

»Doktor Pessão.«

Carlotta hob lächelnd die Arme. »Wie viele portugiesische Ärzte mag es in Santiago wohl geben?« Sie ließ keinen von Christians Einwänden gelten. »Seit dem missglückten Dinner gestern wird mir allmählich klar, dass ich hier nur meine Zeit verplempere. Die Kubaner sind freundliche Menschen, aber es fällt ihnen so verdammt schwer, ja oder nein zu sagen. Wenn nicht bald eine Entscheidung fällt, muss ich es eine Stufe höher versuchen.«

»Die nächste Stufe ist der Präsident.«

»Du sagst es. Und ich bräuchte schon mehr als eine gefüllte Brieftasche, falls ich mit El Présidente Machado sprechen will. Wenn er überhaupt mit einer Frau verhandelt.« –

Christian hat den *Wasserkopf* erreicht. Mit geschlossenen Augen steht er vor dem Wasserfall, sein Gesicht ist feucht von Sprühtropfen. Er hebt den Kopf, die Sonne steht im Zenit.

Die Aussicht auf ein Wiedersehen mit Señora de Gayas stimmt Christian fröhlich. Aus welchem Grund? Er ist keiner, der in der Jagd auf Damenherzen Bestätigung sucht. Ist es Yamilés Mut, zugleich ihre Verletzlichkeit? Ist es das Rätsel, das sie aufgibt, sind es die Fragen, die sie aufwirft? Die Frau, die eine Brücke zum Einsturz bringt, die im Morgengrauen Besuche abstattet, ohne Rücksicht auf das Ansehen ihres Mannes.

Christian wischt sich das Wasser aus dem Gesicht. Carlotta will, dass ich mit ihr rede, das ist alles. So einfach ist das.

Christian weiß, wenn er sich belügt. Er gibt es nur nicht immer zu.

6

»Ich sehe dich!«

Der schwarze Schopf verschwindet hinter der Rampe.

»Ich seh dich immer noch.«

Manolito duckt sich noch tiefer hinter sein Papptheater. *El títere,* der gemalte Kasper mit der Halskrause, grinst von seiner Bekrönung auf Yamilé herab. Sie wirft einen Blick zur Kaminuhr. Obwohl es schon Mittag ist, konnte sie den Palast noch nicht verlassen.

Manolito zieht den Theatervorhang zu. »Ich spiele jetzt die Bestrafung des Königs.«

»Wir haben keinen König mehr, Manolito.« Ohne dass der Junge es merkt, schlüpft sie in ihre Schuhe.

»Bestraft werden muss er trotzdem.«

»Stimmt. Könige müssen bestraft werden, damit sie endlich auf ihr Volk hören.«

Mit zwei Fingern schiebt der Junge den Vorhang auseinander, sein erhitztes Gesicht taucht auf. »Wo ist unser König denn hingekommen?«

Yamilé bedenkt sich, bevor sie dem Fünfjährigen antwortet. »Zum letzten Mal haben wir Kubaner unseren König im Jahr 1868 besucht.«

»Hat er denn nicht bei uns gelebt?«

»Nein. Der König wollte nur unser Zuckerrohr und unsere Bodenschätze. Er lebte weit weg, jenseits des Meeres, in der großen Stadt Madrid. Unsere Abgesandten reisten über den Atlantik und wollten den König um größere Unabhängigkeit bitten. Am Hof des Königs wurden sie lange Zeit hingehalten und durften ihm schließlich nur einen Höflichkeitsbesuch abstatten. Ihre Forderungen kamen nicht zur Sprache. Kurz darauf hat der große Carlos Manuel de Céspedes die eigenständige kubanische Nation ausgerufen.«

Manolito tritt hinter dem Kaspertheater hervor. »Hat sich der König das gefallen lassen?«

»Natürlich nicht. Die Spanier haben uns den Krieg erklärt, sie haben uns jahrelang bekämpft. Man hat Céspedes umgebracht und in einem Massengrab verscharrt.«

Nachdenklich kommt Manolito auf seine Mutter zu. Sein Schlips ist verrutscht, am Bauch steht ein Hemdknopf offen. »Was ist ein Höflichkeitsbesuch, Mamá?«

»Das ist ein Treffen von Leuten, die sich nichts zu sagen haben.«

»Wird dabei gar nicht geredet?«

»Es wird sogar viel geplappert, aber nichts, was von Bedeutung ist.« Sie wuschelt seinen Kopf. »Spiel mir was vor, Manolito. Ich habe nicht mehr viel Zeit.«

Er rennt zum Theater. »Isst du denn nicht mit mir zu Mittag?«

»Leider nicht.« Yamilé ist traurig und wütend, vor allem aber hat sie Angst. »Ich muss noch einmal fort.«

»Wohin?«

»Fang an.« Sie klatscht in die Hände. »Ich bin gespannt auf die *Bestrafung des Königs.*«

»Was ist hier im Gang?«, fragt eine ernste Stimme an der Tür.

»Miguel.« Yamilé springt auf, sie hat nicht mit ihrem Mann gerechnet. »Ist der Empfang schon zu Ende?« Der Gouverneur trägt die blaue Uniform mit den weichen Stiefeln und der Ordensschärpe.

»Papá!« Manolito springt hinter dem Theater hervor.

»Welches Stück wird denn heute gegeben, Manolito?« Der Gouverneur setzt ein unbeholfenes Lächeln auf, Schweiß steht auf seiner Stirn.

»Die Bestrafung des Königs«, antwortet Manolito. »Der König von Spanien hat seine Frau erschlagen, darum muss er bestraft werden.«

»Sind das die Spiele, die du ihm beibringst?« Miguel überragt Yamilé um Haupteslänge.

Sie tritt vor ihn. Miguel tut ihr leid, weil ihm Fröhlichkeit so schwerfällt. Er wäre gern ein liebenswürdiger Vater, zugleich hält er Strenge für die einzig richtige Erziehungsmethode.

»Mamá hat nichts damit zu tun«, verteidigt der Junge seine Mutter. »Ich habe es mir allein ausgedacht, weil der König ein Feind Kubas war.« Die Kasperfigur auf der Hand, rennt er zum Vater. Knapp vor dem Gouverneur bleibt er stehen, als ob zwischen ihnen eine unsichtbare Wand wäre.

»Geh hinunter und setz dich zum Essen«, sagt De Gayas.

»Ich bin noch nicht hungrig.«

Der Vater quittiert den Widerspruch mit einem Hochziehen der Augenbrauen.

»Jawohl, Papá.« Im Hinausgehen wirft der Junge die Holzpuppe auf einen Stuhl.

»Ich wollte auch gerade …« Yamilé tut ein paar Schritte hinter ihm her.

»Einen Moment wirst du für mich gewiss erübrigen.« Der Gouverneur bedeutet Yamilé, sich zu setzen. Er selbst nimmt auf dem Kanapee Platz. »Ich habe dich beim Frühstück vermisst.« Er zieht die Schärpe glatt. Der steife Kragen quetscht sein Kinn.

Das ist das Signal, das den Kampf einläutet. Yamilé rechnet schon den ganzen Vormittag damit, allerdings hat sie eine schriftliche Notiz erwartet. Miguel hat es sich zur Gewohnheit gemacht, ihr innerhalb des Palastes Mitteilungen auf grauem Amtspapier zukommen zu lassen. *Deine Bluse weht öffentlich im Wind. Bitte nimm sie von der Leine,* lautete der erste dieser Briefe. Yamilé hat ihn aufgehoben, weil sie ihn lustig fand. Mit den Monaten änderte sich der Ton. *Ich wünsche, dass du nicht abgehetzt und vor allem nicht nach mir zu öffentlichen Anlässen erscheinst.* Miguel sah Streit mit Yamilé als unter seiner Würde an. Mit seiner Frau über ihr Verhalten zu diskutieren lag außerhalb seiner Vorstellung.

Yamilé sitzt aufrecht da. Was sie jetzt braucht, ist Festigkeit. »Ich hatte zu tun«, antwortet sie freundlich.

»Darf ich fragen, was du um eine Zeit zu tun hast, wenn noch nicht einmal die Diener wach sind?«

Seit langem fürchtet Yamilé, dass Miguel sie beobachten lässt. »Hast du wieder deinen *Schakal* hinter mir hergeschickt?«

»Gib acht, was du sagst, meine Liebe.« Eine Wolke aus Zorn steigt ihm ins Gesicht.

»Ich mag es nicht, dass du mir Dinge aus der Nase ziehst, die du offensichtlich schon weißt.«

Vor einer halben Stunde hat man Yamilé einen Krug Limonade auf dem runden Tisch serviert. Die Intarsien des Möbels sind aus Perlmutt, die Platte ruht auf einem wuchtigen Fuß. Sitzend packt der Gouverneur den massiven Tisch und stürzt ihn mit einer einzigen Bewegung um. Seine Kraft ist so groß, dass das schwere Möbel durch das Kinderzimmer fliegt und das Puppentheater umreißt. Der Krug zerbricht, die Silberdose prallt gegen die Wand, granatenartig explodiert der Kandiszucker. Ein Löffel landet unweit von Yamilés Fuß.

Miguel lässt mehrere Sekunden vergehen, er streicht über den Militärverdienstorden auf seiner Brust. »Du berichtest mir Punkt für Punkt, welchen Anteil du an dem Verbrechen trägst.«

»Verbrechen?« Sie bezwingt den Impuls, ihn anzuschreien. »Luiz wurde gefoltert. Mit deinem Wissen, vielleicht auf deinen Befehl.«

»Wer hat ihn aus der Zelle befreit?«

»Das weiß ich nicht.«

»Wer war es?«, fragt er schärfer. »Was hat dich die Sache gekostet? Wie viel von meinem Geld hast du für seine Flucht verschleudert?«

»Er ist mein Vetter«, antwortet sie eindringlich.

»Er konspiriert mit den Leuten in den Bergen. Ist er ihr Anführer?«

»Luiz? Lächerlich. Aber wenn du dir seiner Schuld so sicher bist, weshalb bekommt er kein ordentliches Verfahren? Man hat ihn ohne Anklage festgehalten. Man hat ihn gequält!«

»Wo ist er?«, wiederholt der Gouverneur eisig.

»Er wird gepflegt.«

»Von wem?«

Yamilé ballt die Fäuste auf dem Schoß. »Ich staune, dass dir dein Spitzel das nicht verraten hat.«

Er lehnt sich zurück, ein tiefer Atemzug spannt seine Uniform. »Ich frage ein letztes Mal: Wo ist Luiz?«

Sie nimmt allen Mut zusammen. »Du bist Chef der Polizei. Finde es heraus.«

Der Gouverneur wischt sich über das glatt rasierte Gesicht. »Leider habe ich dir zu viele Freiheiten gelassen, Enamorada«, antwortet er mit echtem Bedauern und steht auf. Die weichen Stiefel verleihen ihm etwas von einem Tänzer. Zu Beginn ihrer Beziehung hatte Yamilé geglaubt, seine leichten Bewegungen seien Ausdruck eines toleranten Charakters. Dass es nur die verräterischen Zeichen seiner Unsicherheit sind, begriff sie erst, als sie schon mit Manolito schwanger war. Sie hatte sich in Miguel genauso getäuscht wie er in ihr.

Yamilé Enamorada Hevia, einzige Tochter der Hevia-Familie, hatte sich aus vollem Herzen in den Karriereoffizier verliebt. Die Kontakte der Hevias zu den Amerikanern brachten Miguels Laufbahn erst richtig in Schwung. Kurz nach Machados Wahl zum Präsidenten Kubas erfolgte Miguels Ernennung zum Gouverneur. Kraft seines Amtes würde ihr Mann dringende Veränderungen in der Provinz herbeiführen, hatte Yamilé gehofft. Doch mit dem Einzug in den Gouverneurspalast änderte der elegante Tänzer seinen Takt. Von nun an tanzte er nach der Pfeife der Amerikaner.

»Ich habe dir erlaubt, den Leuten in den Siedlungen zu helfen.« Schritt für Schritt kommt er auf sie zu. »Ich habe keinen Einwand erhoben, als du Motorradfahren lernen wolltest, trotz der Gefahren. Ich habe geduldet, dass du dich in gewissen freigeistigen Kreisen bewegst, solange es sich um kulturelle Aktivitäten handelt.« Er beugt sich über sie. »Wenn jedoch deine *sozialen Aktivitäten* so weit gehen, dass du dich politisch engagierst und dadurch meine Position untergräbst, werde ich das nicht zulassen.« Ein Blick aus tief verschatteten Augen. »Begreifst du das, meine Liebe?«

»Und was willst du dagegen unternehmen?«

Einen Moment fürchtet sie seinen Schlag, doch Miguel packt Yamilé bei den Oberarmen und zerrt sie aus dem Sessel hoch. Sie spürt sein Zittern, auch seine Beherrschung. Die Hände gleiten wieder von ihr ab.

»Du nennst mir sofort den Aufenthaltsort deines Vetters, oder ich lasse alle freien Ärzte Santiagos verhaften. Du unternimmst von nun an nichts mehr, was meinem Ansehen schadet und verhältst dich endlich so, wie es der Frau des Gouverneurs geziemt. Andernfalls zwingst du mich zu drastischen Maßnahmen.«

Sie spürt noch den Druck seiner Hände auf ihren Armen. »Was meinst du damit?«

»Ich müsste dir verbieten, unseren Sohn zu sehen.«

»Das kannst du nicht.« Sie weiß, er meint es ernst.

Miguel ist die Zufriedenheit anzusehen. Er hat den richtigen Hebel angesetzt, der sie zur Vernunft bringen wird. »Ich finde, Manolito sollte seine Großeltern öfter besuchen.«

»Du darfst ihn nicht zu meinem Vater geben!«, schreit sie.

»Es liegt bei dir. Bis heute Abend muss Luiz wieder in Polizeigewahrsam sein. Ich sorge dafür, dass man ihn anständig behandelt.«

»Er ist verwundet.«

»Das hat er sich selbst zuzuschreiben.« Miguel nimmt ihre Hand. »Ay carajo, Yamilé. Wie konntest du dich so weit gehen lassen?« Er haucht einen Kuss darauf. »Bis heute Abend, verstehst du? Andernfalls macht unser Sohn einen Ausflug nach *Los Cruceros*.« Mit einem Seitwärtsschritt steigt er über den zerbrochenen Krug und verlässt das Kinderzimmer.

Wie eine Schlafwandlerin läuft Yamilé in den großen Raum hinein. Die verschüttete Limonade hat eine Lache gebildet. Vor dem Stuhl mit der Kasperfigur bleibt sie stehen. *El títere* grinst böse zu ihr hoch.

7

Die Praxis des Doktor Pessão existiert nicht mehr. Im Krankenhaus war man hilfsbereit, eine Schwester schaute im Register nach. Doktor Monteiro Pessão hat sich vor sieben Jahren zur Ruhe gesetzt. Im Telefonbuch von Santiago fand Christian nur einen Eintrag unter dem Namen *M. Pessão* in der *Calle San Germán*.

Eine friedliche Gegend, während der Siesta sind kaum Leute auf der Straße. Ein Haus mit Vorgarten, daneben ein Schuppen. Die Bougainvillea blüht rosa und violett. Die geschlossenen Fensterläden schützen gegen die Hitze und geben Christian eine Ahnung davon, dass sein Besuch unerwünscht sein könnte. Vergeblich sucht er eine Klingel. Er öffnet die hüfthohe Gartenpforte und geht zum Haus. Diese Tür muss einmal blau gewesen sein, inzwischen hat der Regen ihr die Farbe von Stahl verliehen. Christian klopft.

»Señor Pessão? ¡Hola?«

Die Tür lässt sich öffnen. Ein dunkler Flur. In der geschnitzten Halterung der Garderobe steckt ein Regenschirm. Darf Christian das fremde Haus uneingeladen betreten? Wer sagt, dass die Adresse stimmt? Wer sagt, dass die Gouverneursgattin ihm den richtigen Arzt genannt hat?

»Doktor Pessão? ¡Hola? Ist niemand zu Hause?«

Ein paar Schritte zum Treppenabsatz, er wirft einen Blick nach oben. Die Tapete hat sich gewellt, hinter dem Sonnenschutz zittert das Licht. Am Fuß der Treppe sitzt eine Katze. In der Hitze bemitleidet er sie um ihr dickes Fell.

»Na, Mieze, wo ist dein Herrchen?«, fragt Christian auf Deutsch.

»Hier«, antwortet jemand in seiner Muttersprache.

Überrascht blickt er sich um. »Sie verstehen mich?«

»Warum wohl nicht?« Die Stimme dringt durch eine Klappe in der Wand. Vielleicht ein Fenster, durch das sich die Patienten des Doktors früher zur Behandlung angemeldet haben.

»Entschuldigen Sie mein Eindringen.« Christian steigt über die Katze. »Ich suche Doktor Pessão.«

»Weshalb?« Auf der anderen Seite sitzt eine Frau, die Christian an seine Großmutter erinnern würde, hätte sie nicht eine Zigarre im Mund. Ihr Haar ist onduliert, der Hals so breit, dass man meint, der Kopf säße auf einer massiven Säule. Sie trägt leuchtend rote Ohrringe und guckt ihn über den Brillenrand an.

Christian bückt sich und spricht durch das Loch. »Der Doktor behandelt einen Bekannten von mir.«

»Das glaube ich nicht.« Sie nimmt einen Zug aus der Zigarre. »Woher kommen Sie?«

»Lübeck. Und Sie?«

»Schlesien.«

»Was hat Sie nach Kuba verschlagen?«

»Der Hunger und Bismarcks Sozialistengesetze.«

»So alt sind Sie doch nicht.«

»Sparen Sie sich die Komplimente. Unsere Familie ist 1890 ausgewandert. Und was führt Sie nach Santiago?«

»Ich begleite meine Verlobte.« Er richtet sich auf. »Wann kann ich Doktor Pessão sprechen?«

»Gar nicht.«

»Weshalb?«

»Er ist tot.«

»Tot?«

»Seit drei Jahren.«

Christian fährt sich durchs Haar, das vom Wasserfall noch feucht ist. »Aber man sagte mir… dass der Doktor noch praktiziert.«

»Wer hat Ihnen das gesagt?«

Christian überlegt. Er möchte Señora de Gayas nicht in Schwierigkeiten bringen. »Der Name meines Bekannten ist Luiz.« Links von der Klappe entdeckt er eine Tür. »Darf ich hereinkommen?«

»Nein.«

Er hat schon nach der Klinke gegriffen und lässt sie wieder los. »Mein Name ist Christian Tolmein. Mit wem habe ich das Vergnügen?«

»Ich bin Martha.«

Unterwegs hat Christian sich ausgemalt, wie die Begegnung mit Señora de Gayas verlaufen könnte. Allmählich wird ihm klar, dass er sie an diesem Ort nicht wiedersehen wird. Er wendet sich zum Gehen. »Verzeihen Sie, dass ich einfach hereingekommen bin.«

In der Ecke des Flures lehnt ein Stück Holz, es ist die Armlehne eines Schaukelstuhls. Man erkennt das an dem runden Loch, mit dem das Brett früher am Stuhl verankert war. Es ist dasselbe Brett, mit dem Christian das Bein des Verletzten geschient hat. »Merkwürdig.« Er bleibt stehen.

»Was ist?«

»Ich könnte schwören, dass ich dieses Stück Holz letzte Nacht in der Hand hatte.«

»Was für ein Holz?« Bewegung im Hintergrund, die Alte beugt sich aus der Luke.

Er hält es in den Lichtstreifen, der durch die Oberlichte fällt. »Sehen Sie den dunklen Fleck? Das ist Blut. Die Wunde, die ich verbunden habe, blutete stark.« Die Armlehne in der Hand, kehrt er zu der Frau zurück. »Erlauben Sie mir jetzt, dass ich den Doktor spreche?«

Zigarrenqualm dringt ihm entgegen.

»Sie ist der Doktor«, hört Christian hinter sich.

Leise hat sich die Eingangstür geöffnet. Tageslicht scheint durch das rotbraune Haar von Yamilé. »Was wollen Sie hier?«

Freude durchzuckt ihn und die Erkenntnis, dass seine Anwesenheit sie irritiert. Bevor er antworten kann, spricht die alte Frau.

»Er kam plötzlich herein. Er sagt, er kennt Luiz. Ich habe ihn weggeschickt, aber –«

Yamilé schließt die Tür. Im dämmerigen Flur stehen sie einander gegenüber. »Es ist nicht gut, dass Sie hier sind.«

»Ich mache nur einen *Arztbesuch.*«

»Es ist gefährlich für Martha – und für mich.« Unruhig mustern ihn ihre dunklen Augen. »Sie sind ein Fremder.« Sie dreht sich zum Ausgang. »Ihr Auto muss da draußen sofort weg. Es ist zu auffällig.«

Seit heute Morgen hat sich ihr Ton geändert, Christian spürt Angst hinter ihrer Bestimmtheit. Er zögert.

»Bitte gehen Sie.«

Er lehnt das Brett gegen die Wand. »Dann entschuldigen Sie meinen Besuch. Auch Sie, Señora Martha.«

Christian tritt ins Freie und gewöhnt die Augen an die Helligkeit. In seinem Rücken reden die Frauen leise miteinander. Er steigt in den *Horch.* Als er starten will, sieht er Martha zu einem Schuppen laufen. Das Tor hängt schief in den Angeln. Als sie es öffnet, knarrt das alte Holz. Die Deutsche winkt ihm. Menschen gehen ihres Weges, zwei Fahrradfahrer, ein Lastwagen, der auf drei Rädern vorbeirumpelt. Martha winkt ihm ein zweites Mal. Christian lässt den Motor an, der schwere Wagen vibriert.

Bis zu diesem Moment war er nur ein neugieriger Ausländer, der einem Verunglückten geholfen hat. Sobald er in diesen Schuppen fährt, ändert sich alles. Jeder vernünftige

Gedanke rät ihm, es nicht zu tun. Die junge Frau da drin ist in ernsten Schwierigkeiten. Christian kann ihre Schwierigkeiten nur vergrößern. Er schaltet in den Rückwärtsgang, legt den Arm über die Lehne und setzt den Wagen zurück. Die alte Frau tritt zur Seite. Die Hinterräder überfahren die Schwelle, es wird dunkel im *Horch*. Die Bremslichter lassen die Rückwand rot erstrahlen. Während er den Motor abstellt, schließt Martha das Tor von innen. Sie nimmt ihn mit ins Haus und führt ihn in das Zimmer hinter der Klappe. Es ist die Küche. Yamilé erwartet ihn. Ihr Gesicht ist blass. Sie trägt ein dunkelblaues Kleid.

Überrascht sieht Christian sich um. »Ich dachte, hier wäre die Praxis des Doktors. Diese Klappe …?«

»Ist die Durchreiche ins Speisezimmer. Das ist Doktor Pessãos Privathaus.«

»Und wo ist er selbst?«

»Er lebt nicht mehr.«

»Sie sagten mir im Morgengrauen, Sie bringen ihn zu …«

»Sie haben sehr viele Fragen gestellt. Ich kannte Sie nicht.«

»Sie kennen mich auch jetzt nicht.«

Vom Flur her hört man die Katze schreien. Die alte Frau geht hinaus. »Komm, Minka.«

»Martha ist die Witwe des Arztes.« Yamilé setzt sich auf die Eckbank. »Seit dessen Tod behandelt sie seine früheren Patienten – umsonst. In den Jahrzehnten als seine Assistentin hat sie das Nötige gelernt.«

»Weshalb haben Sie mich von Martha zurückrufen lassen, Señora?« Christian geht einen Schritt auf Yamilé zu.

»Es ist – sehen Sie …« Sie hebt die Hand, als wollte sie Schweiß von der Stirn wischen. Langsam massiert sie ihre Augenbrauen. Als sie die Hand wegnimmt, begreift Christian, dass sie weint.

»Señora – was haben Sie?«

Ihr Mund, wie der eines unglücklichen Kindes. Kein Trost, scheint es, richtet gegen dieses Weinen etwas aus. Nach einem Moment berührt Christian ihre Schulter. Sie sinkt gegen seine Hand. Ihr Körper zittert. Er will etwas sagen, was könnte er sagen? Mit der Linken streicht er über ihr Haar, auf und ab. Es dauert eine Weile, bis das Weinen nachlässt. Sie richtet sich auf. In ihrem Blick ist keine Verlegenheit, nur Erleichterung.

»Ich habe wenig Zeit und muss entscheiden …« Sie öffnet eine Schublade, nimmt eine Stoffserviette heraus und wischt sich das Gesicht ab. »Ich sollte jetzt nach Luiz sehen. Wollen Sie mitkommen, Señor Tolmein?«

»Ich heiße Christian.«

»Warum tun Sie das?« Verwundert sieht sie ihn an.

»Vielleicht wegen der Hitze. Ich vertrage die Hitze so schlecht.«

8

»Es sind nette Leute. Wir sollten sie einmal einladen.« Hillary Root befeuchtet einen Finger und tippt auf den heißen Brennstab.

»Dieser Tolmein ist ein Elefant im Porzellanladen.« Martin Root schließt sein Seidenhemd von unten nach oben.

»Er ist ein Forscher, was erwartest du von so jemandem?« Sie wickelt eine Haarsträhne um den Brennstab und hält sie mehrere Sekunden lang fest. »Mir hat gefallen, wie er der Sache mit der Brücke um jeden Preis auf den Grund gehen wollte.«

»Er ist dem Gouverneur unnötig in die Parade gefahren. De Gayas ist eine Mimose. Wenigstens auf seinem eigenen Territorium will er die Nummer eins sein.« Martin nimmt eine Krawatte aus der Schublade.

Durch den Spiegel sieht sie ihn an. »Nicht jeder besitzt deine Fähigkeit, Menschen so zu lenken, dass sie glauben, deine Wünsche wären ihre eigenen.«

»Wie wäre es mit der hier?« Er hält die Krawatte in ihr Blickfeld. »Oder lieber eine Fliege?«

Hillary dreht sich um. Zärtlich fasst sie in Martins Hemdausschnitt und streichelt seine Brust. »Weder noch. Offener Kragen steht dir.«

Eine Spur zu hastig richtet er sich auf und wirft die Krawatte aufs Bett. Hillarys Gesicht, gerade noch erwartungsvoll, trübt sich ein.

»Verzeih mir, Martin.« Sie greift nach dem Lockenstab,

vergisst die Hitze und führt die verbrannten Finger zum Mund. »Ich wollte ja gar nichts.«

»Schon gut.« Sekunden, in denen er nicht weiß, wohin mit seinen Händen. »Was die Einladung von Miss Dücker und ihrem Erfinder betrifft, können wir dafür unmöglich den Gouverneurspalast ins Auge fassen. Nicht nach dem, was gestern Abend passiert ist.«

»Warum gehen wir nicht ins *Picaflor*?« Sie wagt ein anzügliches Lächeln. »Die Show ist pikant und das Essen anständig.«

»Ich glaube, du machst dir falsche Vorstellungen vom heutigen Deutschland. Man ist dort leichtlebiger als bei uns in den Staaten. Jedenfalls haben sie keine Prohibition.« Er prüft die Brille gegen das Sonnenlicht. Ohne Berührung geht er an ihr vorbei und nimmt den Strohhut vom Kleiderständer.

»Wegen vorhin, das tut mir leid, Martin.«

Er verlässt die Gästewohnung im Nordflügel des Gouverneurspalastes. An ihrem Schminktisch starrt Hillary auf die Person vor sich im Spiegel, die wieder einen ganzen Tag allein verbringen wird. Wozu soll sie ihre Locken zum tausendsten Mal in Form brennen? Sie öffnet den Morgenmantel und mustert ihre Brüste. Sie sind makellos geformt. Doch niemand ist an ihnen interessiert.

Die amerikanische Botschaft hat Martin einen Cadillac zur Verfügung gestellt, doch er hat dem Fahrer nicht Bescheid gegeben, dass er ausfahren möchte. Stattdessen schlendert Martin die *Santo Tomas* südwärts und vergewissert sich nach ein paar Häuserblocks, dass kein Uniformrock und kein Bekannter in der Nähe sind. Er winkt einer Droschke. Keine Pferdekutsche, ein trostloser Eselskarren. Er nennt dem Kutscher die Adresse und sinkt in den Sitz.

»¡Vamos!«, ruft der Mann. Im schweren Trott zieht der Esel den Wagen um die Ecke.

Martin schließt die Augen. Er mag Santiago nicht mehr sehen. Malerisch und lebendig, geschichtsträchtig, die zweitgrößte Stadt der Insel, bleibt sie doch ein Provinznest. Wenn schon Kuba, warum dann nicht Havanna? Weil ich von Guantánamo aus agieren muss. Die Rebellen sind in den Bergen. Und ich bin dafür zuständig. Ausgerechnet ich.

Ein jammervolles Geräusch. Ein dicker Mann sitzt vor seinem Haus und würgt eine Katze zum Spaß. Seine Freunde lachen. Im Zwielicht einer Bar spielen zwei Chicos Gitarre. Sie sollten es besser lassen. Die Gegend wird ärmer. Es ist das Viertel der Leinenweber. Mit dem Niedergang des Gewerbes wurden die Betriebe geschlossen, die Gebäude sind Ruinen. Schon am Nachmittag bieten dort *Chiquillas* ihre Begleitung an. Wenn ein Freier anbeißt, verschwinden sie mit ihm in einer der Hallen, wo früher die Webstühle standen.

Der Karren hält vor einem Ziegelbau, der vom Regen rostig braun gewaschen ist. Rechts und links wurden die Häuser abgerissen. Der Kutscher fragt, ob er warten soll. Martin schickt ihn fort. Kaum abgestiegen, ist er umringt von Mädchen, halbe Kinder. Als Abgesandter der USA findet Martin die Zustände verwerflich, als Privatmann ist ihm das Angebot lästig, als Mann ist er nicht interessiert.

»Geht nach Hause.« Er scheucht sie weg.

Ein Mädchen mit asiatischen Zügen folgt ihm bis zum Eingang. »Ein Dollar, und ich begleite dich für den Rest des Tages.« Sie schenkt ihm Einblick in ihre Bluse.

»Was soll ich den ganzen Tag mit dir anfangen?« Er klopft an die Tür.

»Für ein paar Centavos komme ich mit rein.«

Ihre Geschäftstüchtigkeit gefällt ihm. Er steckt ihr einen Geldschein zu. »Hau ab.«

Die Tür geht auf. »Wie geht es dir, Facóquero?«, sagt Martin beim Eintreten.

Ein Schädel im Halbdunkel, eine Landschaft voller Geschichten. Stirn und Wangen, der Hals, die Schultern sind mit Tätowierungen bedeckt. Ein Krokodil kriecht über den Hinterkopf, Lavamassen eines ausbrechenden Vulkans quellen von der Stirn zu den Augenbrauen. Eine Landkarte der Antillen rahmt das Ohr ein. Für eine Frau hat er die rechte Gesichtshälfte reserviert, sein Nasenflügel ist das Kissen, auf dem sie sich räkelt. Der Mann trägt bunte Ketten um den Hals, Muscheln und Korallen, Tierfiguren aus Lapislazuli.

»Trinken?«

»Nur Chandu«, antwortet Martin.

Facóquero bringt den Amerikaner durch den großen Raum, wo die meisten liegen. Kreuz und quer sind Pritschen aufgestellt. Mit offenem Mund träumen sie. Einem ist die Brille aus dem Gesicht gerutscht. Der Blick einer zusammengekrümmten Frau folgt Martin. Schwer wie Pech liegt der Geruch im Saal. Glutbälle glimmen in den Pfeifen, es ist so still, dass man das Raspeln der Palmblätter hört, die der Luftstrom des Ventilators bewegt.

Unterm Arm trägt der Tätowierte eine schlanke Trommel.

»Spielst du heute, Facó?«

»Vielleicht.«

Vom Korridor zweigen rechts und links die Höhlen ab. Hinter den Vorhängen Silhouetten, das Glimmen und Vergehen der Pfeifen verleiht dem Licht etwas von einem Atem. Facóquero schlägt ein blaues Tuch zurück, gebückt tritt Martin ein. Während der Tätowierte die Lampe vorbereitet, legt Martin Schuhe, Hut und Jacke ab. Bevor er auf den Diwan sinkt, verstaut er seine Brille unter dem Kissen. Facóquero öffnet die Büchse. Martin nimmt die Nadel, spießt ein erbsengroßes Klümpchen auf und erhitzt es über der Flamme. Der Chandu verdickt sich zu zähem Pech. Er drückt ihn in den Pfeifenkopf und entfernt die Nadel.

»Willst du Gesellschaft?« Als Schatten steht der Tätowierte hinter ihm.

Vorhin, als Martin Hillary verließ, nahm er sich vor, sich ihr zuliebe heute auf den Traum zu beschränken. Er macht es sich bequem, dreht den Pfeifenkopf nach unten und hält ihn übers Feuer. Er behält den Rauch in den Lungen. Ausatmend sagt er: »Ist Escapito da?«

Als er aufschaut, ist der alte Mann verschwunden. Martin richtet die Augen auf den Baldachin, dieses schmutzig klebrige, rauchgeschwärzte Himmelszelt. Er sehnt das dunkle Behagen herbei, das Wegfallen der Schwere, die sein lächerliches Dasein ausmacht. Nach ein paar Zügen beginnt er sich auf Escapito zu freuen. Von weither hört er dumpfe Schläge, blechern wie das Spiel einer Tuba: In seiner Ecke hat Facó zu trommeln begonnen.

9

Das Bauernhaus hat ein Blechdach, Stall und Scheune sind mit Schilf gedeckt. Dutzende Palmen spenden Schatten, dahinter erheben sich die Berge. Der *Horch* hält außerhalb des Hofes, ein Bach begrenzt das Grundstück. Christian füllt die Wasserflaschen und will die Motorhaube öffnen.

»Nicht hier«, sagt Yamilé durch das offene Fenster.

Er wirft einen Blick zum Haus, wo neugierige Kinder auftauchen. Christian winkt ihnen und fährt weiter. Etwas höher mutet der Wald wie ein Dickicht aus Perlenvorhängen an. Laub und Stämme wachsen in die Höhe, nach unten verlieren sich die Bäume in dichte Fäden, die der Wind bewegt.

»Luftwurzeln«, sagt Yamilé. Solange sie durch die Stadt fuhren, hielt sie die Arme über der Brust verschränkt und gab Anweisungen, wie Christian fahren sollte. Als sie die ersten Felder durchquerten, als Bauernhöfe auftauchten und eine Kaffeeplantage, wurde sie ruhiger. Sie dreht sich um. »Wie geht es dir, Luiz?«

Der bleiche Mann liegt auf dem Rücksitz, sein Hosenbein wurde abgeschnitten, der Gips reicht vom Oberschenkel bis zum Fuß.

»Er muss trinken.« Christian gibt ihr die Wasserflasche. Sie hält Luiz die Flasche an den Mund. Er wendet den Kopf ab und versinkt gleich darauf wieder in einen Dämmerschlaf.

Wenn man den Weg, der noch vor ihnen liegt, auf der Landkarte nachzeichnen würde, wäre es keine weite Strecke. Jetzt aber, in der Nachmittagshitze, will der Weg kein Ende nehmen. Kommt man von so weit her wie Christian, gesellt sich zu der Ungeduld die Angst vor dem Unbekannten.

Sie sind zusammen aufgebrochen, die Frau des Gouverneurs, der deutsche Chemiker und der Mann, von dem er immer noch kaum etwas weiß. Yamilé sagte, dass Luiz aus der Stadt fort müsse, zu Leuten, die sich um ihn kümmern würden. Christian hat keinen Zweifel, sie hat ihn nur widerstrebend ins Vertrauen gezogen, sie tut es lediglich, weil sie sein Auto braucht. Und er hilft ihr wider besseres Wissen; einer Frau, die er erst seit 48 Stunden kennt. Er tut es auch für Carlotta, bei deren Schachspiel mit dem Gouverneur Yamilé eine wichtige Figur sein könnte. Sie haben an einer entlegenen Stelle gehalten. Während Christian das Kühlwasser auffüllt, versucht er ans Ende dieser Gleichung zu schauen. Zu viele Variablen machen eine Schlussfolgerung schwer. Er kennt Yamile immerhin so gut, dass er versteht, eine Frau wie sie hat es in der kubanischen Männergesellschaft schwer. Je mehr Kraft sie einsetzt, desto mehr Widerstand erntet sie.

Eine Gleichung ist sinnlos an einem Ort, wo die Bäume in der Luft wachsen, die Schmetterlinge groß wie Tennisbälle sind und manche Vögel klein wie Bienen. Christian schließt die Motorhaube und betrachtet den Verwundeten. Er fiebert nicht mehr, aber die Hitze macht ihm zu schaffen. Im Freien müssen es vierzig Grad sein, im Auto weit mehr. Christian befeuchtet sein Taschentuch und legt es Luiz auf die Stirn.

»Wie weit noch?«

»Über den Berg.«

Die Straße schlängelt sich den Hügel hoch. Der Boden ist rot, die Erde rissig. Christian fährt in Schlangenlinien, der häufige sturzbachartige Regen hat tiefe Rinnen in die Fahrbahn gegraben. Eidechsen huschen zur Seite, wenn das motorgetriebene Monster auftaucht.

Bis jetzt waren Worte wie Inseln zwischen ihnen, ohne

Verbindung. Sie sparen aus, was nicht gesagt werden kann, wenn ihre Lage nicht noch unwirklicher werden soll.

»Was machen Sie beruflich?«, beginnt Yamilé. »Stahl und Eisen?«

»Ich leite die Forschungsabteilung bei Dücker.«

»Sie sagten, dass Sie als Arzt gearbeitet hätten.«

»Ich habe einem Arzt geholfen. Im Lazarett. Im Krieg vermischen sich die Dinge.«

Sie zieht die Schuhe aus und hebt die Knie auf den Sitz. »Wieso verhandelt Ihre Verlobte mit unserer Regierung und nicht Sie?«

Er schlägt das Lenkrad ein. »Carlotta ist das einzige Kind eines alten Mannes, dem die Stahlwerke gehören.«

»Und Sie?«

»Ich bin Chemiker. Ursprünglich wollte ich etwas anderes werden. Vielleicht hat mich unsere erste *Begegnung* deshalb so berührt.« Er schmunzelt. »Ich wollte ursprünglich einmal Brücken bauen.«

»Sie erstaunen mich.«

»Ach ja?«

»Und weshalb bauen Sie keine Brücken?«

»Vielleicht erzähle ich Ihnen den Grund einmal.« Er gibt Gas.

»Wir werden uns kaum wiedersehen.«

Sein Blick fällt auf ihre Schuhe auf dem Boden. Sie hat die Knie mit dem Kleid bedeckt.

»Sie sind ein Chemiker, der Brücken bauen möchte und bald reich heiraten wird.« Sie nickt ihren Worten hinterher. »Manche Dinge ähneln einander überall auf der Welt.«

»So einfach ist das nicht.«

»Vielleicht nicht einfach, aber praktisch.«

Er entdeckt ein wenig Spott in ihrem Gesicht. »Woher haben Sie diese Narbe?«

Sie fährt mit dem Finger über die Nase. »Nichts Dramatisches, falls Sie das annehmen sollten. Ich habe mal einen Jungen bewundert, der mit seiner Peitsche tolle Kunststücke anstellen konnte. Ich wollte es selbst ausprobieren. Das ist das Ergebnis.«

Christian nimmt eine knifflige Steigung zum Anlass, nichts zu erwidern. Yamilé hat recht. Als junger Chemiker hat er sich einen Stall ausgesucht, wo ihm die nötigen Mittel zur Verfügung stehen, die er für seine Forschung braucht. Er liebt Carlotta, sie passen gut zusammen, er hat sich nicht mit ihr verlobt, weil sie die Tochter des Stahlbarons ist. Und doch kann er sich nur schwer vorstellen, woanders zu arbeiten als in seinem modernen Labor. Wenn er mehr Mittel braucht, läuft er einfach über den Betriebshof und nimmt die schmale Treppe, geradewegs ins Büro seines Schwiegervaters.

Yamilé bricht das Schweigen. »Wie sieht Ihre Arbeit aus?«

»In der Hauptsache prüfe ich Testverfahren und mache Materialproben.« Wasser spritzt aus einem Schlammloch, er schaltet den Scheibenwischer ein. »Aber was mich eigentlich beschäftigt hat mit Stahl nichts zu tun. Carlottas Vater will sein Geschäftsfeld ausweiten. Stahl und Eisen wird man immer brauchen, sagt er, aber die Zukunft gehört dem Kunststoff.« Christian zögert. Soll er weitersprechen, soll er ihr von dem leuchtenden Stern erzählen, den er erreichen möchte? »Kohlenstoff«, sagt er, als wäre damit alles erklärt. »Nichts ist faszinierender, nichts gigantischer. Moleküle mit derselben Anzahl von Kohlenstoffatomen können bei unterschiedlicher Zusammensetzung verschiedene Formen annehmen und haben völlig verschiedene Eigenschaften.« Mit der Linken lenkt er, mit der rechten Hand gestikuliert er. »Mit Hilfe von Kohlenstoff will ich eine neue Art von Molekülen erschaffen, außergewöhnlich lange Moleküle. Ihren Zusammenhalt bewirken Kräfte, die noch kaum erforscht sind.« Der Scheibenwischer verschmiert nur noch den Schmutz. Christian schaltet ihn ab. »Gummi zum Beispiel. Vulkanisierten Gummi gibt es schon seit einem halben Jahrhundert, aber immer noch ist man von der Latexproduktion aus Gummibäumen abhängig. Ich will gummiartige Moleküle auf künstlichem Weg erzeugen, durch die Reaktion von Kohlenstoff und Wasserstoff mit Hilfe reaktiver Salzsäure.«

»Warum tun Sie es nicht?«

»Das ist nicht so leicht«, antwortet er, überrascht von ihrer laienhafte Frage. »Ganz und gar nicht leicht. Ich muss endlich in mein Labor nach Deutschland zurück.«

»Wann fahren Sie?«

»Leider verlaufen die Verhandlungen mit Ihrem Mann … mit der Provinzregierung schleppend. Daher wissen wir es nicht genau.«

Sollte Christian mit Yamilé nicht über die Nickellizenz sprechen und versuchen, sie für Carlottas Standpunkt einzunehmen? In den Ausläufern der Sierra Maestra, einen Verwundeten auf dem Rücksitz, die ungewöhnliche Frau an seiner Seite, erscheint es grotesk, davon anzufangen.

»Und was machen Sie, Yamilé?« Zum ersten Mal spricht er ihren Vornamen aus.

»Ich habe einen fünfjährigen Sohn.«

»Da kommt er bald in die Schule.«

»In eine Art Schule. Man wird ihn in die Obhut von *El catedrático* geben, einem Hauslehrer, den Miguel ausgesucht hat. Eher ein Feldwebel als ein Lehrer.«

Plötzlich wird Yamilé unruhig. Sie beugt sich über das Armaturenbrett. »Warum dauert das so lange? Gleich, wenn wir Luiz ans Ziel gebracht haben, muss ich wieder zurück. Ich sollte in der Stadt sein, bevor es Abend wird.«

Sie fahren noch eine weitere Stunde. Ein abgeholzter Bergkamm taucht auf, eine einzige Palme ist auf dem kahlen Grund stehen geblieben.

»Wird hier Holz geschlagen?«

»Nicht von Menschenhand«, antwortet sie. »Wir sind das Land der Hurrikans.«

Über dem nächsten Hochtal ziehen Wolken auf. Luiz ist erwacht. Er hat Schmerzen. Yamilé gibt ihm die Tabletten, die sie von der Witwe des Arztes bekommen hat. An einer Weggabelung, die für Christian aussieht wie viele davor, wird Yamilé wachsam.

»Hier.« Sie dirigiert ihn nach links.

Die Straße wird felsig, ist kaum noch mehr als ein Eselspfad.

»Die Unwetter waren schlimmer als ich dachte. Ich fürchte, das schaffen wir mit dem Wagen nicht.«

Etwas Besseres könnte sie nicht sagen, um seinen Ehrgeiz anzustacheln. »Das ist ein *Horch 303*, Verehrteste. Wir sprechen von acht Zylindern, zwei Königswellen und einem Hubraum von drei Komma zwei Litern. Sechzig Pferde verstecken sich unter dieser Motorhaube.« Er schaltet einen Gang tiefer.

»Dann geben Sie Ihren Pferden mal die Sporen.«

Wären die Felsplatten trocken, könnte man mit der Kraft der Maschine die Steigung erklimmen. Doch an schattigen Stellen liegt ein feuchter Film auf den Steinen. Die Räder drehen durch. Christian lässt sich zurückrollen, versucht es woanders, kommt diesmal höher und fährt in Serpentinen weiter. Bald sind die ausgespülten Rinnen tief wie Felsspalten. Yamilé steigt aus, geht vor dem Auto her und dirigiert Christian. Der Motor röhrt. Nur im ersten Gang lässt sich der Berg bezwingen. Bei dieser Außentemperatur fürchtet Christian Überhitzung, die Anzeige steht vor dem Anschlag. Im Rückspiegel sieht er das angespannte Gesicht des Verletzten. Jeder Ruck verursacht ihm Schmerzen.

»Die eine noch!«, ruft Yamilé.

Nach der nächsten Kuppe kommen sie in flacheres Gelände. Über rote Erde geht es weiter.

Nach ein paar hundert Metern sagt sie: »Können wir halten?« Sie schlüpft in die Schuhe.

»Ich sollte noch einmal Wasser nachfüllen.« Christian zieht die Bremse.

»Wir sind fast da.«

»Umso besser.«

»Lassen Sie mich das letzte Stück fahren.«

Er lacht laut heraus. »Was? Wie kommen Sie auf die Idee?«

»Zu Ihrem Schutz. Die Leute, zu denen wir Luiz bringen, sind misstrauisch. Sie mögen Fremde nicht.«

»Dann werden Sie Ihnen die Situation erklären.« Wie zum Zeichen, dass er in diesem Punkt nicht diskutiert, legt er beide Hände auf das Lenkrad.

»Es ist einfacher, wenn ich allein dort ankomme.«

Christian ist so heiß, dass sein Blick verschwimmt. Er hat seit dem Frühstück nichts gegessen. Seine Kleider sind durchgeweicht, die Schuhe kochen. Er hat ihr geholfen und will auch weiter helfen, doch für dumm verkaufen lässt er sich nicht. »Was sind das für Leute? Rebellen, Freibeuter, Piraten?«

»Einfache Leute, die das Leben vorsichtig gemacht hat.« Sie legt die Hand auf seinen Unterarm. »Sie haben mir bis jetzt vertraut.«

»Täuschen Sie sich da nicht. Ich hatte nur keine Ahnung, in welche Lage Sie mich bringen.«

»Es ist besser, wenn Sie nicht wissen, wo wir Luiz hinschaffen.«

»Keine Sorge, nicht in hundert Jahren würde ich hierher zurückfinden.«

»Ich bitte Sie, Christian.«

Sie spricht seinen Namen nicht zufällig aus. Sie ist eine

Frau, die ihre Wirkung kennt. Sie hat keine Skrupel in der Wahl ihrer Mittel. Trotzdem gefällt ihm das.

»Sie kennen Kuba zu wenig. Es gibt Leute hier, die Sie sich besser nicht zu Feinden machen.«

»Ich fahre bloß ein Auto. Weshalb sollte mich jemand …?«

Gegen das Fenster gelehnt, mustert sie ihn. »Bei uns herrscht *Krieg*, Christian, und im Krieg zählt ein Menschenleben wenig. Auf Kuba ist ein menschenverachtendes Regime an der Macht.«

»Ich dachte, der Präsident wurde frei gewählt.«

Auf ihre träge Art schüttelt sie den Kopf. »Gewählt haben ihn die Rockefellers und die Guggenheims mit ihren Millionen. Machado hat es erst im dritten Wahlgang zum Präsidenten geschafft. Jedesmal haben die USA mehr Abgeordnete gekauft. Unser Präsident ist ein Schlächter.«

»Das bedeutet, Ihr Mann arbeitet also für einen Schlächter?«, fragt er herausfordernd.

Sie streicht das verklebte Haar aus der Stirn. »Miguel hat einiges für Santiago erreicht. Aber er steckt in einer teuflischen Zange. Auf der einen Seite Machado, auf der anderen die Amerikaner.«

»Sagten Sie nicht, Machado sei ein Geschöpf der Amerikaner?«

»Deshalb gefällt es ihnen nicht, dass er sich aufspielt wie ein kleiner Napoleon. Die USA pochen auf ihre verlogenen humanistischen Ideale. Daher dulden sie Gewalt nur, wenn sie im Verborgenen geschieht. Sie können über Machados Gewaltherrschaft nicht länger hinwegsehen.«

Christian wischt Staub vom Armaturenbrett. »Ich will nicht mit Ihnen streiten, Yamilé, ich will nach Hause. Carlotta erwartet mich. Wie lange dauert es noch bis zum Ziel?«

»Ich bin bestimmt bald zurück. Ich muss den Leuten nur die Sache mit der Medizin erklären.«

»Können Sie mit so einem Wagen überhaupt umgehen?«

»Warum halten wir?« Der Kopf des Verwundeten taucht auf. Seine Augen sind halb geschlossen. »Ich muss aufs Klo.«

Christian seufzt. »Also schön. Hier ist der Anlasser, hier die Gangschaltung, die Handbremse.« Er schüttelt den Kopf über sich selbst und steigt aus.

Yamilé rutscht auf den Fahrersitz. »Danke.«

»Beeilen Sie sich. Und sehen Sie zu, dass Ihr Vetter mir nicht den Sitz vollmacht.« Er schließt die Tür. »Viel Glück.«

Yamilé kuppelt, startet, gibt zu viel Gas. »Keine Sorge«, ruft sie ihm durch das offene Fenster zu. Sie drosselt den Motor und fährt los.

Mit gemischten Gefühlen sieht Christian den *Horch* über die Dschungelpiste verschwinden. Das Auto, das er Tausende Meilen über den Ozean verfrachtet hat, taucht zwischen mannshohen Farnen und wilden Bananenstauden ein. Eine Weile hört er noch das Motorgeräusch, danach sind die Tocororos und die Insekten und all die anderen Kreaturen lauter. Christian will sich setzen. Als er auf einer felsigen Kuhle Platz nimmt, entdeckt er rote Ameisen. Er setzt sich ein paar Schritte weiter auf einen Palmstrunk.

Die ganze Zeit über sah er die Wolken kommen. Sie schieben sich zusammen, vereint treiben sie auf Christian zu. Bald wird der Regen da sein. Soll er sich ein Versteck suchen? Nein, diese Palme ist sein Hauptquartier, bis Yamilé zurückkommt. Er wischt über den klebrigen Film, der sein Gesicht bedeckt. Was soll er Carlotta sagen?

Die Wahrheit.

Er könnte so beginnen: »Du glaubst nicht, wo ich heute gewesen bin.«

10

Yamilé streichelt die kleinen Füße, die großen Füße. Mit dem Wachsen geht es so schnell. Sein Haar war früher weich und lockig, jetzt wird es borstig wie Miguels Haar. Der Mund und das Kinn, das ist der Vater, mit jedem Jahr wird es deutlicher. Die Stirn hat Manolito von mir, denkt Yamilé, manchmal die Augen. Inzwischen entdeckt sie darin oft den Männerblick. Wenn er etwa mit seinem Schwert spielt oder die spanischen Zinnsoldaten mit einem einzigen Schuss seiner Kanone hinmetzelt. »Ich bringe alle um«, sagt er dann mit dem reizendsten Lächeln.

Beim Kämpfen sind Miguel und Manolito ein Herz und eine Seele. Besucht der Vater den Sohn, wird die Spielzeugkanone mit Knallpulver geladen und vom Balkon über die Stadt abgefeuert. Miguel legt den Uniformrock ab, im Hemd ringt er mit seinem Kleinen. Geht auf die Knie, damit Manolito eine bessere Angriffsfläche hat. Der Junge wirft sich gegen den Oberkörper des Vaters. Sie rollen und ächzen, Manolito keucht vor Freude, lacht vor Anstrengung. Meistens gönnt Miguel ihm den Sieg. Manchmal wirft er den Jungen auf den Rücken und sagt: »Jetzt wärst du tot.« Dann weint Manolito. Nicht, weil er tot ist, die Niederlage macht ihm zu schaffen. »Siegen kann jeder«, sagt Miguel. »Im Verlieren liegt die Meisterschaft.«

Im Verlieren ist der Vater schlechter als der Sohn. Taucht nur die kleinste Schwierigkeit auf, wittert Miguel Machtverlust. Widerstand beantwortet er mit Härte, erstickt Feindseligkeit im Keim. Wo das nicht möglich ist, sieht Miguel das als Kriegserklärung an.

Yamilé zieht das Laken über Manolitos Beine. Er liegt auf dem Rücken, die Hände neben seinen Ohren, die Beine hochgestellt. Nachts röchelt er, sie sollte vielleicht auf den Hausarzt hören und die Mandeln entfernen lassen. Yamilé gleitet vom Bett und schließt das Moskitonetz.

Sie wollen alle siegen, denkt sie. Doch damit sie den Sieg genießen können, soll man es ihnen schwer machen. Nicht so schwer allerdings, dass ihre Schwächen zutage treten. Der Sieg darf nicht am Wegesrand zu pflücken sein, sie wollen ihn erringen. Ob Miguel oder Manolito oder Luiz, die Unterschiede liegen nur in der Sache. Auch der Deutsche will seinen Sieg, denkt Yamilé, auf dem Feld der Wissenschaft. Er kämpft um *lange Moleküle* – an Merkwürdigkeit sind Männerkämpfe kaum zu übertreffen.

Sie läuft ins Bad und zieht sich aus. Sie hat Miguel eine Niederlage zugefügt, er wird sich rächen. Sie kann es nicht verhindern, bestenfalls kann sie die Sanktion abschwächen. Plötzlich muss sie lachen. Wie ein triefender Papagei saß der Deutsche auf dem Palmstumpf. Er hätte sich vor dem Regen ins Dickicht flüchten können, doch er blieb sitzen. Wasser rann ihm übers Gesicht, das Haar hing in die Stirn. Ohne ihn wäre Luiz' Rettung unmöglich gewesen. Die Rückfahrt war ein einziges Rutschen und Schlittern. Bis kurz vor dem Tal konnten sie Felsnasen und umgestürzten Bäumen ausweichen. In der Ebene, als Christian Fahrt aufnahm, kamen sie einem Grenzstein zu nahe. Der Schaden ist gering, aber es hat ihn sehr geärgert.

Yamilé schlüpft nicht in das bodenlange Nachthemd, sie zieht nur den Morgenmantel an. Bürstet ihr Haar nicht, das würde ihm den schönen Fall nehmen. Sie wäscht das Gesicht und geht ins Schlafzimmer. Am Schminktisch wählt sie

Farben und Puder, trägt wenig auf, er mag es, wenn er den Zauber nicht durchschaut. Auch mit dem Parfum ist sie sparsam. Sie legt sich auf die Chaiselongue und greift zu ihrem Buch. Trockener Lesestoff, zugleich von Bedeutung. Es geht darum, wie man Landwirtschaft effektiver macht. Das Buch nimmt Kalifornien zum Vorbild, ein Land, auf das die Spanier genauso verzichten mussten wie auf Kuba. Yamilé will lernen, wie man die Armut ihres Landes senken kann. Armut hat nicht nur mit Essen zu tun. Aber mit dem Essen fängt alles an.

Sie hört seine Schritte lange, bevor er eintritt. Er kommt nicht hastig, wie wenn er ihr etwas mitteilen will, nicht schleppend, wenn der Tag hart war. Beim Eintreten ist sein Kopf gebeugt, er trägt die Jacke über dem Arm.

»Du schläfst noch nicht?«

»Ich habe auf dich gewartet.« Sie legt das Buch beiseite.

»Und Manolito?«

»Schläft.«

»Hast du den Ventilator bei ihm angemacht? Es ist heiß.«

Statt einer Antwort kommt sie auf ihn zu, betritt einfach seinen Bannkreis. Normalerweise geht Miguel gleich ins Bad und kommt umgekleidet zurück. Er sieht sie an. Öffnet den steifen Kragen, geht zum Bett und setzt sich. Yamilé dreht ihm den Rücken zu und steigt über seine Beine. Er gestattet, dass sie ihm die Stiefel auszieht. Über die Schulter lächelt sie ihn an. »Mach schon.«

Er stemmt den Fuß gegen ihr Hinterteil. Den Stiefel in der Hand, taumelt sie nach vorn. Als sie sich umdreht, bemerkt er, dass sie unter dem Mantel nackt ist. Er sinkt auf die Ellbogen.

»Was hast du heute gemacht?«

Sie will nicht sprechen. Wegwischen muss sie die Worte zwischen ihnen. Ein Tanz wäre schön, aber Miguel tanzt nur bei öffentlichen Anlässen. Dort zeigt er sein Können und seine Eleganz. Er durchschaut, was sie vorhat, ist aber neugierig genug, ihr noch eine Galgenfrist zu gönnen. Es gefällt ihm, dass sie um den Jungen kämpft. Yamilé setzt sich, ihre Hüfte neben seiner linken Hand. Sie knöpft sein Hemd auf. Durch das offene Fenster hört man Musik aus der Stadt. Miguel schaut hinaus, als gäbe es nichts Interessanteres als den Nachthimmel. Währenddessen erkundet seine Hand Yamilés Rundung.

Sie küsst seinen Hals, das Kinn, ihre Zähne verharren an seinem Kehlkopf, lecken in das Halsgrübchen. Sie beugt sich über seine Brust. Er will ihren Mantel öffnen, der Gürtel stört, sie hilft ihm. Schon ist sie über ihm. Er bewegt sich abwartend, Yamilé bietet sich dar. Sein Verlangen entgleitet ihm, es wird zum Zorn gegen seine Frau. Er packt und wirft sie hin, seine Hände sind brutal, sein Gesicht ist traurig. Indem er herrisch ist, zeigt er ihr seine Unterlegenheit. Miguel drängt sich in sie hinein, bekämpft die Ohnmacht, die Machtlosigkeit gegenüber Yamilé. Wie jemand, der Schutz sucht, fordert er Liebe. Er keucht an ihrer Schulter. Ihr Bedauern für seine Zerrissenheit ist Liebe. Sie breitet ihre Lust darüber und vereinigt sich mit ihm. In diesen Minuten vergisst er, was zwischen ihnen steht. Sie kann nicht vergessen. Sie lauscht zum Zimmer am Ende des Flures, sie sieht die kleinen Hände neben dem Kopf des Jungen, hört sein leises Schnarchen. Dort ist ihre Liebe. Das Hemd klebt an Miguels Schultern, er zerrt es von sich. Yamilé schlingt die Schenkel um ihn, er legt die Hände auf ihre Brüste.

Erinnerung drängt sich dazwischen. Der Deutsche wollte ihr das Auto nicht geben. Besitzergreifend legte er die Hände auf das Lenkrad. Yamilé mochte seine Nähe. Sein Kinn ist deutsch, die Augen sind freundlich. Sie hätte ihn unbesorgt auf den Bauernhof mitnehmen können. Die Familie bewunderte das Fahrzeug, das einen Weg hochgeklettert war, den sonst nur Esel bezwingen.

Miguel erstarrt über ihr, sein Atem stockt, er lässt ihn ausströmen wie ein Unwetter. Glücklich legt er sich neben sie. Ihre Atemzüge nehmen den gleichen Rhythmus an.

»Luiz ist nicht zurückgekommen.« Sein erstes Wort, dicht an ihrem Ohr.

Yamilé umarmt ihn. Sein Körper ist noch heiß und weich. Jetzt muss sie ihm ein Versprechen abringen, jetzt sofort. »Gib ihm noch ein paar Tage. Er ist verwundet.«

»Warum tust du mir das an?«, flüstert er. »Warum zwingst du mich, dir wehzutun?«

»Ich liebe dich, Miguel. Wenn es Luiz besser geht, bringe ich ihn selbst zu dir. Du bist mein Mann. Du bist mein Mann.« Sie streichelt ihn, sucht seinen Mund.

»Du würdest alles tun, um Manolito nicht zu verlieren, nicht wahr?« Seine Augen im Halbdunkel.

»Manolito ist auch meine Liebe zu dir.«

»Wohin wurde Luiz gebracht?«

»In die Berge.«

»Wie hast du das angestellt?«

Er hat sie gewiss verfolgen lassen, doch sie ist ihm entwischt. »Nicht ich, jemand anders hat ihn fortgebracht.«

Sie staunt, wie leicht ihr die Lüge über die Lippen geht. Wie eine Haut legt sie sich über die Wahrheit. Man kann die Wahrheit noch erkennen, und doch hat sie sich verwandelt.

11

»*Du bist die Bienenelfe. Kommst geflogen auf dem Wind.*« Christian muss genau hinhören, die Sängerin ist bei dem Lärm im *Picaflor* schwer zu verstehen. »*Du hast mich im Sturm erobert*«, übersetzt er das Lied weiter. »*Dein Kleid ist grün, deine Zunge lang und gespalten. O meine Bienenelfe, warum ist dein Schnabel so spitz?*«

Der Nachtclub liegt im ältesten Teil Santiagos. Die schmale Fassade hat die Größe des Innenraums nicht erahnen lassen. Ein Ballsaal mit umlaufender Galerie, mit Stuck und Säulen, die von nackten Karyatiden getragen werden. Im Parkett stehen die Tische so dicht gedrängt, dass die Kellner beim Servieren einen Parcours absolvieren müssen.

Die Form des Tischlämpchens gibt Hillary Rätsel auf. »Ist das eine Blume, oder soll das ein Kaktus sein?« Die Amerikanerin trägt ein raffiniert keusches Kleid. Bodenlang, nach oben züchtig geschlossen, die Wickeltechnik lässt links und rechts ihre Taille frei. Die Haut ist weiß, in den Falten glänzt ein wenig Schweiß. Mit dem Lockenstab hat sie eine zitternde Pracht auf ihren Kopf gezaubert.

»Das dürfte ein Satyr sein«, antwortet Martin. Sein Leinenanzug verliert mit jeder Minute an Form. Zur Luftfeuchtigkeit kommen die Ausdünstungen der vielen Menschen und der Zigarrenrauch. Hillary träufelt ihrem Mann Kölnischwasser aufs Taschentuch, er wischt sich über den Nacken. »Ein kleiner Liebesgott, verstehst du?«

»Natürlich.« Sie kichert. »Wie putzig.«

Normalerweise würde Christian den Arm um Carlottas Schulter legen und die Musik mitsummen. Aber die Stimmung zwischen ihnen ist nicht danach. Carlotta war über Christians Fahrt in die Berge regelrecht außer sich. Ob er den Verstand verloren habe, *reden* sollte er mit der Señora, nicht mit der Gattin des Gouverneurs eine Landpartie machen. Die Eskapaden Yamilés seien nicht dazu angetan, die deutsch-kubanische Freundschaft zu vertiefen. Carlotta habe keine Lust, in die Ehekrise des Gouverneurspaares hineingezogen zu werden.

Als Christian begriff, wie sehr Carlotta verärgert war, behielt er ein paar Fakten für sich. Er schilderte die Autofahrt, nicht aber den Krankentransport. Er erzählte nichts von den geheimnisvollen Leuten in den Bergen, die er nicht hatte kennenlernen dürfen. Er lenkte Carlotta mit Details ab, beschrieb den Wolkenbruch, die Straßenverhältnisse und zeigte sich bekümmert über die Havarie. Ob er die Gouverneursgattin auf die Schürfrechte angesprochen habe, wollte Carlotta wissen. Doch, ja, sie würde bei Gelegenheit bestimmt ein gutes Wort bei ihrem Mann einlegen.

Es war das erste Mal, dass Christian Carlotta die Unwahrheit sagte, um Schwierigkeiten aus dem Weg zu gehen. Ihre schlechte Laune kam aber nicht nur von dem Vorfall in den Bergen. De Gayas hatte ein Treffen mit ihr kurzerhand abgesagt. Umso bereitwilliger nahm Carlotta die Einladung der Roots an, am darauffolgenden Abend gemeinsam auszugehen.

Carlotta plaudert mit Martin. Christian findet mit Hillary kein rechtes Gesprächsthema und schenkt seine Aufmerksamkeit der Bühne. Das Kleid der Sängerin ist mit Flamingofedern gesäumt, die bei jeder Bewegung schillernd auffliegen. Sie beendet das Lied von der Bienenelfe und nimmt den höflichen Applaus entgegen. Die Gäste essen und unterhalten sich, die Musik dient als Untermalung.

»Sie sollten dem Gouverneur Ihre Ehrerbietung zum Ausdruck bringen.« Mit dem leeren Glas sieht Martin sich nach dem Kellner um.

»Das habe ich versucht.« Carlotta spießt eine Olive auf. »Ich habe ihm eine Provision angeboten, falls wir uns einig werden.«

»Bestechung ist eine Sache, Ehrerbietung etwas anderes. Sie sollten De Gayas das Gefühl geben, dass er von Bedeutung ist, nicht bloß ein karibischer Hinterwäldler. Sie brauchen ein nobles Geschenk für einen stolzen Kubaner.«

»Ich könnte die Brücke über den *Rio Ochoamayo* wieder aufbauen.« Christian hat keine Ahnung, wieso ihm das über die Lippen kam.

Root mustert ihn mit undurchdringlichem Ausdruck. »Was haben Sie gesagt?«

»Die Brücke.« Christian wirft einen Blick zu Carlotta, seine Einmischung scheint sie nicht zu stören. »Auch wenn sie illegal war, bedeutete die Brücke eine wichtige Verbindung für die Leute am Fluss. Ich beobachte das von der Villa aus. Die Fähre ist überlastet, mit den Katamaranen können die Menschen kaum etwas transportieren. Eine neue Brücke, wäre das nicht ein nobles Geschenk?«

Carlotta kaut, ihre geschminkten Lippen vollführen ein nachdenkliches Ballett. »Bauen sich die Einheimischen die Brücke nicht selbst?«, fragt sie den Amerikaner.

Root nimmt die Brille zum Putzen ab. Seine wasserblauen Augen bekommen etwas Stechendes. »Die Menschen hier sind abergläubisch. Sie sehen den Einsturz als böses Omen an.«

»Ich meine keine Schilfgrasbrücke«, wirft Christian ein. »Sondern eine solide Stahlkonstruktion. Wäre Stahl nicht ein Geschenk, das zu den Dückerwerken passen würde?« Er wirft Carlotta ein Lächeln zu. »Man müsste allerdings einen anderen Platz wählen. Wo die alte Brücke war, ist der Boden sandig, linksseitig unterspült der Fluss das Ufer. Ich würde einen knappen Kilometer flussaufwärts bauen, dort ragen von beiden Seiten Felsen in den *Rio Ochoamayo* hinein. Bei einer Spannweite von 80 Metern genügt ein einziger Pylon mit stählernem Fachwerk, versteift durch Schrägseile.«

Christian bemerkt die staunenden Blicke des Ehepaares. »Zuerst wäre natürlich die Achslast zu berechnen«, sagt er fast entschuldigend.

»Ich dachte, Sie sind Chemiker.« Hillary schwenkt ihren *Draquecito*.

»Es war ein Jugendtraum Christians«, erklärt Carlotta: »Bevor er in die Forschung ging, wollte er Brücken bauen.«

»Mehr als ein Traum«, erwidert er. »Ich bin diplomierter Statiker und könnte den Beruf jederzeit ausüben.« Auf das erstaunte Schweigen macht er eine abschätzige Geste. »Ein dummer Vorschlag. Vergessen wir es einfach.«

»Absolut nicht.« Mit dem Aufsetzen der Brille erhält Martin sein sanftes Aussehen zurück. »Allerdings ist die Brücke – *diese* Brücke – wie soll ich sagen? Vorbelastet. Ich nehme an, der Gouverneur möchte nicht daran erinnert werden, dass seine Frau die Brücke gewissermaßen zum Einsturz brachte.«

Hillary und Carlotta lachen. Christian trinkt einen Schluck. »Außerdem ist es undurchführbar. Ich müsste mindestens drei Monate auf Kuba bleiben.«

»Drei Monate«, wiederholt Martin nachdenklich und wendet den Kopf zur Bühne, wo die Sängerin einen jungen Latino ans Mikrofon bittet. »Hätten Sie Lust, so lange auf Kuba zu sein?«

»Lust?« Die Blicke der Männer begegnen sich. Zu Carlotta gewandt schüttelt Christian den Kopf. »Das kommt nicht in Frage. Schließlich habe ich eine Arbeit.«

Das Essen wird serviert. Vor Martin türmt sich ein monumentaler Hummer, Hillary bekommt Hühnchen mit Curryreis. Christian begutachtet seinen Rotzungenspieß.

»Was ist das?« Carlotta beugt sich über ihren Teller.

»Was du bestellt hast.«

»Ich wollte Lamm.«

»Das Gericht heißt *Ropa vieja*.« Martin schaut zwischen den beiden hin und her. »Das bedeutet so viel wie *alte Klamotten*. Das Lamm wird mit Kochbananen und gestampftem Reis bis zur Unkenntlichkeit verkocht.«

»Wollen wir tauschen?« Christian schiebt ihr seinen Teller hin.

»Im Ernst?«

»Ich mag alte Klamotten.«

Erleichtert nimmt sie seinen Fisch entgegen. Sein kleines Opfer hat den Frieden möglicherweise wieder hergestellt. Christian pickt in dem sehnigen Fleisch, der Farbe nach hat man es mit Zimt zubereitet. Schmecken lässt sich das nicht, der rote Pfeffer tötet jede Geschmacksempfindung. Christian isst die Bananen und spült mit viel Wasser nach. Seine kleine Brückenexkursion hat ihn merkwürdig aufgedreht. Früher hat er so manches Modell entworfen und viele Brückenberechnungen angestellt. Aber eine echte Brücke aus Stahl und Stein ist eine ganz andere Herausforderung. Auch wenn es nur Träumerei ist, ertappt er sich bei der Vorstellung, wie er zu Yamilé sagen würde: »Ich baue Ihnen eine solide Brücke, Yamilé, über die Sie unbesorgt mit dem Motorrad fahren können.«

»Worüber lachst du?« Carlotta schiebt die Fischstücke vom Spieß.

Das Orchester spielt eine Conga. »Wollen wir tanzen?«, fragt Christian impulsiv.

»Sie tanzen?« Hillary wird hellhörig. »Nicht in hundert Jahren würde ich Martin dazu kriegen, zu diesen Rhythmen zu tanzen.«

»Nicht in tausend Jahren.« Er reißt dem Hummer die Schere aus.

»Wie es scheint, hast du deine Tanzpartnerin gefunden.« Carlotta lächelt schadenfroh.

Christian trommelt mit den Fingern den Takt. Die *Danzóns,* die man auf den Straßen Santiagos hört, kommen ihm wilder vor, ungehemmter. Er schaut sich im Saal um. Die Mehrzahl der Gäste ist weiß. Auch die Musik mutet *weiß* an. Wie es aussieht, hat man sie dem zahlenden Publikum angepasst. Drei Saxophone, drei Klarinetten. Die Männer der Rhythmusgruppe tragen Hemden mit Ärmeln wie Paradiesvögel. Der Musiker mit den Maracas lässt die Ärmel flattern. Der Sänger schmettert das Lied vom dummen Brasilianer, der die Tochter des Hutmachers verführen will.

Christian hält es nicht länger auf seinem Stuhl. »Darf ich bitten?«

»Ich bin noch nicht beschwipst genug«, lacht Hillary, steht aber auf. »Seien Sie sanft mit mir.«

Martin mustert seine Frau mit vorgeschobener Unterlippe. »Vorsicht, Christian. Man sieht es ihr nicht an, aber meine Gattin ist eine Sünderin.«

Carlotta lacht, Hillary wirft ihre Serviette auf den Tisch. Christian bemerkt rote Flecken an ihrem Hals. *Wasserstoff,* denkt er, die biedere Gattin aus Vicksburg ähnelt dem Wasserstoffatom. Bei hohen Temperaturen wird das Gas reaktionsfreudig und geht mit praktisch allen Elementen Verbindungen ein. Die Kernspins spielen verrückt, drehen sich zur gleichen Zeit in unterschiedliche Richtungen. Wohin dreht sich Hillary? Er legt die Hand auf ihre Hüfte.

Kein langsames Herantasten, keine Scheu vor dem ungewohnten Takt, kaum hat er den ersten Schritt gemacht, wird Hillarys Taille biegsam wie die einer Sechzehnjährigen. Sie bietet seiner Führungshand Widerstand und reagiert auf den kleinsten Impuls. Konzentriert auf Körper und Musik, reden sie eine Weile nichts.

»Das geht ganz gut, nicht wahr?« Sie wirft das Haar zurück.

Auch was das falsche Blond betrifft, bestätigt sich Christians These vom Wasserstoff. Er fasst sie fester an, seine Hand rutscht unter den Stoff ihres Kleides.

»Sie sind ein Chamäleon, Herr Tolmein.« Hillary geht auf Tuchfühlung. »Eine Laborratte, ein Brückenbauer und jetzt auch noch ein Gigolo?«

»Das eine schließt das andere nicht aus.« Seine Finger spüren die Rippen unter ihrer weichen Haut. Die Brüste, die sie ihm entgegendrängt, sind beachtlich. Im Vorübertanzen wirft Christian einen Blick zu Carlotta. Sie hört Martin Root zu, der ihr mit kantigen Gesten etwas auseinandersetzt. Die Conga endet. Christian lässt Hillary los.

»Wollen Sie schon Pause machen?« Sie deutet zum Tisch. »Wir sollten die beiden bei ihren Geschäften nicht stören.«

Die Saxophone leiten eine Rumba ein. Hillary schmiegt sich in Christians Arm. Über ihre Schulter sieht er Martin Root zum Ausgang gehen. Jemand erwartet ihn. Ein Mischling, schwer zu sagen, welche Rassen bei ihm zusammenspielen. Strähniges Haar, ein unscheinbarer Anzug. Root fährt ihn an, sein Zeigefinger stößt vor. Er macht dem Mann Vorwürfe. Der nickt, als ob er einen Befehl entgegennehmen würde. Gleich darauf verschwindet er zwischen einer Gruppe hereindrängender Gäste. Bevor Martin zum Tisch zurückkehrt, hebt er den Blick und schaut Christian unvermittelt in die Augen. Das ist der Blick eines Haies, kalkulierend und gnadenlos, denkt Christian. Schon wechselt Martins Mimik wieder, er applaudiert dem Tanzpaar, während die Männer mit den Saxophonen aufstehen und eine gefühlvolle Melodie anstimmen.

12

Heimfahren? Lieber heute als morgen. Winter zu Hause, die Schlittschuhe hervorholen, klirrend klarer Morgen an der Wakenitz, auf geschliffenen Kufen hinaus, rote Nase und später dann Feuer im Kachelofen. Nach Hause zum Vater, der krank ist und dem Christian viel zu selten geschrieben hat. Zur Mutter, die die Last der Hinfälligkeit ihres Mannes allein trägt, während Christian sich in den Tropen vergnügt.

Nach Hause fahren bedeutet auch an die Arbeit gehen. In diesem Land ist daran nicht zu denken. Sie waren gekommen, um ein Geschäft anzubahnen. Ihr Verhandlungspartner entpuppte sich als schwerfällig und unberechenbar, und der Vermittler aus den USA ist nicht effizient genug. Wozu soll Carlotta hier länger ihre Zeit verplempern? Es gibt andere Nickelvorkommen auf der Welt. Sie hat nach Deutschland telefoniert und sich die besten Schiffsverbindungen kabeln lassen. Der nächste Dampfer verlässt Caracas in drei Tagen, die Nachricht aus Miami steht noch aus. Das deutlichste Zeichen, dass Carlotta gedenkt, etwas zu ändern, ist ihre Garderobe. Schluss mit flatternden Stoffen und karibischen Farben. Stromlinienform bedeutet Aufbruch. Heute Morgen trägt Carlotta schwarze Hosen, ein gestreiftes Unterhemd und Segelschuhe.

Seit dem Frühstück sitzt Christian untätig auf der Veranda. Müde vom Nichtstun wendet er den Kopf. Da ist er wieder, der Schlitzrüssler. Bald kann er hier in aller Ruhe ungestört schnüffeln und nach Insekten kratzen. Ist das überhaupt ein

Exemplar der *Solenodontidae?* Sein Fell ist glatt, der Schwanz ungewöhnlich lang. Dem Aussehen nach könnte es eine karibische Spitzmaus sein, wäre die nicht im vorigen Jahrhundert ausgestorben. Die Verandatür knarrt, das Tier huscht in die Sträucher.

»Was hältst du davon, wenn wir ein Flugzeug nach Miami mieten, die verdammte Insel hinter uns lassen und zwei Wochen in einer Luxuskabine verbringen?« Carlotta steckt den Kopf ins Freie. »Vorgezogene Flitterwochen, verstehst du?«

Träge schaut Christian hoch. »Gute Idee.« Er lächelt, bis sie hineingeht und weitertelefoniert. Er stützt die Ellbogen auf die Knie und sucht nach einer Erklärung für letzte Nacht.

Als sie sich von den Roots verabschiedet hatten und vom *Picaflor* zur Villa fuhren, war Carlotta plötzlich zutraulich geworden.

»Ich wusste gar nicht, dass du so ein schmissiger Tänzer bist.«

»Wir haben doch oft miteinander getanzt.«

»Nicht so. Nicht mit so viel Feuer.«

Aus müden Augen starrte er auf das Band, das die Scheinwerfer der Dunkelheit entrissen.

»Ich war fast ein bisschen eifersüchtig auf die alberne Amerikanerin.«

»Sie tanzt nicht schlecht. Ich finde sie nett.«

»Du fandest ihre Titten nett. Bist ja förmlich dazwischen versunken.«

Nach ein paar Kurven spürte Christian Carlottas Hand. »Fahr mal ran.«

Er hielt bei der nächstbesten Gelegenheit. Zielsicher rutschte sie auf seinen Schoß, küsste ihn und tat Dinge mit ihrer Zunge, die er von ihr nicht kannte. Sie berührte ihn an Stellen, die ohne Ehegelübde verboten sind. Erfreut und überrumpelt ließ Christian sich darauf ein. Es hätte keiner besonderen Verführungskunst bedurft, Carlotta auf den Rücksitz des *Horch* zu manövrieren. Diese Nacht wäre ihm das gelungen, was ihm in Heidelberg nicht gegönnt gewesen war.

Der Gedanke an Yamilé kam dazwischen. Die Erinnerung an sie ließ Carlottas Lippen anders schmecken. Ihr Duft war schal im Vergleich zu Yamilé, Carlottas Glieder kamen ihm plump vor. Ihn störte der Schweiß in ihrem Dekolleté, das Keuchen an seinem Ohr. Als er sich anders nicht mehr zu helfen wusste, zeigte er aus dem Fenster. »Sieh nur, wo wir gehalten haben.«

Im Licht des Halbmonds sah man den *Wasserkopf*. Schillernd lief der Bach über den Felsen. Carlotta war an romantischen Ausblicken nicht interessiert und zog Christian an sich. Nach einer Weile machte er sich frei und kletterte aus dem Wagen.

Für eine Dücker war es undenkbar, dass sie von irgendjemandem zurückgewiesen wurde. Wahrscheinlich schrieb Carlotta es seiner Müdigkeit zu oder dem unbequemen Liebesort. Jedenfalls stieg sie auch aus und folgte ihm. »Ich mag nicht länger mit der Heirat warten.« Sie schmiegte sich an ihn.

Christians Antwort war nicht überschwänglich, aber höflich genug, dass sie umarmt zum Wagen zurückkehrten. Mehr wurde über die Angelegenheit nicht gesprochen. Während der restlichen Fahrt spielte Carlotta mit ihren Perlen.

»Ich will Weihnachten zu Hause sein«, ruft sie von drinnen. »Am liebsten würde ich sofort an Bord gehen!«

Ihr Wunsch, simpel und nachvollziehbar, bringt Christian ganz durcheinander. Irgendjemandem muss er seine Verwirrung anvertrauen. Ein leises Scharren. Der Schlitzrüssler traut sich ein zweites Mal hervor.

»Ich möchte sie gern noch einmal sehen«, raunt er dem Rüssler zu.

Aus winzigen Augen mustert der Insektenfresser das große Tier im Liegestuhl.

»Bevor ich Kuba adiós sage, will ich ein letztes Mal mit ihr sprechen. Da ist doch nichts dabei, oder?«

Die Borsten auf den Ohren des Rüsslers zittern.

»Mit wem redest du?«, kommt es aus dem Zimmer.

»Mit einer ausgestorbenen Spitzmaus.«

»Was? Mäuse gibt es hier auch noch?«

Christian senkt die Stimme. »Schließlich ist es ein Abschied auf immer.«

Der Rüssler hat genug von der Konversation und verschwindet im Strauchwerk. Christian blickt auf die Üppigkeit da draußen. Tagein, tagaus sprießt und wuchert das, umschlingt und erstickt einander. Hier gibt es keine Struktur wie in den Zonen der Jahreszeiten. Blüten und Früchte gedeihen zur gleichen Zeit, fallen ab, verwelken, und der Moder wird zum Dung. Wieso bin ich noch nie auf der anderen Flussseite gewesen? Ich weiß nichts über die Leute, die dort wohnen, außer dass sie in den Minen arbeiten.

Christian steht auf, unruhig pirscht er über die Veranda. Schließlich geht er hinein und teilt Carlotta mit, dass er einen Spaziergang am Fluss machen möchte. In der Hitze hat sie erwartungsgemäß keine Lust, ihn zu begleiten. Er werde mit dem Wagen die Bucht entlangfahren und sich zum Spaß die Stelle ansehen, wo man eine neue Brücke errichten könnte. Sie belächelt sein Hirngespinst, ist im Übrigen beschäftigt und froh, dass er sich die Zeit vertreiben will. Mittags sei er zurück.

Er schlüpft in feste Schuhe und läuft zum Auto. Im Inneren des *Horch* hat es bestimmt sechzig Grad. Christian fährt bis zu der Talenge, wo man über eine marode Steinbrücke die andere Seite des *Rio Ochoamayo* erreicht.

Dort steht er in der Gluthitze, hört seinen Atem ein-

und ausgehen, sein Arm hängt aus dem Autofenster. Wo das Hemd die Haut schützt, ist es auszuhalten, am Handgelenk verbrennt ihn das Blech. Als er den Schmerz nicht länger erträgt, reißt er die Hand zurück aufs Lenkrad, lässt die Brücke links liegen und fährt Richtung Santiago.

Er nimmt den Weg, von dem er glaubt, dass er ihn in ihre Nähe bringt. Wie ein Kind, das seine Handlung nicht in Frage stellt, folgt er nur seinem Antrieb. Die Hitze steht Pate bei dieser Tollheit. Die Hitze ist sein Schutzpatron, sie brennt die Vernunft aus dem Gehirn. Christians Augen sind Schlitze, er hat die Sonnenbrille vergessen. Weil er nicht weiß, wo er ankommen wird, fährt er langsam. Je länger sein Weg ist, desto länger dauert auch seine Verrücktheit. Er steuert mit einer Hand, bei Schlaglöchern verspringt das Lenkrad, der Wagen verliert die Spur. Bald wird der *Horch* im Laderaum eines Schiffes verschwinden und erst in Bremerhaven oder Lübeck wieder ans Tageslicht kommen.

Christian fährt durch das Straßengewirr, von dem er glaubte, er würde sich nie darin zurechtfinden. Die einzige Person, die er hier kennt, die Einzige, der er hofft vertrauen zu können, ist die Schlesierin. Die Ärztin, die keine ist, die Zigarrenraucherin hinter der Klappe in der Wand. Während er die Gänge wechselt, während er hinter einem Lieferwagen stehenbleibt, in den ein Teppich eingeladen wird, während er Kreuzungen überquert, versucht Christian abzuschätzen, welchen Grad von Unvernunft er mittlerweile erreicht hat.

Er erinnert sich an ein bronzenes Denkmal in der Nähe des Hauses der Deutschen. Als er es findet, wird ihm bang. Durch einen Nebel aus Hoffnung ist er gefahren und jetzt plötzlich in der Realität angekommen. *Wir werden uns nicht wiedersehen*, waren Yamilés Worte gewesen. Er stellt den Wagen in den Schatten einer Zeder, streicht das Haar zurück, steigt aus und flaniert wie ein Spaziergänger die Straße hinunter. Ein großer blonder Mann fällt auf in Kuba. Wenn ihn jetzt jemand beobachtet – Christian verscheucht seine Bedenken, tritt durch die Gartenpforte und klopft an die stahlblaue Tür.

»Señora Pessão«, ruft er im Flur. Er geht zur Durchreiche, die Küche ist leer. »Martha?«

Keine Katze auf dem Treppenabsatz. Das Haus ist still wie beim ersten Mal. Gleich wieder zu gehen wäre nicht weniger verrückt als zu bleiben. Langsam steigt er die Treppe hoch. Öffnet die erste Tür, ein gemachtes Bett, alles steht an seinem Platz. Es könnte das Zimmer des verstorbenen Doktors sein. Daneben hört er gleichmäßiges Schnarchen. Indiskret, unvernünftig und eigenmächtig findet er sein Verhalten und geht trotzdem nach drüben. Das Schnarchen endet abrupt. Die Señora liegt mit geschlossenen Augen angezogen auf dem Bett. Christian tritt zu ihr ins Zimmer.

»Eigentlich bin ich losgefahren, weil ich sehen wollte, wo der beste Platz für eine neue Brücke wäre.« Er spricht leise. »Plötzlich habe ich es mir anders überlegt. Ich wollte zu Ihnen.« Behutsam setzt er sich an den Bettrand. »Entschuldigen Sie die Störung. Darf ich mit Ihnen sprechen?«

Die Señora hat die Augen immer noch geschlossen. »Was für eine Brücke?«

»Die Brücke, die eines Tages jene ersetzen soll, die Yamilé mit in die Tiefe gerissen hat.«

»Was haben Sie mit der Brücke zu schaffen?«

»Das überlege ich gerade. Die ganze Zeit denke ich nach: Was habe ich mit alledem zu schaffen?«

Sie öffnet die Lider einen Spalt. Etwas ist anders an ihr. Nicht das Haar, nicht, dass sie die Brille abgenommen hat.

»Ich reise ab«, sagt er auf Deutsch. »Früher als erwartet.«

»Weshalb wollen Sie mich sprechen?«

Er bemerkt das Wasserglas auf dem Nachttisch, eine Zahnreihe bleckt ihn an. Christian kennt das von seiner Großmutter. Sie legte immer ein Spitzentaschentuch über das Glas, mit einem aufgestickten Krebs, ihrem Tierkreiszeichen. Christian war vier und übernachtete bei den Großeltern. Er wachte im Doppelbett neben der Oma auf und entdeckte das verhüllte Glas. Er vermutete eine Köstlichkeit darin. Als er das Tuch wegzog, erschrak er so maßlos, dass er schreiend ins Zimmer des Großvaters rannte. Da säße ein *Fresser* am Bett der Oma. Man erklärte ihm, wie es sich damit verhielt. Von da an bewahrte die Großmutter ihre Zähne nie wieder neben dem Bett auf.

»Ich würde Yamilé vor meiner Abreise gern noch einmal sehen.«

»So?« Die Augen öffnen sich vollends.

»Ich will mich verabschieden, verstehen Sie?«

»Was ist daran nicht zu verstehen?« Sie greift nach ihrer Brille.

»Ich möchte ihr eine Nachricht zukommen lassen.«

»Was für eine Nachricht?«

»Dass ich hinkomme, wo immer sie möchte. Ich will Yamilé nicht in Schwierigkeiten bringen.«

»Das haben Sie schon getan.« Das gebisslose Sprechen stört sie. »Drehen Sie sich mal um.«

Christian steht auf und kehrt ihr den Rücken zu. »Was sind das für Leute in den Bergen? Yamilé wollte es mir nicht sagen.«

»Kommen Sie deshalb zu mir?«, fragt sie misstrauisch.

»Nein. Ich dachte nur, weil wir praktisch *Landsleute* sind –«

»Was wollen Sie von Yamilé?«

»Ich weiß es nicht, Martha. Ich weiß im Moment ziemlich viel nicht.« Er dreht sich wieder um. Es sieht aus, als ob sie an etwas kauen würde. »Ich ertappe mich beim Lügen. Das gefällt mir nicht.«

»Sie werden weiterlügen, wenn Sie die Finger nicht davon lassen.«

Ohne auf ihr Einverständnis zu warten, setzt er sich wieder. »Es ist doch nur ein Lebewohl.«

»Sagte der Fuchs zu den Trauben.« Hat sie gelächelt? »Ich sehe Yamilé nicht oft.«

»Falls Sie sie sehen ...«

»Junger Mann, hier ist nicht Europa. Wir sind auf Kuba. Es gibt diese *Dinge* auch hier, aber nicht, wenn es die Frau des Gouverneurs betrifft. Muss ich mich klarer ausdrücken?«

Er schüttelt den Kopf.

»Machen Sie sich keine Hoffnung. Das ist der beste Rat, den ich Ihnen geben kann.«

»Ich mache mir keine Hoffnung. Es tut nur einfach weh.«

»Genießen Sie es, solange Sie so etwas noch fühlen.« Sie richtet ihre Frisur. »Lassen Sie Yamilé in Ruhe. Und grüßen Sie die alte Heimat von mir.«

»Danke. Adiós, Martha. Ich schreibe Ihnen mal eine Karte.«

Sie lacht, dass die Zähne zum Vorschein kommen. »Wenn Sie es nicht vergessen.«

Als er das Zimmer verlässt, erwartet ihn die fette Katze. »Du kannst einem leidtun mit deinem dicken Fell.« Er steigt über sie hinweg. Sie folgt ihm bis zum Fuß der Treppe.

13

Eine Mutter läuft mit ihrem Jungen durch den Park. Wild blühende Spaliere, eine Palmengruppe, die Pracht der Flammenbäume. Schnelle Schritte der Frau auf dem Kies. Der Junge zeigt ihr etwas und will sofort dorthin. Mit einem energischen Ruf hält sie ihn zurück. Er hebt einen Stock auf und ärgert eine Krabbe, die sich in das trockene Sandbett verirrt hat. Der Park endet an einem Mandelhain. Früchte sind zu Boden gefallen, von Spaziergängern achtlos zertreten. Vögel machen sich über die Kerne her. Die Frau verlässt den Park. Sie trägt ein schwarzes Kopftuch. Bevor sie die Straße überqueren, nimmt sie den Jungen an der Hand. An der Gartenpforte schaut sie die Straße hinauf und hinunter, schiebt den Jungen in den Garten und betritt das Haus.

»Martha?«

Wenig später holt die alte Frau eine Flasche vom Regal. »Trink was«, sagt sie auf Yamilés abwehrende Geste.

Die zieht das Tuch vom Kopf und betrachtet Manolito. Er spielt beim Herd. Mit Marthas Erlaubnis räumt er die Schubladen aus, ordnet Besteck und Kochlöffel nach einem bestimmten Muster auf dem Boden. »Was soll ich tun?«

»Du kannst im Augenblick gar nichts tun für Luiz.« Martha träufelt Angostura in ihren Rum.

»Die ganze Zeit frage ich mich, wie sie ihn gefunden haben.« Dunkle Ringe unter Yamilés Augen, die Lippen sind aufgesprungen. »Haben sie vielleicht auch das Lager aufgespürt?«

»Nein«, antwortet Martha prompt. »Der Bauer, zu dem du Luiz gebracht hast, sollte verhaftet werden. Er konnte ins Lager fliehen.«

»Wer hat dir das erzählt?«

Die alte Frau lächelt vielsagend.

»*Er*?«, fragt Yamilé ungläubig. »*Er* war in der Stadt?«

Statt einer Antwort schiebt Martha ihr das Glas hin. »Trink, das tut dir gut.«

Yamilé lässt den Rum wirken. »Du hättest sehen sollen, wie blendend Miguels Laune war, als er mir von seinem Erfolg berichtete. Als ob er einen Sieg über *mich* errungen hätte.«

»Das hat er auch«, antwortet Martha.

»Man hat Luiz ins Militärspital gebracht. Dort bleibt er, bis er dem Staatsanwalt vorgeführt wird. Miguel sagt, das Bein wurde falsch behandelt. Angeblich ist Wundbrand ausgebrochen.«

Martha schüttelt den Kopf. »Ich konnte keine Infektion feststellen. Vielleicht hat sich durch die lange Unterbrechung der Blutzufuhr ein Gangrän gebildet.«

»Könnte der Deutsche bei der ersten Behandlung etwas falsch gemacht haben?« Yamilé nimmt einen zweiten Schluck.

»Du solltest froh sein, dass er sich um Luiz gekümmert hat.«

»Woher kommt dann der Wundbrand?«

»Miguel will dir bloß Angst einjagen.« Martha zupft an ihrem Ohrring. »Bist du sicher, dass dir niemand gefolgt ist?«

»Wir sind durch den Park gekommen. Raoúl wartet mit dem Wagen ein ganzes Stück entfernt.«

»Ich habe eine Krabbe erschlagen«, sagt Manolito und beweist damit, dass er die ganze Zeit zugehört hat.

»Eine Krabbe?«, fragt Martha ungläubig.

»Lass uns lieber –« Yamilé deutet zum Fenster.

Martha nimmt die Gläser mit. Yamilé drückt die Tür ins Freie auf.

Der Garten ist ein winziges Geviert. Tabak und Tomaten, in Töpfen gezogen, für mehr fehlt der Platz.

Yamilé tritt in die Sonne. »Ich muss Luiz besuchen.«

»Auf keinen Fall.«

»Er ist mein Vetter.«

»Er ist ein Gefangener.«

»Miguel hat versprochen, dass er ein ordentliches Verfahren kriegt.«

»Dann hast du wenigstens etwas erreicht.«

»Sie foltern ihn nicht mehr.«

»Viel ist nicht mehr von ihm da, das sie foltern könnten.« Martha nimmt die Brille ab. Ihr Blick gleitet über die Nachbarhäuser. In einem Fenster bewegt sich der Vorhang. »Du kommst besser nicht mehr her.«

»Ich weiß.« Sie betrachtet den kurzen Schatten zu ihren Füßen. »Ob der Deutsche verraten hat, wohin wir mit Luiz gefahren sind?«

»Nein.« Martha pflückt zwei reife Tomaten.

»Er könnte es unabsichtlich getan haben.«

»Nein. Bestimmt nicht.«

Ein überraschtes Lächeln. »Weshalb bist du so sicher?«

Martha hält ihr eine Frucht hin. »Er mag dich.«

Yamilé stemmt die Hände in die Hüften. »Was?«

»Tu nicht so scheinheilig.« Martha beißt in die Tomate. »Weshalb sollte er dich sonst durch die Gluthitze chauffieren, bis in die Sierra, mit einem Verwundeten auf dem Rücksitz?«

»Das letzte Stück hat er mir sogar sein Auto überlassen.« Sie macht ein paar Schritte.

»Dein deutscher Bewunderer war übrigens hier.«

»Was?« Yamilé fährt herum. »Christian?«

»Gestern.«

»Was wollte er?«

»Dich sehen.« Die alte Frau wischt die Finger an der Schürze ab.

»Aus welchem Grund?«

»Er reist bald ab. Vorher will er sich verabschieden.« Martha zeigt auf die umliegenden Häuser. »Komm in den Schatten.«

Yamilé tritt unter das Vordach. »Was hast du ihm gesagt?«

»Nichts.«

»Ich darf ihn nicht noch einmal sehen«, sagt Yamilé versonnen.

»Das hätte dir zu all deinen Problemen noch gefehlt – der Gouverneur, eifersüchtig auf einen Ausländer.« Marthas Lachen wird zu einem Hüsteln.

»Andererseits –«

»Es gibt kein andererseits.«

Yamilé nimmt die Tomate aus Marthas Hand. »Ich sollte mich wenigstens bei ihm bedanken.«

»Das ist unmöglich.«

Yamilé wischt die Frucht an ihrem Kleid blank. »Außer an einem Ort, wo viele Leute sind.«

Martha stößt hörbar die Luft aus. »Erinnerst du dich an meine Ziege?«

»Wieso fragst du?«

»Weil du dich genauso benimmst. Wie eine übermütige, ungebändigte Ziege. Meine ist ständig aus dem Stall ausgebrochen. Lief in die anderen Gärten. Hat die Blumen gefressen und dabei laut gemeckert. Bis ein Nachbar ihr den Schädel gespalten hat. Er hat sich nicht entschuldigt, sondern mir einfach das Schlachtfleisch gebracht. Wann wirst du erwachsen, Yamilé?«

»Ich sage nicht, dass ich ihn treffen werde.«

»Aber du denkst daran.«

Aus der Küche ertönt ein Schrei.

Yamilé springt zur Tür. »Was ist, Cariño?«

»Heiß, Mamá!« Manolito streckt zwei Finger in die Luft.

»Ist der Ofen noch an?« Sie wendet sich zu Martha.

»Vielleicht ein bisschen Glut.«

»Das gemeine Feuer! Warte, das müssen wir kühlen.« Sie küsst den Jungen auf die Stirn und taucht seine Finger ins Wasserbecken. »Besser?«

»Nur ein bisschen.«

Sie hält ihm die Tomate hin. »Tut gleich nicht mehr weh.«

Er beißt hinein, es spritzt in alle Richtungen.

Nachdenklich bindet Yamilé ihr Kopftuch unter dem Kinn. »In ein paar Tagen ist die Prozession zu Ehren der Madonna von Cobre. Kommst du hin?«

Martha stellt die Rumflasche auf das Bord. »Ein schönes Fest. Aber meine Beine wollen nicht mehr so recht.«

»Ich begleite Miguel im Festzug. Danach hat er Verpflichtungen. Raoúl bringt mich in die Kirche.«

Die alte Frau setzt sich. »Nein, Yamilé. Das ist zu gefährlich.«

»Der Deutsche könnte einfach in die Kirche gehen. Das wäre …«

»Todsicher«, antwortet Martha düster.

Yamilé betrachtet Manolito. Er isst die Tomate wie ein Barbar. »Langsam, Cariño. Es nimmt dir niemand etwas weg.«

Martha seufzt und legt die Hände auf den Tisch. »Wenn es denn unbedingt sein muss, habe ich eine andere Idee. Ein Freund von mir führt ein Lokal in der Innenstadt, nicht weit vom Gouverneurspalast.« Sie sieht die Freundin an. »Ihr könntet dort allerdings nicht lange bleiben.«

Yamilé lächelt. »Zum Verabschieden braucht es nicht viel Zeit.«

»Soll ich in dem Lokal Bescheid sagen?«

»Ja, bitte tu das.« Yamilé berührt sie an der Schulter und geht zur Tür. »Wisch dir den Mund ab, Manolito.«

»Wie willst du den Deutschen benachrichtigen?«, fragt Martha.

»Wie wäre es mit einem Brief?«

»Du bist verrückt, Yamilé.«

Manolito läuft auf den Flur und steckt den Kopf in die Durchreiche. »Buh, Mamá!«

»Jetzt hast du mich aber ganz schön erschreckt.« Sie folgt ihrem Sohn nach draußen.

14

Carlotta bleibt einen Moment länger im Auto. »Ist der Hut zu niedlich?«

Christian betrachtet das geflochtene Gebilde auf ihrem Kopf. »Ich halte *niedlich* für eine gute Kriegslist. Als niedliches deutsches Fräulein gehst du in den Palast, mit den Schürfrechten unterm Arm kommst du wieder heraus.«

»Optimist.« Sie stellt einen zierlichen Schuh auf den Beton. »Ich bin gespannt, ob De Gayas sich heute gesprächsbereit zeigt. Dass man diesen Leuten immer erst drohen muss.«

Carlotta hatte Martin Root gebeten, im Umfeld des Gouverneurs zu erwähnen, dass sie Kuba verlassen wolle. Ein paar Stunden später kam der Anruf. Christian erinnert sich ungern daran. Sie saßen auf der Terrasse, die Sonne sank, sie gaben sich der Täuschung hin, dass es kühler würde. Sie hatten den Ventilator nach draußen geholt, Carlottas Bluse flatterte im Luftstrom. Christian hätte gern das Hemd ausgezogen, aber Carlotta schätzt Stillosigkeit nicht. Ihr Gesprächsthema war die Kälte, sie träumten gemeinsam vom Schnee auf den Dünen bei Travemünde. Ein verbeultes Auto hielt unterhalb der Treppe, ein dunkelhäutiger Mann stieg aus. Er machte auf sich aufmerksam, indem er einfach nur dastand. Es wäre harmlos gewesen, hinunterzugehen und ihn zu fragen, was er wollte, doch Christian war gefangen zwischen nervöser Freude und dem Unbehagen gegenüber Carlotta. Sie zählte bereits die Tage, bis sie Kuba hinter sich lassen würden, ihn hielt, trotz Marthas Rat, sich Yamilé aus dem Kopf zu schlagen, eine kindische Hoffnung auf der Insel fest. Während er überlegte, unter welchem Vorwand er mit Raoúl sprechen könnte, klingelte das Telefon.

»Geh du.« Carlotta legte den Kopf im Liegestuhl zurück.

»Es ist meistens für dich.«

»Deutschland kann es nicht sein. Die schlafen alle.« Sie stand trotzdem auf. »Soll ich dir etwas zu trinken mitbringen?«

Christian schämte sich, weil er die Situation ausnutzte. Während Carlotta drinnen abnahm, lief er die Treppe hinunter. Raoúl gab ihm wortlos einen Brief. Er war auf einem hellgrauen Bogen geschrieben.

Christian trägt ihn in der Innentasche seiner Jacke. Wie eine Schatzkarte hält er ihn gegen die Brust gedrückt. Er begleitet Carlotta vom Auto zu den Arkaden.

Sie hängt sich bei ihm ein. »Keine Ahnung, wie lange es dauert. Bleibst du in der Nähe?«

»Ich gehe ein bisschen spazieren.«

»Bei der Hitze?«

Während meine Verlobte mit dem Gouverneur um einen Verhandlungserfolg ringt, treffe ich mich mit dessen Frau, denkt Christian. Das ist mehr als schäbig, es ist unanständig raffiniert. Wir haben alles andere als ein Stelldichein, beruhigt sich Christian, wir wollen uns nur verabschieden. Ein Händedruck, ein Lebewohl, niemandem wird Schaden zugefügt. Trotzdem kommt es ihm vor, als ob der Brief in seiner Tasche brennen würde.

Zwischen den Gardesoldaten bleiben sie stehen.

»Soll ich dich hinaufbegleiten?«

»Lieber nicht. Nach dem verunglückten Dinner neulich ist es, glaube ich, besser, wenn ich ohne dich bei De Gayas erscheine.«

»Viel Glück.«

Er beugt sich vor, aber in Anwesenheit der Soldaten will Carlotta nicht geküsst werden. Sie streicht über seine Wange und geht.

Zwei Frauen zur gleichen Zeit hat es in Christians Leben noch nie gegeben. Weder während seines Studiums noch in den Laborantenjahren, auch nicht als Mitarbeiter der Dückerwerke sind die Frauen an seinem Weg dicht gedrängt gewesen. Es gab ein Verhältnis mit einer Kommilitonin, ihre Eltern schickten sie nach England. Da war eine ältere Chemikerin, mit der er gern ins Bett gegangen wäre. Es gab Iris, sie starb bei einem Straßenbahnunglück.

Christian sieht Carlotta über den Innenhof laufen, ihr Hut hat Ähnlichkeit mit einer Suppenterrine. Er kennt den Weg, den er nun nehmen muss. Er lässt den Regierungsdistrikt hinter sich und taucht in die schmalen Gassen ein. Mit tiefem Dröhnen erklimmt ein Laster den Hügel, auf der Ladefläche drängen sich Menschen. Christian wendet den Kopf vom Dieselqualm ab. Über ihm tritt eine Frau auf den Balkon und gießt ihre Blumen. Der Holzbalkon neigt sich bedrohlich zur Straße hin. Daneben wird ein säulengeschmücktes Gebäude neu gestrichen. Die korinthischen Kapitelle sind vergoldet.

Schon von weitem erkennt Christian das gesuchte Lokal, es ist das oberste Haus in einer steilen Straße. *Mesón* steht über dem Eingang. Er spürt das Pochen seiner Halsschlagader. Weshalb will sich Yamilé an einem öffentlichen Ort treffen, ist die Frau des Gouverneurs dafür nicht zu bekannt? Ein Gedanke an Carlotta, ein Seufzer über die Unvernunft des Menschen im Allgemeinen, schon läuft Christian auf das *Mesón* zu. Die Gasse wird so steil, dass sie in eine Treppe mündet. Jede Stufe ist in einer anderen Farbe gestrichen.

Im nächsten Augenblick wendet er sich ab und schaut verstohlen ein zweites Mal hinauf. Er täuscht sich nicht, dort steht der Mischling. Er trägt den gleichen Anzug wie neulich im *Picaflor.* Der Mann, mit dem Martin Root so unwirsch umgesprungen war. Kein Latino, kaukasischer Gesichtsschnitt. Er hat das lange Haar mit Öl in Form gebracht. Gebückte Körperhaltung, gelangweilter Blick. Der Mann steht so weit vom *Mesón* entfernt, dass ein Betrachter kaum eine Verbindung zwischen ihm und dem Gasthaus herstellen würde. Er stützt die Ellbogen auf eine hüfthohe Mauer und nimmt von Zeit zu Zeit etwas aus einem Papier. Datteln, wenn Christian sich nicht täuscht. Wenn dieser Mischling wichtig genug war, dass Martin Root ihm zuliebe eine Abendgesellschaft verließ, muss man annehmen, dass der Mann nicht zufällig ausgerechnet vor dem Lokal steht, in dem Christian mit der Gouverneursgattin verabredet ist.

Hektisch sieht er sich um. Hier gibt es keine Schaufenster, keinen Grund, in Betrachtung von irgendetwas stehenzubleiben. Er hat keine Zigaretten dabei, die er sich anzünden könnte. Hinter ihm kommt ein Straßenhändler die Treppe hoch. Christian kauft ihm eine Flasche Limonade ab.

»Ansichtskarten?« Der Straßenhändler zieht ein zerknittertes Sortiment aus der Tasche.

Christian kann hier nicht länger bleiben. Gleich wird der Händler weitergehen und die Sicht auf einen Ausländer freigeben, der zwei Kopf größer ist als die Einheimischen. Die Flasche am Mund, tritt er hinter einen Vorbau. Oben, wo die Querstraße am *Mesón* vorbeiführt, nähert sich ein Wagen, Arbeiterinnen schlendern daran vorbei. Während die Gruppe das Auto verdeckt, steigt jemand aus. Dunkelblaues Kleid, ein Kopftuch, Christian sieht einen Moment lang ihre Silhouette in der Tür. Schon ist sie im *Mesón* verschwunden. Der Ford setzt sich in Bewegung.

Währenddessen hat der Mann unbekümmert seine Datteln gegessen. Er packt die Tüte zusammen und schlendert auf das Gasthaus zu. Als sei er sich im Unklaren über sein Ziel, wirft er einen Blick auf die Stadt, dreht um und erreicht das *Mesón*. Scheinbar zufällig schaut er durchs Fenster, geht weiter und erreicht eine schmale Passage zwischen zwei Häusern. Schatten umfängt ihn. Man könnte meinen, er setzt seinen Weg fort, doch das Dunklere dort zwischen den Mauern, das ist er. Der Dattelesser wartet.

Christian spürt den Brief an seiner Brust. Sieht er Yamilé heute nicht wieder, werden sie einander nie mehr begegnen. Soll er hinaufgehen? Soll er einen Passanten ansprechen und bitten, Yamilé zu verständigen? So wie es kam, ist es besser: Christian verflucht die Vernunft, die ihm diesen Gedanken eingibt. Während er am liebsten die Treppe zu ihr hochrennen möchte, läuft er langsam durch einen Laubengang abwärts. Das *Méson* im Rücken schlendert er die steile Straße hinunter, die er gerade hochkam. Durch die nächste Seitengasse macht er sich davon.

Die Hitze, die Fliegen, der Lärm. Wieso fährt der Motorroller so dicht vorbei und streift ihn beinahe? Ölfässer am Straßenrand, das Kreischen einer Säge. Die Wäsche hängt quer über der Straße, ärgerlich schlägt Christian ein Laken beiseite. Was wollen die Kinder? Überall liegt Unrat, meterhohe Schachtelhalme zwängen sich zwischen Hausmauer und Pflaster hervor. Der Busen einer Frau mit tiefem Ausschnitt wogt an ihm vorbei. Er will etwas trinken, doch beim Anblick der schmutzigen Bodega geht er weiter. Über dem Meer zuckt ein Blitz, bald wird der Regen da sein.

Christian will sich bis zu Carlottas Rückkehr ins Auto setzen. Christian will in den dunklen Raum, wo Yamilé ihn erwartet. Sie könnten Wein bestellen, vielleicht etwas essen, eine Kerze würde brennen. Der Anfang wäre nicht leicht. Sie wissen so wenig voneinander. Ihre Geschichte hat sich in Taten abgespielt, kaum in Worten. Was wichtig ist, können sie nicht sagen. Christian empfindet viel für die verheiratete

Frau. Sie hat einen Brief auf hellgraues Papier geschrieben. Würde er sich trauen, sie so anzusehen, wie ihm ums Herz ist? Würde er ihr ein Geständnis machen? Ein deutscher Chemiker macht keine Geständnisse in der Schwüle.

Das Hemd klebt Christian am Rücken, während er durch die Gassen hastet. *Tetranitromethan,* das sind wir. Das Nitroderivat des Methan oxidiert auf brisante Weise, bei Schlag oder Reibung explodiert es. Zerstörerisch, denkt Christian und weicht einem Eselskarren aus. Wir sind der Detonation gerade noch einmal entkommen. Er wischt Schweiß aus den Augenbrauen und träumt sich auf den Berg hinauf, in das Wirtshaus an der Treppe. Er hört Yamilés Stimme, ihr Blick ist voll Einverständnis, schmerzlich, gütig, glücklich. Sie vergessen den Mann, der im Schatten lauert.

Christian wendet den Kopf. Er hat sich verlaufen. Das blaue Wellblechdach ist ihm unbekannt, auch die Gasse mit den tiefhängenden Elektroleitungen. Mädchen üben einen Tanz auf der Straße. Ein Junge sortiert Pflastersteine. Beim Friseur sitzen drei Männer und lesen Zeitung. Der stinkende Laster fährt wieder vorbei, auch diesmal ist die Ladefläche voll mit Leuten, er nimmt die Richtung zum Meer. Christian setzt sich in Trab und folgt ihm. Bald erkennt er Einzelheiten wieder, den Schaukelstuhl neben einer Zwergpalme. Das schmiedeeiserne Gitter am Fenster eines schmucklosen Hauses. Die Ecke mit dem Tabakladen. Dort wird die Straße schon breiter, Autos und Pferdefuhrwerke kreuzen, Christian entdeckt die Kathedrale wieder. Hinter der Grünanlage müsste der Palast auftauchen.

Der dämmerige Raum, der Wein und die Kerze bleiben oben auf dem Hügel zurück. Er darf die Frau des Gouverneurs nicht sehen. Er wird Kuba verlassen, bald liegt der Atlantik zwischen ihnen. Die Ostseeküste wird auftauchen, gemeinsam mit Carlotta wird er an der Reling stehen. Andere Bilder werden andere Wünsche freisetzen. Christian hat sich nur verlaufen.

Dort in der Gluthitze steht der treue *Horch*. Wahrscheinlich kann man das Lenkrad nicht berühren, trotzdem will Christian ihn in den Schatten fahren. Carlotta soll es bequem haben, wenn sie in die Villa zurückkehren, wo die Koffer schon auf dem Bett liegen. Es dauert nicht mehr lange.

15

Hat Carlotta erst einmal Reisekleidung angelegt, will sie nicht mehr aufgehalten werden. Jedes Hindernis, und sei es noch so feierlich, soll für sie aus dem Weg geräumt werden. Hier ist nichts aus dem Weg zu räumen. Santiago erleidet einen römisch-katholischen Infarkt.

»Warum nehmen Sie keinen anderen Weg?«, sagt sie zum Fahrer.

Der Fahrer erklärt es ihnen. Die offizielle Prozession zur *Virgen de la Caridad del Cobre* findet alljährlich am 8. September statt. Doch es ist Brauch, der barmherzigen Jungfrau auch zu Beginn der Adventszeit ein Fest zu weihen. Dabei bewegt sich der feierliche Zug nicht zu der zwanzig Meilen entfernten Basilika mit dem Schrein und der Holzstatue der dunkelhäutigen Madonna, man begnügt sich, ihr Bildnis auf Fahnen und selbstgemalten Bildern durch die Straßen zu tragen.

»Sie wollen zum Hafen. Das hier ist der einzige Weg.« Der Fahrer trägt ein blütenweißes Kurzarmhemd und eine Chauffeursmütze.

Christian streichelt Carlottas Oberarm. »Ein bisschen Geduld.«

»Das Schiff wartet nicht.«

»Natürlich tut es das«, sagt er auf Deutsch. »Du hast es für die Überfahrt gechartert. Es fährt nicht ab ohne uns.«

»Aber das –« Angewidert zeigt sie aus dem Fenster. »Das ist so unerfreulich.«

Christian empfindet das Gegenteil. Rund um den *Horch*

lauter fröhliche Gesichter. Jedesmal wenn sich eine neue Fahne mit dem Abbild der Madonna erhebt, applaudieren die Menschen. Keinen stört der ausladende Wagen, der im Schritttempo durch die Gasse fährt. Die Leute klopfen freundlich ans Fenster, zeigen auf ihre Schutzheilige und erwarten, dass sich die Ausländer ebenso freuen.

Mit einem Journal fächelt Carlotta sich Kühlung zu. »Ich kriege keine Luft.«

»Mach das Fenster auf.«

»Bist du verrückt?«

Christian winkt einem Mädchen zu, das mit dem Zeigefinger an die Scheibe tippt. Sie trägt einen weißen Umhang.

»Das hätten Sie uns sagen müssen, als Sie uns abgeholt haben.« Carlotta beugt sich vor.

»Jeder weiß von der Prozession«, antwortet der Fahrer. »Ich dachte, dass Sie das sehen wollen.«

Sie lässt sich gegen die Lehne fallen. »Schiet di wat!«, flucht sie in breitem Platt. Nichts ist für Carlotta schwerer zu ertragen, als wenn ihre Planungen durchkreuzt werden. Für die Überfahrt in die Staaten hat sie einen Backdeckkreuzer mit vier Mann Besatzung gechartert. Den Atlantik werden sie an Bord der *Lady Virgin* überqueren, die von Miami aus in See sticht. Mit Zwischenhalt in Plymouth soll der Transatlantikliner sechs Tage vor Weihnachten in Lübeck vor Anker gehen. Der *Horch* wird im Bauch eines norwegischen Frachters nach Deutschland zurückgebracht.

Bis jetzt griff Carlottas Räderwerk zuverlässig ineinander. Das große Gepäck wurde vorausgeschickt, die Villa einem Vertrauensmann übergeben, Abschiedsgeschenke wurden an Hillary und Martin Root gesandt. Carlotta schickte sogar eine symbolische Gabe an den Gouverneur, ein sechzigteiliges Silberbesteck mit polierten Horngriffen aus den Geweihen deutscher Hirsche. Der Begleitbrief bekräftigte, dass der Verhandlungsstand bezüglich der Nickelrechte zu den schönsten Hoffnungen Anlass gebe. Nur eine Floskel. Beim letzten Gespräch war De Gayas damit herausgerückt, dass er vor den Provinzwahlen keinerlei Zugeständnisse machen könne. Im Amt bestätigt, werde er das deutsche Angebot wohlwollend prüfen.

»Schau nur.« Christian zeigt auf eine Gruppe bunt gekleideter Frauen, die singend über die Kreuzung ziehen. Der *Horch* hält, rechts und links drängen sich die Menschen.

»Wie weit ist es noch bis zum Hafen?«

»Ich fahre durch die *Calle Rosita*«, antwortet der Fahrer. »Dort dürfte die Prozession schon vorbei sein.«

»Sie fahren nicht, Sie stehen.« Missmutig starrt Carlotta auf die roten, gelben, grünen Tücher der Frauen. Am Ende der Straße wird ein geordneter Zug von Geistlichen sichtbar. Ihnen voran tragen zwei Knaben das goldbestickte Banner mit dem Bild der *Virgen* und dem Jesuskind. Sicherheitskräfte schließen sich den Priestern an, dahinter entsteht eine Lücke.

»Fahren Sie da durch«, ruft Carlotta.

»Unmöglich.« Er dreht sich um. »Dort kommt *El Gobernador.*«

Christian richtet sich auf. Tatsächlich flankiert ein bewaffneter Trupp von Gardesoldaten mit aufgepflanzten Bajonetten den Weg von Gouverneur Miguel Jesús de Gayas. Gemessenen Schrittes kommt er die Straße entlang, die Hände in Bauchmitte gefaltet, von Zeit zu Zeit hebt er den Blick zur Gottesmutter. Er stellt stille Andacht zur Schau und nickt manchmal wohlwollend in die Menge. Yamilé geht einen Schritt dahinter. Das bodenlange Kleid ist mit schwarzer Spitze besetzt, ihr Gesicht wird von einem Schleier verdeckt.

»Sieh mal an«, sagt Carlotta. »Begegnen wir unserem alten Freund vor der Abfahrt also noch einmal wieder.«

Obwohl sein Hemd schon nass ist, spürt Christian, wie ihm der Schweiß ausbricht. Yamilé ist nur wenige Schritte entfernt. Der Gouverneur bemerkt das ausländische Auto, erkennt auch die Insassen. Zu einem Gruß oder einem Innehalten lässt er sich nicht herab. Yamilé dagegen bleibt stehen. Hinter ihr halten auch die Gardesoldaten an. Die Frau in Schwarz nähert sich dem Wagen. Christian kurbelt das Fenster herunter.

»Was tust du?« Carlotta stößt ihn an.

Die Frau des Gouverneurs erreicht den *Horch,* die Umstehenden machen Platz.

»Señor Tolmein.« Yamilé streckt Christian die Hand entgegen. Schwarze Spitze bedeckt ihre Finger. »Ich wünsche Ihnen eine gute Heimreise. Auch Ihnen, Señorita Dücker.«

»Danke«, antwortet Carlotta.

Christian drückt die kleine warme Hand. Im Hintergrund stockt der Zug. In einiger Entfernung wendet De Gayas sich um. Seine Miene verrät, das unprotokollarische Verhalten seiner Frau ist ihm ein Ärgernis, ein weiteres in einer Reihe von vielen Ärgernissen. Er legt die Arme auf den Rücken.

Mit einem eigenartigen Ausdruck sieht Yamilé Christian an, flehentlich fast. »Ich muss in die Kirche«, sagt sie, als wolle sie ihm etwas Bestimmtes erklären.

Er sucht in ihren Augen, entdeckt Wärme, Bedauern, aber auch Hoffnung. Was kann sie hoffen, da sich zwischen ihnen noch nie etwas aufgetan hat?

Länger darf Yamilé nicht verweilen. Sie nickt den beiden noch einmal zu und kehrt zu ihrem Mann zurück. Bevor sie ihn erreicht, geht De Gayas weiter. Die Prozession setzt sich wieder in Gang.

»Merkwürdige Frau.« Carlotta streicht über ihre Frisur.

»Wieso?«

»Sie kennt uns doch kaum.« Carlotta schmunzelt. »Ich vergesse, du hast ja eine Spritzfahrt in die Berge mit der Señora gemacht.«

Er vermeidet ihren Blick. Der Zug wird durchlässiger, alles strömt hinter dem Gouverneurspaar her.

»Welche Kirche ist das Ziel des Umzugs?«, fragt Christian den Fahrer.

»Die Kathedrale.«

»Natürlich.« Er schließt die Augen und lehnt sich zurück. Ihre plötzliche Nähe, der Händedruck, Christian wird seiner Überwältigung kaum Herr. Alles, was in den Tagen vor der Abfahrt in den Hintergrund geriet, ist wieder da. Während sie ihre Koffer packten, verkamen die karibische Üppigkeit, das Farbenmeer, die schrillen Geräusche zur Hintergrundkulisse. *Tetranitromethan*, ruft Christian sich ins Gedächtnis. Bei einer Vorlesung an der Universität Münster detonierte eine mit Tetranitromethan und Watte gefüllte Stahlröhre so heftig, dass zehn Studenten starben und ein Dutzend verletzt wurde.

Mit einem Ruck richtet Christian sich auf. »Wären wir zu Fuß nicht schneller?«

»Zu Fuß, Señor?«, fragt der Fahrer.

Carlotta mustert ihn überrascht. »Bei dem Gedränge steige ich nicht aus.«

»Wärest du böse, wenn ich es tue?«

»Christian, was ist los?«

»Nichts. Nur die Hitze hier drin.«

»An der nächsten Kreuzung kenne ich eine Abkürzung.« Zum Zeichen seines guten Willens legt der Fahrer den Gang ein und drängt sich durch die Menschenmasse.

Carlotta nimmt ihr Fläschchen mit Kölnischwasser, träufelt etwas aufs Taschentuch und legt es Christian in den Nacken.

»Danke. Es geht schon wieder.«

Eine Quergasse weiter verlaufen sich die Menschen. Christian starrt auf die Häuserzeile, an der sie vorbeigleiten. Hinter der nächsten Kuppe kommt das Hafenbecken in Sicht, die endlose Galerie der Anlegekais mit ihren zahllosen Schiffen. Freudige Unruhe erfasst Carlotta.

»Dort ist es!«

Die *Tortuga* ist ein Langkieler, Spantenbauweise, Mahagoni auf Eiche mit ausgeleistetem Rumpf.

»Sie soll gut im Wind liegen«, sagt sie lachend. Carlotta ist eine passionierte Seglerin, sie nimmt an großen Regatten teil. Neben ihr fühlt sich Christian bestenfalls wie ein Leichtmatrose.

»Eine Handbreit Wasser unterm Kiel, und ich fühle mich schon wie zu Hause!« Sie steigt als Erste aus.

Von der Brücke winkt der Kapitän.

»Ahoi, Capitán!« Sie läuft zum Reep.

»Ship ahoy, Miss«, antwortet der Mann aus Miami. »Es gibt eine kleine Verzögerung.«

»Kriegen Sie das Tauwerk nicht gespleißt?« Carlottas gute Laune ist unerschütterlich.

Der Mann nimmt die Mütze ab und entblößt seine Glatze. »Hinter dem Castillo hat es eine Kollision gegeben, die Hafenausfahrt ist blockiert. Inzwischen haben sie den Logger aus der Zone geschleppt. Durch den Rückstau sind aber einige Schiffe vor uns mit der Ausfahrt dran.«

»Wie lange dauert das?« Christian ist mit dem Handgepäck nachgekommen.

»In einer Stunde setzen wir Segel, Sir.«

Carlotta läuft den schwankenden Steg hoch. »Richten wir uns eben so lange an Bord ein.« Kaum an Deck, zieht sie die Jacke aus.

Christian hält Carlottas Koffer in der einen, seine Tasche in der anderen Hand. Überschreitet er diese Brücke, lässt er Kuba für immer hinter sich. Er schaut zum *Horch*, den der

Fahrer bereits wendet. Christian blickt zur Anhöhe. Von hier aus sieht man die Kathedrale nicht.

»Soll ich Ihnen die Kabinen zeigen?« Der Kapitän öffnet die Tür zum Salon.

»Kommst du?« Carlotta setzt die Sonnenbrille ab.

»Ja.« Als ob er eine Zentnerlast tragen würde, steigt Christian langsam an Bord.

»Du schläfst am Bug und ich achtern, dachte ich.« Da Christian das Gepäck nicht abstellt, nimmt Carlotta es kurzerhand und gibt es dem Kapitän. Sie legt Christians Arm um ihre Taille. »Wir können es natürlich auch andersrum machen.«

»Ist schon richtig, wie du es eingeteilt hast«, murmelt er.

»Immer noch die Hitze?« Sie schmiegt sich an ihn.

»Am besten, Sie trinken etwas.« Der Kapitän weist in den Salon. »Ist alles vorbereitet.«

Carlotta manövriert Christian dorthin. »Ein eisgekühlter *Draquecito,* und gleich geht es dir besser.«

»Ich habe überlegt –« Er bleibt stehen. »Sollte man nicht …?«

Das Gewirr in seinem Kopf macht Christian wütend. Er kennt sein Gehirn, es ist unbeeinflussbar von Faktoren, die außerhalb der Beurteilung dieses Gehirns liegen. Gewöhnlich ähnelt die Außenwelt dem Bild, das Christians Gehirn von ihr entwirft. Dieses Irrlichtern in seinem Kopf ist unzumutbar.

»Was sollte man?«, fragt Carlotta, bereits im Schatten.

»Den Segen für unsere Überfahrt erbitten.« Er steht im prallen Mittagslicht, den Kopf erhoben, seine Jacke flattert in der Brise.

Als ob sie nicht recht gehört hätte, kommt sie zurück. »Du willst beten?«

Beide sind stramme Lutheraner. Die Familie Dücker besucht den Gottesdienst am liebsten in St. Marien. Christian hat seine Verlobte ein paarmal begleitet. Die Dückerwerke verfügen über eine Betriebskapelle. Christian wurde dort noch nie gesehen.

»Es sind immerhin hundert Meilen«, antwortet er. »Auf diesem kleinen Schiff.«

Die berühmte Falte bildet sich zwischen Carlottas Unterlippe und dem Kinn. »Wie oft sind Sie die Strecke schon gefahren?«, ruft sie in den Salon.

»Unbesorgt, Sir.« Der Kopf des Kapitäns taucht am Steuerbordfenster auf. »Die *Tortuga* kennt ihren Weg, sie würde sogar allein nach Hause finden.«

»Und die Wetterlage?« Nervös streicht Christian das Haar aus der Stirn.

»Die Hurrikansaison ist vorbei. Das wird ein Spaziergang, Sir.«

Ungeachtet dieser Worte kehrt Christian zum Fallreep zurück, die Hand am Stahlseil. »Ich möchte diesen Gottesdienst besuchen.«

»Das sind eingefleischte Katholiken hier«, ruft Carlotta ärgerlich.

Er hört ihre Absätze auf den Planken. Wie auf der Flucht, läuft er den Steg hinunter, betritt kubanischen Boden, den er schon verloren glaubte. »In einer Stunde bin ich wieder da.«

»Christian!«

»Ich freue mich auf unsere Zeit auf dem Ozean!«, ruft er und sammelt Speichel, um die Lüge gleich wieder auszuspucken. Laufend winkt er zurück, Carlotta wird an Deck kleiner und kleiner. Er rennt, den Blick gesenkt, sieht seine Beine unter sich auftauchen, lauscht seinem Atem. Auf Kuba rennt keiner in der Mittagshitze. Selbst wenn man Gott begegnen möchte, nimmt man diese Anstrengung nicht auf sich. Christian hofft nicht, Gott zu begegnen. Laufend zieht er die Jacke aus, weiß, dass Carlotta ihm verwirrt nachschaut und verschwindet in der ersten Gasse, die sich auftut.

Er könnte stehenbleiben und erst zur Ruhe kommen. Aber er sucht keine Ruhe, das fliegende Herz soll seinen Geist getrost weiter verwirren. Sobald er zu denken anfinge, würde er umkehren. Würde er nüchtern nachdenken, könnte er die Sehnsucht nicht länger festhalten – so wie ein Junge, der mit Wasser in seinen Händen nach Hause läuft und auf halbem Weg bemerkt, dass es zwischen den Fingern durchgeronnen ist. Wie ein Junge, denkt Christian und nimmt die Gasse mit gewaltigen Sprüngen.

16

Die Hände auf die Knie gestützt, beruhigt Christian seinen Atem. Der Park ist voller Menschen. Im Hintergrund stehen die Tore der Kathedrale offen, die Bürger wohnen dem Festgottesdienst auch im Freien bei. Christian geht weiter, mit leisen Entschuldigungen arbeitet er sich zwischen den Menschen hindurch. Er nutzt die Lücke, die wegen einer Gruppe Schulmädchen entsteht, sie haben sich auf die Fliesen gesetzt. Er steigt über sie hinweg. Selbst wenn ich in Yamilés Nähe gelänge, denkt er, wie soll ich mit ihr sprechen? Sie besucht den Gottesdienst in Begleitung ihres Mannes.

Nuestra Señora de la Asunción erhebt sich hoch über Christian, er taucht in ihren Schatten ein. Es gibt keine frontale Treppe zum Hauptportal, man erreicht es von der Seite. Von dort nähert sich ein Wagen. Christian beschirmt die Augen, dieses Auto hat er schon einmal gesehen. Ein geschlossener Chrysler mit ausladenden Kotflügeln. Hoch oben läutet eine Glocke. Die Menschen senken die Köpfe. Nur Christians Kopf bleibt erhoben. Er erkennt auch den Offizier wieder, der dort aussteigt, unter seiner Uniformmütze quellen graue Locken hervor. Er öffnet den Schlag des Wagens und stellt sich abwartend daneben. Es ist derselbe Teniente, der Yamilé abholte, nachdem sie in den *Rio Ochoamayo* gestürzt war. Es ist der Wagen des Gouverneurs.

Dort tut sich etwas an der Seitentür. Der Gouverneur tritt heraus. Sein Erscheinen löst keine Reaktion bei den Kirchgängern aus, die Menschen beten. De Gayas verlässt den Gottesdienst unauffällig, eilt zum Wagen und verschwindet darin. Der Teniente steigt ein, startet und setzt den Chrysler zurück.

Christians aufgewühlte Stimmung passt nur wenig zu der stillen Andacht, mit der die Menschen auf dem Platz die Messe begehen. An ihnen vorbei schlüpft er auf die Treppe, erreicht die Terrasse und überquert sie. Er tritt beim gleichen Portal in die Kirche, durch das der Gouverneur sie verließ. Neben einem Pfeiler gewöhnt Christian die Augen ans Zwielicht. Zwei Kuppeln überdachen die Kathedrale, eine in Türkis über dem Hauptschiff, eine in der Farbe des Himmels über dem Altar. Bauchig schwingen sich Durchgangsbögen zu den Seitenschiffen. Die Honoratioren Santiagos sitzen, die meisten anderen halten sich stehend im Mittelgang auf. Christian weicht zur Seite aus. Ein Bilderbogen des Kalvarienbergs schmückt die Wand. Er lässt die Vernehmung und die Geißelung Christi hinter sich, auch die Dornenkrönung. Dicht neben Petrus, der den Herrn verleugnet, bleibt er stehen.

Christians Kehle ist trocken, der Schweiß rinnt ihm in die Augen. Dort sitzt sie, vorn auf der Empore, links vom Altar die Plätze der weltlichen Würdenträger, rechts die ranghöchsten Geistlichen. Im rotgoldenen Chormantel zelebriert der Erzbischof das Hochamt. Christians heller Anzug hebt sich vor den dunklen Fresken ab, er tritt neben eine Säule, und gelangt dadurch in Yamilés Blickfeld. Ihr Spitzenkleid fließt über die Holzbank, sie hat den Schleier gehoben. Ihr Gesicht ist zart und voll Ernst. Der Erzbischof erhebt den goldenen Kelch. Christian weiß wenig über die katholische Lithurgie. Wurde die Wandlung von Wein in das Blut Christi bereits vollzogen? Geht die Messe schon ihrem Ende zu? Die Gläubigen sinken auf die Knie.

Im Augenblick, als Yamilé niederkniet, wendet sie den Kopf. Und sieht ihn. Ihre Lippen bewegen sich, aber nicht zum Gebet, das hunderte Stimmen im Chor sprechen. Yamilés Augen schimmern, Überraschung entdeckt Christian darin und Sorge, zugleich unverhüllte Freude. Kein Moment war zwischen ihnen bisher so innig, so unverhüllt in ihren Gefühlen. Kaum merklich hebt sie einen Finger zum Gruß und blickt sich um, ob sie beobachtet wird. Der tiefen Andacht, mit der die Menschen die Eucharistie begehen, verdanken Christian und Yamilé diese heimlichen Sekunden.

Inmitten des Glücks, das er bis vor kurzem nicht zu hoffen wagte, macht er ihr ein Zeichen, dass er sie sprechen will. Yamilé zögert, mustert die Betenden – und nickt. Alle Heiligen im Himmel, sie hat ihm zugenickt! Er deutet zu der Seitenkapelle, von der er wenige Schritte entfernt steht. Dort ist es dunkel, das Ewige Licht hängt zu hoch, um die Nische zu erhellen.

Als Yamilé sich erhebt, wird ihre Sitznachbarin aufmerksam. Mit gefalteten Händen flüstert die Gouverneursgattin ihr etwas zu und steigt zwei Stufen herab. Das Gebet der vielen, der Widerhall ihrer Stimmen machen Yamilés Schritte unhörbar. Ganz in Schwarz huscht sie an Christian vorbei. Er lässt den Blick noch einmal in die Runde schweifen. Hat sich ein Kopf erhoben? Wo sind die Bewacher der Frau des Gouverneurs? Haben die Priester etwas bemerkt? Der Erzbischof kniet vor dem Altar. Das Gebet schwillt an, die Worte werden von den Steinwänden zurückgeworfen. Yamilé ist verschwunden.

Christian verlässt die schützende Säule. Mit drei Schritten erreicht auch er die Nische. Hier ist es so dunkel, dass man den Heiligen kaum erkennt, dem sie geweiht ist. So dunkel, dass Christian auf Yamilé prallt.

»Verzeihen Sie.« Er flüstert.

»Christian«, antwortet sie, zum Zeichen, dass jede Förmlichkeit ihren Sinn verloren hat. »Woher kommen Sie?«

»Vom Schiff. Ich musste Sie noch einmal sehen.«

»Wann reisen Sie?«

»In kaum einer Stunde.«

Sie flüstern die kurzen Sätze und empfinden sie lächerlich im Vergleich zu der Sprache, in der ihre Hände sich unterhalten. Er umfasst ihre Rechte, hält sie behutsam wie einen Vogel. Ihr Spitzenhandschuh ist hochgerutscht, sein Daumen streicht über ihr Handgelenk. Sie erwidert den Druck, die andere Hand gleitet über seinen Arm.

»Kommen Sie einmal nach Kuba zurück?«

»Nein«, antwortet er. »Ich komme nicht wieder. Nie mehr.« Er fasst sie fester. »Wie soll ich von Ihnen fortgehen?«

»Das Schiff trägt Sie fort.«

»Ich möchte bei dir bleiben.«

Ihre liebevollen Augen tauchen aus dem Dunkel auf. »Deine Verlobte würde es merken, wenn du nicht mit ihr an Bord wärst.«

»Trotzdem werde ich immer … Ich werde immer bei dir sein!«

»Nicht immer«, erwidert sie voller Hitze. »Das Leben zieht uns fort. Wir haben nicht den gleichen Weg, Christian.«

»Lass uns das Leben ändern! Ändere meins, Yamilé! Du hast es schon geändert.«

Ihre Lippen berühren sich, sie fallen, stürzen ineinander, ihre Hände, ihre Arme suchen Halt in diesem Sturz, klammern sich aneinander fest, fangen sich auf und ziehen den anderen fort, in die Dunkelheit, mitten ins Licht. Er beugt sich zu ihr, sie strebt ihm zu, die Finger und die Wangen und ihr Seufzen, übertönt vom Gebet der Vielen. Yamilé an seinem Hals, ihre schlanken Glieder, die Glut, die schmale Nische und der geduldige Heilige. Sie finden und packen einander, sein Griff in ihr Haar, sie umschlingt seine Schulter. Die Erlösung und die Verzweiflung, weil es Sünde ist, weil hinter dem Kuss schon die Unmöglichkeit lauert und das Versiegen ihres Glücks, das kein Glück sein darf, weil sie Unrecht tun vor Gott und den Menschen. Und genießen es doch so unbeschreiblich, weil die Liebe nicht fragt, ob sie zur rechten Zeit kommt, ob sie erwünscht ist. Der deutsche Chemiker, den das Gefühl und die Hitze hierher trieben, die Frau des mächtigen Mannes, die dessen Langmut schon zu oft versucht hat, beide sind sich schmerzlich, ängstlich bewusst, sie könnten in dieser Sekunde gefunden, ertappt, beschuldigt und überführt werden. Aber das stachelt ihr Spiel noch an, ihre leidenschaftliche Verzweiflung, das glückliche Chaos.

Schon erstarren sie im Kuss, weil Hunderte Gläubige polternd aufstehen und sich auf die Holzbänke setzen. Ihre Lippen lösen sich vorsichtig voneinander, als könnte der geringste Laut sie verraten. Yamilé, die sich zu dem großen Deutschen emporstreckte, sinkt zu Boden. Ihr Spitzenkleid knistert. Wird die plötzliche Stille in der Kirche ihr Untergang sein, wird im nächsten Moment ein Priester vor die Nische treten und die Liebenden entlarven? Sie sehen sich an, in Angst und Hingabe, in ihrem Rausch voller Reue.

Die Orgel setzt ein. Ein strahlender Akkord, Auftakt zum Hosianna, die Kirche wird von Musik überschwemmt, der Erzbischof hebt die Monstranz. Es könnte auch ein Hosianna auf den Geist der Liebe sein, der da herrscht, über alle irdischen Grenzen hinweg.

Erleichtert, weil die Orgel zu ihrem Retter wird, flüstert Yamilé: »Ich muss zurück.«

»Noch nicht.« Verzweiflung und Wagemut haben von Christian gleichermaßen Besitz ergriffen.

Sie drängt ihn zurück. »Es wird erwartet, dass ich die Heilige Kommunion als Erste empfange. Das ist so üblich.« Sie nimmt sein Gesicht in beide Hände, betrachtet es schmerzlich. »Du – du –« Sie schüttelt den Kopf. »Du hast mir zu all meinem Elend noch gefehlt.«

Es ist ihm unmöglich, die winzige Insel des Glücks zu verlassen. Er küsst ihre Hände.

»Ich gehe zuerst.« Sie schaut nach draußen, während die Musik bereits verklingt. »Du kannst mir schreiben«, sagt sie noch.

»Wohin?«

»Schreib an Martha. Dann bekomme ich es.«

Ihm ist so weh zumute und so glücklich. Yamilé senkt den Schleier, tritt aus der Nische und kehrt erhobenen Hauptes zu ihrem Platz zurück.

Christian starrt auf die Hände, die sie gerade noch berührt hat, presst sie vor das Gesicht und saugt Yamilés Duft ein. Mit krummem Rücken steht er da, an dem Ort, der mit jeder Sekunde gefährlicher für ihn wird.

Als der Erzbischof den Segen spricht und die Hostien an die Priester weiterreicht, als die Gläubigen ihre Plätze verlassen und sich für das Abendmahl aufreihen, als die Frau des Gouverneurs vor den Stufen zum Altar niederkniet und den Leib des Herrn empfängt, verlässt Christian unauffällig die Nische und läuft durch das Seitenschiff zum Ausgang. Einige werden auf ihn aufmerksam, schenken ihm aber weiter keine Beachtung.

Außerhalb der Gläubigen steht ein Mann mit geöltem Haar. Sein Gesicht unterscheidet sich von den Zügen der Einheimischen. Er hat die Hände gefaltet, doch sein Blick ist nicht auf die heilige Handlung gerichtet. Seine Augen begleiten den großen Menschen, der dort das Portal erreicht und die Kathedrale verlässt.

Draußen bilden sich geordnete Reihen, die Mehrzahl will die Kommunion empfangen. Über die Seitentreppe erreicht Christian den Rand des Platzes. In seine Wundheit, seine tiefe Ratlosigkeit strahlt das Glück der Erfüllung, das Yamilés Liebe in ihm zurücklässt. Die Voraussicht auf eine lange

Reise, an der Seite seiner Verlobten, kann dieses Glück nicht trüben. Wohin er auch aufbricht, er nimmt Yamilé mit sich, hinaus, weit weg von ihrer Insel, und noch in grauer Ferne wird sie bei ihm sein.

Zweiter Teil

17

Das Haus steht auf der billigeren Seite der Straße, sie trägt den schönen Namen *An der Wasserkunst*. Christians Mutter hat vor ein paar Jahren Efeu und Geißblatt von den Mauern entfernen lassen. Christian tut es leid darum, er mochte das Verwucherte ihres Hauses, mit seinen Fenstern wie düstere Augen. Heute ist es in einem cremefarbenen Anstrich schmuck herausgeputzt. Gegenüber, auf der teuren Straßenseite, erheben sich die Villen der wirklich Reichen. Wuchtige Gebäude aus Backstein, die meisten in ihrer rostroten Naturfarbe belassen. Im Unterschied zum Haus der Tolmeins führen diese Anwesen zum Wasser hinunter, sie verfügen über Anlegestege und Bootshäuser. Theoretisch könnten die Besitzer von ihrem Grundstück aus eine Weltumsegelung beginnen. Sie konnten es zumindest bis 1900, als die Wakenitz noch den Lübecker Stadthügel umfloss und südlich der Stadt in die Trave mündete. Seit der Fertigstellung des Elbe-Lübeck-Kanals wird der Fluss durch einen Damm umgeleitet und fließt nunmehr über den *Düker* in den Mühlenteich.

Christians Leben ist von diesem Wasser geprägt, den Brücken, die es überqueren, den Parks an seinen Ufern, den Grundstücken, deren Zäune überwunden werden mussten, um im Herbst Äpfel zu stehlen. Mit zwölf hat er auf dem Hüxterdamm sein erstes Mädchen geküsst und fand das Ereignis vor allem feucht. Im Freibad an der Falkenwiese büffelte er für die Prüfungen zum Bauingenieur, lag im Schatten einer Heidelerche, klappte die Bücher zu, rannte über den altersschwachen Badesteg und sprang kopfüber ins Wasser. Beim Segeln rief man ihm von der Moltkebrücke aus zu, dass der Krieg ausgebrochen sei. Nach seinem Fachschulabschluss als Statiker wechselte er, unverständlich für seine Professoren, die Studienrichtung.

Bis heute hat er niemandem von der Offenbarung seines Vaters erzählt, die ihn zu diesem Schritt bewog. Während der Krieg zum Weltkrieg wurde, wandte sich Christian der Chemie zu, wurde 1918 aus dem Studium gerissen, als man ihn zum 3. Hanseatischen Infanterie-Regiment *Lübeck* einzog, aus dem er noch vor der Kapitulation wieder entlassen wurde. Er war bereits 30, als er aus dem Haus *An der Wasserkunst* auszog und sich eine Wohnung unweit der Dückerwerke nahm.

Am Tag, als Christian nach Kuba aufbrach, stand seine Mutter an der Staffelei. Sie malt auch heute, als er heimkommt. Aus ihren frühen Landschaftsaquarellen sind großformatige Schinken geworden. Der Esstisch wurde in den Erker gerückt, das Sofa steht näher beim Kachelofen, Vaters Krankenlager hat Ruth in die Bibliothek verbannt, wo er sich sein Lebtag am liebsten aufhielt.

Nachdem er seine Mutter umarmt hat, ist die Bibliothek Christians erster Weg. Ruth lässt die Männer allein und zieht die Schiebetüren zu. Christian verbirgt seinen Schreck und umarmt den Vater forsch wie in Jugendtagen. Dabei hat sich der alte Christian in ein Gespenst verwandelt. Er hat dem jungen beigebracht, über Krankheiten gebe es nichts zu reden, geschweige zu lamentieren. So führt ihr Gespräch sie bald fort aus Lübeck und auf die Karibikinsel. Christian erzählt von Kuba, als sei dort nicht sein Leben durcheinandergeraten, als sei es das reinste Paradies gewesen. Er berichtet von den gespaltenen Zungen der Kolibris, strohhalmförmig saugen sie in kürzester Zeit den Nektar aus den Blüten.

Der alte Christian nickt, den Kopf auf dem Kissen, sein aschblondes Haar wird hochgedrückt. »Ich weiß, Krickel.« Seine Hand zeigt auf das ornithologische Regal.

Hätte der Vater seinen Sohn nicht ermuntert, die Reise anzutreten, Christian wäre kaum an Bord gegangen. Dass der alte Christian nicht mehr gesund wird, wissen sie seit einem Jahr. »Das Jahr 1929 erlebe ich noch«, hatte er vor Christians Abreise gesagt. Der Christbaum ist kleiner dieses Jahr. Ruth musste ihn allein herbeischaffen und schmücken. Bis Heiligabend steht er verborgen hinter der Staffelei.

Als der Sohn aufbrach, war es September, sein Lieblingsmonat im Norden. Wenn die Winde steifer und die Tage schon ein bisschen kürzer werden, wenn die Sonne nicht mehr diesig verhangen ist und der Himmel, klar und stählern, die Wakenitz in seine Farben taucht. Christian wollte bleiben und mit seinem Vater den Herbst erleben. Der alte Christian schickte ihn fort. Jetzt ist er heimgekehrt, doch all sein Denken und Fühlen sehnt sich nach Kuba zurück.

Von der Seereise nach Hause hatte sich Carlotta die Vertiefung ihrer Verlobung versprochen, den Schritt, der aus einer vernünftigen Verbindung, aus gegenseitiger Sympathie Liebe machen sollte. Er konnte ihr Gefühl nicht so erwidern, wie sie es sich wünschte. Ob beim Frühstück in der Suite, während der Spaziergänge auf dem Promenadendeck oder beim Captain's Dinner: Christian fand keinen Weg, sich von der trüben Glocke seines schlechten Gewissens zu befreien. Das Wetter war bilderbuchreif, sie reisten fürstlich, er hatte eine attraktive und liebeshungrige junge Frau an seiner Seite – aber Christian dachte an Yamilé. Er machte sich den Vorwurf, dass er Carlotta schon allein durch seine Sehnsucht betrog. Sie reagierte auf seine kleinen und größeren Zurückweisungen geduldig und zunächst amüsiert, versuchte durch gespielte Gleichgültigkeit ihrerseits sein Interesse neu zu wecken, doch als das Schiff die halbe Strecke zurückgelegt hatte, war es mit ihrer Geduld vorbei. Sie stritten häufig, und mehr als einmal wurde die Tür zwischen den getrennten Schlafzimmern zugeworfen. Je kühler das Klima wurde, desto hitziger wurden ihre Auseinandersetzungen.

Christian log, was den Grund für seine *Stimmung* betraf. So viel hatte er in seinem ganzen Leben noch nicht gelogen. Statt Carlotta zu antworten, ich habe mich verliebt, ich habe es nicht mit böser Absicht getan, gib mir ein bisschen Zeit, lass uns zurückkehren und unser gewohntes Leben fortsetzen – statt ehrlich mit ihr zu sein, flüchtete er in absurde Ausreden. Schuld sei sein unberechenbarer Magen, er spüre Anzeichen einer Sonnenallergie, eine ständige, unerklärliche Müdigkeit habe ihn erfasst. Während er seine Verlobte auf Distanz hielt, war ihm quälend bewusst, dass er, was Yamilé betraf, nichts hoffen durfte, weniger als nichts. Der Ozean, der sie trennte, war noch das kleinste Hindernis. Gesellschaftliche Konventionen Yamilés Ehe, ihr Kind, Christians Zukunft in den Dückerwerken – es gab so viele Gründe, die so unverrückbar waren, dass sein *großes* Gefühl sich dagegen lächerlich ausnahm. Und so verglich er sein Verhalten am ehesten mit dem eines trotzigen Jungen, dem sein Lieblingsspielzeug verwehrt wird. Er wusste, wie unmöglich er sich benahm, und konnte es doch nicht ändern.

Gegen Ende der Überfahrt wurde es besser. In Plymouth goss es in Strömen, sie holten die dicken Pullover und das Ölzeug hervor und zogen zu einem Hafenspaziergang los. Als ob Christian mit den Kleidern auch die Person gewechselt hätte, fühlte er sich nach langer Zeit endlich wieder wie er selbst. Die verstörenden Tropenwinde, die erdrückende Schwüle lagen hinter ihm, stattdessen war die Feuchtigkeit, die sich auf sie herabsenkte, kalt und frisch und weckte das schöne Gefühl, durch und durch Europäer zu sein. Christian legte den Arm um die Schulter seiner Verlobten, führte sie in einen Pub und genoss mit ihr das erste europäische Bier seit Wochen.

Mit dem Satz: »Bin ich froh, dass wir wieder daheim sind«, quittierte Carlotta die heilsame Wandlung. Bei dichtem Schneegestöber standen sie einen Tag später an der Reling der *Thørhammer* und suchten die Kreidefelsen von Dover im Nebel vergebens.

Christian überreicht seinem Vater ein kleines Geschenk und hilft ihm beim Auspacken. Er hat ein Buch für ihn ausgesucht, das die Schönheit Santiagos in Bildern erzählt. Der alte Christian knipst die Leselampe an, blättert, lächelt und stellt Fragen zu Land und Leuten.

»Warst du auch in den Bergen?« Vaters alte Sehnsucht. Sein Lebtag lang wollte er aus dem Flachland aufbrechen, große Bergtouren machen, Gipfelbesteigungen wagen. Sein schwaches Herz, später seine angegriffene Lunge machten den Traum unerfüllbar. Einmal stiegen die Eltern mit Christian, als er noch klein war, vom Nærøyfjord zu einer Berghütte hoch. Mit seinen acht Jahren hängte der Junge den keuchenden Vater mühelos ab. Auf halber Strecke hielten sie an, Ruth erklärte, sie würden nun doch lieber wieder ans Wasser zurückkehren. Christian war wütend auf seinen Vater, der es nicht einmal auf diesen lächerlich niedrigen Gipfel schaffte.

»Ja, ich war dort«, antwortet er. »Nicht zu Fuß. Ich bin im Wagen gefahren. Du kannst dir nicht vorstellen, was die in Kuba als *Straße* bezeichnen.« Er erzählt von der Sierra Maestra, berichtet vom Regenguss, der über ihn hereinbrach und wie nass er dabei geworden ist.

»Nass? Im Auto?«

Da hat der Vater ihn erwischt. »Ich war nicht im Auto. Ich hatte es … kurz vorher verliehen.«

»Wem leihst du im Dschungel dein Auto, mein Sohn?«

»Einer Frau namens Yamilé.« Christian ist froh, ihren Namen aussprechen zu dürfen.

»Das klingt eher nach einer seltenen Tropenkrankheit«, erwidert der Vater scherzhaft.

»Das ist es möglicherweise auch.«

Keiner Menschenseele hat Christian bislang anvertraut, wie ihm ums Herz ist. Wozu den Vater damit belasten? Es ist ja nichts Wirkliches. Es führt nirgendwohin, nichts darf davon übrig bleiben. Der Vater liegt auf seinem letzten Bett, im Bewusstsein, dass die Angelegenheiten seiner Familie geregelt sind. Nach seinem Tod wird Ruth eine anständige Lehrerrente erhalten. Sie hat das Haus. Gunda, Christians ältere Schwester, hat sich als Tierärztin in Itzehoe niedergelassen. Er selbst ist auf bestem Weg, der Kronprinz im Dücker-Clan zu werden. Der alte Dücker hat keinen männlichen Erben, er und Christian verstehen sich ausgezeichnet. Bisher schienen Christian und Carlotta bestens zueinander zu passen.

»Und wer ist diese Yamilé?«, will der Vater wissen.

»Sie ist die Frau des Provinzgouverneurs«, antwortet er und schaut die Bücherrücken entlang. »Du weißt ja, wir sollten versuchen, von dem Gouverneur die Nickelschürfrechte zu erhalten.«

»Aha.« Der Vater ändert seine Stellung nicht, er mustert Christian nicht merkwürdig, trotzdem fühlt er sich durchschaut. Fühlt sich als kleiner Junge, der seinem alten Herrn nichts vormachen kann. Er setzt sich zu ihm an den Bettrand. »Ich hätte dort gern eine Brücke gebaut, Vati.«

Der alte Mann hebt fragend den Kopf.

»Dort, wo wir gewohnt haben, ist vor meinen Augen eine Flussbrücke eingestürzt. Eine erstaunliche Konstruktion, nur aus Schilf und Bambus gezimmert. Ausgelöst wurde das Unglück durch ein Motorrad, das wahrscheinlich zu schnell darübergefahren ist. Vor dem Einsturz habe ich eine Torsion beobachtet. Die Konstruktion verdrehte sich tangential zur Seitenfläche.« Er beschreibt die Bewegungen mit den Händen. »Es hatte etwas Unwirkliches, mitanzusehen, wie die Brücke nachgab.«

»Was geschah mit dem Motorradfahrer?«

Christian sieht den Hut, den Moment, als er Yamilé vom Kopf flog. »Der blieb wie durch ein Wunder unverletzt.«

Der Vater mustert ihn aufmerksam. »Und du hast dir also vorgestellt, wie es wäre, die Brücke wieder aufzubauen?«

»Jeden Tag sah ich das Brückenwrack im Wasser treiben. Da sind mir wohl merkwürdige Gedanken gekommen.« Er steht auf, macht ein paar Schritte. »Kannst du dir das vorstellen? Ich werde Zeuge, wie eine Brücke in die Tiefe sinkt. Ausgerechnet ich muss das mitansehen.«

»*Tand, Tand ist das Gebilde von Menschenhand.*« Der Vater lächelt mit ernsten Augen.

Vor einem Familienbild an der Wand bleibt Christian stehen. Die Aufnahme wurde in St. Lorenz gemacht. Sein Vater und dessen Vater sind dabei, auch die junge Ruth. Von ihrer Familie ist allerdings niemand auf der Fotografie. »Ich hatte sogar schon einen Standort für die neue Brücke gefunden.«

»Wie ist der Untergrund dort?«

»Sandig. Aber es gibt Abschnitte aus Serpentingestein. Bei einer Spannweite von 80 Metern wäre es statisch möglich.«

»Wie viele Pylone hättest du verwendet?«

»Einen einzigen. Ich habe ein paar Skizzen gezeichnet.«

»Zeigst du sie mir?«

»Wenn du willst.«

Der Vater richtet den Blick zur Decke. »*Wann treffen wir drei wieder zusamm?*«

Christian will die einzig mögliche Antwort nicht geben und weiß zugleich, der Vater besteht darauf. »*Um die siebente Stund, am Brückendamm.*«

»Am Mittelpfeiler. Ich lösche die Flamm.« Der Vater reibt sich die Brust unterm Nachthemd.

»Ich komme vom Norden her«, setzt Christian fort.

»Und ich vom Süden.«

»Und ich vom Meer. Hei, das gibt einen Ringelreihn.«

Sie hören Ruth draußen hin und her gehen. Sie trägt das Geschirr fürs Abendessen auf. Bevor Christian abgereist ist, konnte der Vater noch mit ihnen bei Tisch sitzen.

»Und die Brücke muss in den Grund hinein.« Auf den Fingerknöcheln stützt sich der alte Christian auf. »Ich denke, ich werde heute mit euch essen.«

»Aber wie –?« Christian weiß nicht, wo er zugreifen soll.

»Deine Mutter versteckt das Ungetüm tagsüber vor mir. – Dort, beim Fenster.«

Christian folgt dem Fingerzeig. In der Nische, vom Vorhang verborgen, steht ein Rollstuhl. Er holt ihn heran, fasst seinen Vater unter die Achseln und will ihn hochheben.

»Warte.« Der kranke Mann sieht ihn an. »Ich möchte auf meinen eigenen Beinen zum Essen gehen. Zur Feier deiner Rückkehr.« Die blauen Augen bekommen einen zärtlichen Glanz. »Es gab Tage, da habe ich geglaubt, ich seh dich nicht wieder.« Ungelenk streicht er dem Jungen übers Haar. »Jetzt bist du da.«

»Klar, Vati.« Ihm sitzt ein Kloß im Hals.

»Gibst du mir –« Der alte Christian zeigt auf den Sessel.

Der Sohn hilft ihm in den dunkelblauen Morgenmantel. Als er ihm die Pantoffel vor die Füße stellt, entdeckt er die volle Bettpfanne.

Der Vater schiebt die helfenden Hände beiseite. »Am meisten ärgert mich, dass ich dauernd so müde bin.« Er strafft das Kreuz. »Jetzt pass mal auf.« Wie ein Kind, das gehen lernt, steht er auf, streckt die Arme aus und tut einen Schritt. Und noch einen. »Da staunst du, was?«

Christian ist so elend zumute. Er erinnert sich an den Vater, wie er vor noch nicht allzu langer Zeit den mächtigen Ast einer Birke beiseitezerrte, den er hoch in der Krone abgesägt hatte. Der alte Baum nimmt ihnen die Sonne und wächst so schnell, dass er alle paar Jahre zurückgestutzt werden muss. Christian schaut hinaus. Noch ist der Blick frei, die Birke ist kahl. Kommenden Herbst muss sie wieder geschnitten werden. Er selbst wird wohl hinaufsteigen. Vom Fenster aus könnte der Vater ihm zusehen. Im nächsten Herbst?

Der Vater hält sich am Türstock fest. »*Und der Zug, der in die Brücke tritt um die siebente Stund? Ei, der muß mit.*« Dann geht er Schritt für Schritt ins Esszimmer hinüber.

18

»Ein gewöhnliches Molekül, Zucker zum Beispiel, hat ein Molekulargewicht von dreihundertdreiundvierzig. Ich beabsichtige die systematische Gewinnung komplexer Moleküle mit dem drei-, vielleicht dem zehnfachen Molekulargewicht zu ermöglichen. Alkoholmoleküle mit einer Sauerstoff-Wasserstoff-Gruppe am Ende verbinden sich unter Einwirkung von Säure zu einer zusätzlichen Kohlenstoff-Sauerstoff-Sauerstoff-Wasserstoff-Gruppe. Zwei Wasserstoff- und ein Sauerstoffatom bleiben übrig.«

Christian schaut in die Runde seiner Zuhörer. Herren mit dicken Westen, manche mit Stehkragen und Kneifer, die meisten tragen moderne Brillen und Krawatten.

»H2O«, setzt er hinzu, da sich ihre Gesichter nicht aufhellen. »Eine Säure und ein Alkohol bilden ein Estermolekül mit einem Wassermolekül als Nebenprodukt. Gelingt es, organische Moleküle mit einer offenen Alkoholgruppe an dem einen und einer Säuregruppe am anderen Ende zu erzeugen, müssten sich die Estermoleküle an beiden Enden zu einer beliebig langen, dehnbaren Kette verbinden.«

»Das Ergebnis«, sagt eine Stimme aus dem Hintergrund. »Die Herren interessiert vor allem die Quintessenz deiner Arbeit, Christian.«

Der alte Dücker. Ein Mann wie ein Raubritter, Schädel mit weißem Haarkranz, sein Hals droht jeden Kragen zu sprengen. Als Christian in den Dückerwerken anfing, kam der Schlag des *Industriebarons* bereits aus der Mode. Mit Alfred

Dücker lebt der Typus fort. Er trifft alle Entscheidungen *ex cathedra*. Er residiert am höchsten Punkt seiner Hochofenwerke, im *Turm*. In dieser Höhe stehen nur noch die Schornsteine der Stahlkocher der Aussicht im Weg. Er wohnt dort praktisch. Madame Dücker sieht man selten. Von frühester Jugend an war Carlotta die Frau, mit der sich Dücker im Werk zeigte.

Es wäre sinnvoller gewesen, die Herren der *deutschen Teerfarben-Industrie*, der *Cassella Farbwerke Mainkur* und der *AGFA*, der *Aktiengesellschaft für Anilinfabrikation*, dorthin zu bitten, wo Christians Versuche stattfinden, ins Labor. Dücker aber bestand darauf, die Vorführung im Turm abzuhalten. Christian musste Tische mit Rundkolben, Destillationsvorlage, Wasserabscheider mit Rektifikationskolonne, Büretten-Einheit, Thermometer, Kühlwasserzulauf und die Rundkolben mit den Destillaten eigens hochschleppen lassen. Anders als bei den Modernisierungen, die Dücker an den Hochöfen vornehmen ließ, verweigert er in seinem persönlichen Bereich jede Erneuerung. Der Turm verfügt nicht einmal über einen Fahrstuhl.

Christian tritt vor die Apparatur der miteinander verbundenen Glasgeräte. »Das Ergebnis wird eine Klasse völlig neuer, andersartiger Chemikalien sein, die in natürlicher Form auf der Erde nicht vorkommen. Wir würden einen künstlichen Stoff aus langen Molekülen erhalten, ein Material von so außergewöhnlichen Eigenschaften, dass die Vielzahl seiner Nutzungsmöglichkeiten heute noch nicht abzusehen ist.«

»Du hast schon einen Namen für dein Wunderding, nicht wahr?« Dücker stippt die Zigarre an der hüfthohen Sandschale ab.

»Das habe ich.« Christian schmunzelt. »Auch wenn das *Baby* noch nicht geboren ist, will man ihm doch einen Namen geben.«

Die Herren der Chemie-Lobby nicken gönnerhaft. Bei

dem Mann von AGFA schwankt der Bauch behäbig auf und ab.

»Unser handelsüblicher vulkanisierter Gummi ist ein Polymer aus *Isopren*. Zu seiner Herstellung ist Ihre Branche leider immer noch von der Verfügbarkeit des Rohlatex abhängig. Bringe ich mein Verfahren zur Patentreife, stünde Ihnen künstlich erzeugtes *Isopren* in grenzenlosem Umfang zur Verfügung. Wegen der Einzigartigkeit des Materials gebe ich ihm den Namen *Monopren*.«

Dücker steht auf und legt Christian die Hände auf die Schultern. »Erstklassig, mein Lieber. Und jetzt sag uns, wann die Herrschaften ihre Scheckhefte zücken und Gebote machen dürfen, um dein *Monopren* in Lizenz herzustellen. Wann bist du so weit?«

Christian findet nichts dabei, dass sein Schwiegervater in spe ihn duzt, während er nach wie vor den gebotenen Respekt gegenüber dem Dücker-Chef an den Tag legt.

»Morgen ist Heiligabend«, antwortet er. »Dieses Jahr werde ich Ihnen *Monopren* noch nicht unter den Weihnachtsbaum legen können. Aber ich verspreche, 1929 wird das Jahr, in dem mein Kunststoff die Welt erobert.«

Bevor er Christian loslässt, schüttelt Dücker den schlanken jungen Mann freundlich. »Sie können ihn beim Wort nehmen. Und Sie sollten nicht verpassen, bei dieser Entwicklung dabei zu sein, meine Herren.«

Eine halbe Stunde später kehrt Christian ins Labor zurück, erleichtert, dass der Chef nicht verlangt hat, dem Mittagessen der Chemiebosse beizuwohnen. Die Dücker Hochofen-AG wäre von ihrer Struktur schwerlich in der Lage, Produktion und Vertrieb von *Monopren* zu übernehmen. Das Verfahren in Lizenz zu verkaufen, ist betriebswirtschaftlich lukrativer und ganz in Christians Sinn.

Er lässt sich in seinen Drehstuhl fallen. Das Holz ächzt, die Armlehne gehört festgeschraubt. Die Knochenarbeit liegt noch vor ihm. Alles hängt von der Spezifizierung des Mischungsverhältnisses ab, unabsehbar ist die Zahl der Möglichkeiten. Dennoch, kommendes Jahr wird der Durchbruch bestimmt gelingen.

Das Knarren weckt die Erinnerung an den Sessel aus *Algarrobo* in Santiago in ihm. Christian denkt an den Schlitzrüssler, der die Veranda mittlerweile wieder ungestört nach Larven durchschnüffeln dürfte. Die Sehnsucht nach Yamilé kommt ganz von selbst. Einzig die Arbeit kann ihn davon heilen. Sie ist das beste Mittel, das es gibt.

Während langer Zeitabschnitte besteht Chemie aus Berechnungen und endlosen Wiederholungen von Versuchsabläufen. Wiederholung und Reproduktion sind die Voraussetzung, nicht das Wesentliche. Das Wesentliche ist, der anorganischen Welt das eine Ergebnis zu entreißen, das dem Chemiker vorschwebt. Auch wenn Christian sich der Chemie erst spät zugewandt hat, bereut hat er den Wechsel seines Studienfachs nie. Darüber und über vieles andere möchte er Yamilé schreiben. Erzählen will er, woher er kommt, auf welche Umwege ihn das Leben geführt hat, warum er, auch wenn er Chemiker aus Leidenschaft ist, zuweilen immer noch davon träumt, irgendwann eine Brücke zu bauen.

Ein Brief an Yamilé wäre Flucht aus seinem eigentlichen Leben, Betrug an seiner Arbeit. Darum mobilisiert Christian eine seiner besten Eigenschaften, Disziplin. Er verbannt die Sehnsucht in den Hintergrund. Wenn er sie schon nicht ganz los wird, soll sie sich nur in den Tiefenregionen seines verwirrten Herzens einnisten. Er selbst steigt in den Bereich des Geistes hinauf und verbarrikadiert sich dort. Vor ihm stehen Mörser und Retorten, Spiegelglasmanometer, Schlangenkühler und Scheidtsche Kugeln. Christian hebt den Achtkantstöpsel vom Rundkolben und schnuppert den unverwechselbaren Geruch jungfräulicher Salzsäure. Dieser Duft bläst alles Schwülstige aus dem Gehirn. Die hochprozentige Säure in der Nase, zieht Christian den Laborkittel an. Das Gewebe des Mantels ist durch die scharfen Ausdünstungen brüchig geworden. Er setzt ein neues Filtersieb ein, justiert die Waage und zieht den Schreibblock heran, auf dem er das neue Mischungsverhältnis errechnet hat.

Zu Mittag schwänzt er die Kantine und arbeitet mit knurrendem Magen, bis das Tageslicht schwindet. Die Straßenbahn bringt ihn in die Innenstadt. Mit strammem Schritt läuft er eine Viertelstunde an der Untertrave entlang und erinnert sich an seinen Tagtraum, als er sich auf Kuba nichts sehnlicher herbeigewünscht hatte als einen Gang an dem zugefrorenen Wasser entlang. Ein grauer Tag, ein kalter Wind, schwer vorstellbar, wie er sich aus der üppigen karibischen Welt in diese Eislandschaft wünschen konnte. Normalerweise friert Christian nicht, heute, dem Lübecker Frost entwöhnt, stellt er den Kragen auf und zieht die Mütze in die Stirn.

Letzte Gelegenheit, Weihnachtsgeschenke zu kaufen. Er ist mit Carlotta beim Rathaus verabredet, läuft die Beckergrube hoch und wirft einen Blick auf das Theaterplakat. Heute spielen sie *Tannhäuser*, Heiligabend bleibt das Haus geschlossen, am ersten Feiertag gibt man *Die lustige Witwe.* Im Schaukasten zeigt die Fotografie eine Gruppe ausgelassener Tänzerinnen vor der Kulisse von Paris. Christian und Carlotta hatten zu ihrer Verlobung nach Paris fahren wollen, ein Hexenschuss Carlottas hatte sie damals gezwungen, es zu verschieben. Als kleine Erinnerung an ihre noch ausstehende Parisreise könnte er sie in die *Lustige Witwe* einladen.

Carlotta erwartet ihn vor den Arkaden, im Lichtkegel der Straßenlaterne. Drei Uhr, und es wird schon dunkel. Winkend macht er auf sich aufmerksam. Sie kommt ihm entgegen.

»Ich habe eine Bernsteinbrosche gefunden«, beginnt sie ohne Begrüßung. »Du sollst mir raten, ob die für Mamá zu schwerfällig wäre.«

Er umarmt sie und hält sie einen Moment lang fest. Wie angenehm ist es, über solche Dinge nachzudenken: Brosche und Bernstein, die Mamá und der Theaterbesuch. Christian ist dankbar, dass es wieder Jahreszeiten gibt. Die Wintersonnwende ist eine Zeit zum Innehalten. Er ist entschlossen, das zu tun.

19

Lieber Christian. Sonderbar ist dieses Wort an dich. Ich sollte dich mit »Herr Tolmein« anreden. Nein, das wäre noch verrückter als meine Idee, dir zu schreiben. So unglaublich es dir vorkommen mag, du bist der Einzige, dem ich derzeit vertraue. Außer Manolito natürlich, aber ihm darf ich nichts von dem erzählen, was mich bewegt. Alles ist aus den Fugen. Ich kann nicht mehr zu Martha. Miguel hat unsere Freundschaft aufgedeckt. Seine Augen und Ohren sind überall, genau wie die Fesseln, mit denen er mich bindet. Nicht alles ist Miguels Schuld. Ich habe sein Misstrauen verdient, habe mich nicht benommen, wie es eine gute Ehefrau sollte.

Ich bin fortgesetzt ganz außer mir, ängstlich und traurig zugleich. In besonders mutlosen Stunden frage ich mich, ob ich jemals wieder glücklich sein werde. Lächerlich, wirst du sagen, wen kümmert es, ob man glücklich ist? Aber ich bin erst neunundzwanzig, und alles Fröhliche und Schöne soll für mich vorbei sein?

Ich nenne dich »lieber Christian« und rede mit dir, als ob wir viel Zeit miteinander verbracht hätten. Dabei waren es nur ein paar flüchtige Momente. In meiner Vorstellung bist du ein Mensch, der sein Leben als Laboratorium ansieht, in dem er experimentiert. Es muss schön sein, wenn man sein Leben als großes Experiment führen kann. Das sind verrückte Gedanken. Ich schreibe sie hin, als ob ich dich kennen würde.

Etwas Schreckliches ist passiert. Luiz ist verurteilt worden. Sein Prozess war ein groteskes Schauspiel, er dauerte kaum drei Stunden. Ich durfte nicht dabei sein. Das Gericht hält es für erwiesen, dass er der Anführer einer Gruppe ist, die Miguel stürzen will. Das ist lächerlich. Luiz hat mit den Sozialisten in den Bergen sympathisiert, aber er ist keiner, der andere Menschen führen könnte. Mein Vetter schreibt Liebesgeschichten und Theaterstücke, er würde nie zur Waffe greifen. Aber Staatsanwalt und Richter haben das Urteil in Miguels Sinn gefällt. Mein Mann quält einen Menschen, um seine Macht über mich zu demonstrieren. Er droht mir, dass zu viel Anteilnahme für meinen Vetter mich selbst in Gefahr bringen würde.

Luiz muss mit der Todesstrafe rechnen. Ich will nach Havanna fahren und beim Präsidenten um Gnade bitten. Vor seiner Wahl zum Präsidenten hat Machado von meiner Familie eine großzügige Spende erhalten. Sie haben seinen Wahlkampf unterstützt. Ich hoffe, dass er sich daran erinnert. Zugleich fürchte ich mich davor, den Präsidenten zu bitten, meinen Mann in seine Schranken zu weisen. Ich bin verzweifelt. Mehr kann ich zu meiner Verteidigung nicht sagen.

Ich freue mich auf Havanna. Dort habe ich das Gefühl, freier zu atmen. Eines Tages möchte ich mit dir über den Malecon spazieren. Nachmittags, wenn die Flut kommt und das Meer über die Festungsmauer springt.

Ich schreibe und schreibe und habe das Gefühl, dir durch meine Worte näher zu sein. Du bist so weit fort, mein Freund. Und du kommst nicht zurück. Was solltest du auch noch auf unserer Insel? Du bist in dein Leben im reichen Deutschland zurückgekehrt. Kuba ist arm, vielen Menschen fehlt es am Nötigsten. Wir lieben unsere Insel und unsere Freiheit. Wir wollen nicht länger unter der Diktatur unseres mächtigen Nachbarn stehen. Wir wollen keinen Präsidenten, der seine Befehle aus den USA empfängt. Verstehst du das? Ich glaube, du verstehst alles. Vielleicht denkst du manchmal an unsere gemeinsame Zeit, die holperige Fahrt durch die Sierra oder, vorher noch, an den Morgen, als die Tocororos am Fluss lärmten und du dich um Luiz gekümmert hast. Ich wusste, dass du nicht zur Polizei gehen würdest. An diesem Morgen spürte ich, dass wir einander nicht zum letzten Mal begegnen würden. Ich bin unbedacht, das ist mir bewusst. Martha vergleicht mich mit einer ungebändigten Ziege. Du fehlst mir, mein sonderbarer, hochgewachsener Freund. Ich vermisse dich.

Leb wohl.

Yamilé

Christian sitzt auf dem Bett, den Brief auf seinem Schoß. Er starrt zum Spiegel, auf die abgenutzten Möbel seines alten Kinderzimmers. Im Abendanzug sitzt er da, fertig für Heiligabend. Der Brief hätte ihn vor Weihnachten nicht erreicht, wäre Christian heute nicht im Labor gewesen. Er lief seinem Schwiegervater über den Weg. »Lass die Forschung wenigstens zu Weihnachten ruhen«, sagte der alte Dücker und zog ein Kuvert aus der Jacke. »Das kam gestern in meinem Büro an. Konnte keiner was damit anfangen. Merkwürdiger Absender.« Er gab ihm den Umschlag. Christian erkannte das hellgraue Papier. Während er mit dem Chef plauderte, brannte der Brief in seiner Hand. Er riss ihn nicht im Labor, er riss ihn nicht in der Straßenbahn auf. Erst daheim angekommen, lief er in sein Zimmer und las.

Mittlerweile hat er ihn unzählige Male gelesen. Er sitzt da und weiß nicht, wie er heute Heiligabend feiern soll. Weihnachten auf Lübecker Art – Räucherfischplatte, Ratzeburger Ofengans, Hefekloß mit Waldfruchtsauce. Christians Gedanken sind woanders, sein Herz ist woanders. Alles ist wieder lebendig: Mit jeder Zeile wurden die karibischen Farben strahlender, die Geräusche erwachten, er hörte das Meer, roch die Blüten und den Abfall am Wegesrand, spürte Schweiß und Staub auf seiner Haut und den kühlen Wind am Morgen. Er war auf Kuba, war bei ihr.

Christian blättert zurück. Der Brief wurde vor drei Wochen abgeschickt; was darin steht, ist Vergangenheit. War Yamilé inzwischen in Havanna, konnte sie eine Rettung für ihren Vetter erwirken? Wieso setzt sich ihre Familie nicht für Luiz ein? Ist Yamilé selbst in Gefahr?

Auf der Straße unten hört er einen Wagen halten, das muss Carlotta sein. Sie kommt früh, weil sie zuerst mit seiner Familie feiern wollen, solange Christians Vater noch nicht zu erschöpft ist. Danach werden sie in die Villa Dücker fahren und Heiligabend ein zweites Mal begehen.

Christian springt auf. Fahrig und doch liebevoll faltet er den Brief, steckt ihn ein. Wie soll er sich gleich zu seinen Eltern setzen? Worauf sollen sie anstoßen, auf das letzte Weihnachtsfest des alten Christian? Er mag seine Mutter nicht mehr über Hochzeitsvorbereitungen reden hören. Sie gibt die Hoffnung nicht auf, dass der Sterbenskranke den großen Tag der Vermählung noch erleben wird.

Als Christian zur Tür läuft, erschrickt er vor seinem Spiegelbild. Die Augen sind feucht. Er tritt vor den Waschtisch, gießt Wasser in die Schüssel und kühlt sein brennendes Gesicht. Streicht das Haar zurück. Die Fliege muss er noch einmal binden. Wie soll er Carlotta in die Augen schauen? Ihre Küsse erwidern, im Auto und nach dem Fest, wenn Christian im Gästetrakt der Dückers übernachten und Carlotta im Morgenmantel zu ihm schleichen wird?

Wäre Yamilés Brief nicht gekommen, könnte er alles genießen: den Fisch, den Wein, die Küsse, sogar die Witze seines Schwiegervaters. Nach dem Mahl wird Familie Dücker die lange Tafel verlassen und sich den Kaffee im Salon servieren lassen. Die Christbaumkerzen werden angezündet, man singt die schönen Lieder. Nach der Bescherung wird man es sich bei Portwein und Cognac gemütlich machen. Karl-Ignaz, der sechsundsiebzigjährige Hausdiener, wird eisern den ganzen

Abend über hinter seiner fahrbaren Anrichte stehen und Getränke servieren. Man wird Christian bitten, sich ans Klavier zu setzen. Er wird Schubert spielen, als wäre nichts geschehen, als wäre seine Welt nicht aus den Fugen. Danach wird Madame Dücker Wagner auflegen.

Ich kann es nicht, ich kann nicht! Christian fleddert die Fliege zum dritten Mal auseinander und bindet sie neu.

»Kommst du, Junge?«, ruft Ruth aus der Rundung am Fuß der Treppe.

Unten geht die Außentür auf, Carlotta betritt die kleine Halle. »Fröhliche Weihnachten!« Darauf die Stimme seiner Mutter.

Die Fliege verweigert sich, er gibt die Sache auf. Im Erdgeschoss werden die Begrüßungen lauter. Christians Schwester ist dazugekommen und ihr Ehemann. Christian nimmt den Brief noch einmal heraus und liest die letzten Zeilen.

Du fehlst mir, mein sonderbarer, hochgewachsener Freund. Ich vermisse dich. Leb wohl.

Die ungebändigte Ziege, denkt Christian, die Hitze, die Liebe. Der Weg aus seinem Kinderzimmer, die geschwungene Treppe hinunter, erscheint ihm in diesem Augenblick weiter als jeder Weg, den er je genommen hat.

20

Im Volksmund heißt das Gerät nur die »Krawatte«. Seine Konstruktion ist simpel. Auf breitem Holzfuß erhebt sich ein Pfahl. In Sitzhöhe ist ein Brett eingearbeitet, auf dem der Delinquent Platz nimmt. In der Mitte des Pfahles eine Halskrause aus Metall, seitlich zu schließen. Der Tod lauert am hintersten Punkt der Krause. Dort sitzt eine Schraube, die sich ins Genick bohrt. Der Tod tritt sofort ein. Mit wenigen Handgriffen lässt sich das Instrument außerdem so umbauen, dass die Schraube die Spange immer fester gegen den Kehlkopf zieht und der Delinquent langsam erwürgt wird. Der Henker hat also die Wahl, wie er sein Opfer zu Tode bringen will.

Als Yamilé die Zelle betritt, erkennt sie sofort, was sie vor sich hat, doch ihr Bewusstsein weigert sich, es zu verstehen. »Was ist das?«

Keiner der Wachsoldaten antwortet. Derjenige, der sie hereingebracht hat, geht und schließt die Tür. Zwei weitere sind beim Eintritt der Gouverneursgattin aufgestanden.

Yamilé zeigt auf das Holzgerüst. »Was ist das, Luiz?«

Der Gefangene wurde gewaschen und rasiert. Sein Haar ist frisch geschnitten, die Anstaltskleidung sauber. Wo sein Bein im Gips steckt, wurde die Hose aufgeschlitzt. An der Wand lehnen Krücken. Man hat alles darangesetzt, den Mann nicht wie einen Todeskandidaten aussehen zu lassen.

»Das ist *ihre* Art, mich zum Reden zu bringen«, antwortet er.

»Keine Berührung«, sagt der Wachsoldat, als Yamilé Luiz umarmen will.

Ihr Körper strafft sich. »Reden Sie gefälligst in einem anderen Ton mit mir.«

Er nimmt Haltung an. »Das ist Vorschrift, Señora.«

»Ich will mit ihm allein sein.« Sie setzt sich auf die Gefängnispritsche, als wäre sie ein ganz gewöhnliches Möbelstück.

»Leider unmöglich«, antwortet der Uniformierte.

»Weshalb?«

»Wir müssen verhindern, dass sich der Gefangene etwas antut.«

Ungläubig sieht Yamilé ihn an. »In wenigen Stunden soll er mit diesem Ding erwürgt werden. Weshalb sollte er sich selbst die Mühe machen, da ihr ihm die Arbeit abnehmt?«

»Es ist Vorschrift in der Nacht vor der Hinrichtung«, antwortet der Mann im Ton einer dienstlichen Meldung.

»Der Gouverneur gestattet mir, den Gefangenen unter vier Augen zu sprechen«, entgegnet Yamilé. »Gehen Sie bitte.«

Die beiden sehen sich an. »Ein paar Minuten«, entgegnet der Dienstältere.

Sie legt die Hände auf ihre Oberschenkel. »So lange es dauert.«

Nebeneinander schlurfen die Männer zur Tür, sperren auf und verlassen die Zelle.

Yamilé lässt den Atem ausströmen. »O Gott.«

»Was bringst du?« Luiz greift zu den Krücken und humpelt auf sie zu. »Begnadigung?«

Mit dem Blick zur Tür schüttelt Yamilé den Kopf. »Ich habe den Zug am frühen Abend genommen. Kam anstandslos aus Santiago hinaus, ohne erkannt zu werden. Ich bin durch die Nacht gefahren. An jeder Station fürchtete ich, Miguel hätte jemanden hinter mir hergeschickt und dachte: Gleich steigen sie ein. Aber niemand kam. Am Morgen machte ich mich zum Präsidentenpalast auf.«

»Ohne Vorankündigung?« Luiz hängt zwischen den Krücken.

»Ich war angemeldet.«

»Wer hat dich angemeldet?«

»Martin Root.«

»Der Gringo und dein Mann arbeiten Hand in Hand«, erwidert Luiz. »Er ist der Wachhund, den die Amerikaner dem Gouverneur vor die Tür gesetzt haben!«

»Martin Root ist mehr als das. Ich habe mit ihm gesprochen. Er ist auf unserer Seite. Er findet dein Urteil zu hart.«

»Warum redet Root dann nicht direkt mit deinem Mann?«

»Miguel kann in diesem Fall nichts unternehmen, sonst verliert er sein Gesicht. Aber natürlich würde er sich einer Begnadigung durch den Präsidenten beugen.«

Luiz kommt näher. »Was sagt Machado?«

»Ich habe ihn nicht gesprochen.« Sie senkt den Kopf. »Man hat mich nicht vorgelassen.«

»Wieso nicht?«

Yamilé lehnt den Oberkörper an die Wand. »Das war Miguels Art, seine Macht zu demonstrieren. Ich habe es erst hinterher begriffen. Er brauchte mich nicht aufzuhalten oder gewaltsam nach Santiago zurückzubringen. Er hat einfach verhindert, dass ich zum Präsidenten vorgelassen werde. Ein Adjutant hat mich mit Ausreden abgespeist. Machado sei zu beschäftigt, ein andermal. Ich habe beteuert, wie bald dein Urteil vollstreckt wird. Man nahm das mit Bedauern zur Kenntnis.«

Auf den Krücken schwingt sich Luiz ein paar Schritte durch den Raum. »Die wollen, dass ich ihnen etwas sage. Aber was? Da ist nichts, was ich verraten könnte. Ich bin nicht der, für den sie mich halten.«

»Das weiß ich doch. Und Miguel weiß es auch.«

Er zeigt auf das Gerüst. »Bevor die Sonne aufgeht, werden sie mich fesseln und meinen Hals in dieses Eisen stecken. Einer von ihnen wird hinter mich treten und langsam zudrehen. Wozu?«

Sie presst die Handflächen ineinander. »Das wird nicht passieren, Luiz. Auf keinen Fall. Hör zu: Ich habe einen Plan.«

Er humpelt zu ihr, strauchelt, fällt gegen die Garotte und hält sich am Pfahl fest.

»Ich weiß nicht, ob es reichen wird, damit du freikommst. Aber es wird uns einen Aufschub verschaffen. Und du wirst den Sonnenaufgang erleben.«

Es ist so still, dass man hört, wie sein Atem stockt.

Yamilé wischt sich Schweiß von der Oberlippe. »Sobald ich gegangen bin, sagst du ihnen, dass du aussagen möchtest. Dann gibst du ihnen einen Namen.«

»Welchen?«

»Paulo Campos de Melo.«

»Wer ist das?«

»Er gehört zu den Leuten in den Bergen.«

»Ich soll ihn verraten?«

»Er ist tot.«

Luiz wischt sich über die Augen.

»Er ist vor ein paar Tagen gestorben. Aber das wissen sie noch nicht.«

»Wenn ich den Namen dieses Toten nenne, rette ich mein Leben?«

»Sie werden herauskriegen, dass er nicht mehr lebt. Aber nicht so schnell.«

»Woran ist Campos de Melo gestorben?«

Ein kurzes Lächeln. »An Liebe. Im Bett mit einer Frau hat ihn der Schlag getroffen.«

»Woher weißt du das alles, Yamilé?«

Sie steht auf. »Ich kann dir vieles sagen, Luiz. Das nicht.«

Luiz umarmt sie. »O Gott, wenn dein Plan nur aufgeht! Ich will nicht sterben!«

Die Frau des Gouverneurs steht da, die Augen auf den Pfahl gerichtet. Seit Machado an der Macht ist, werden Hinrichtungen wieder mit dem Würgeeisen durchgeführt. Eine mittelalterliche Tötungsmethode, das ist das Geschenk seiner Präsidentschaft. Yamilés Blick ist leer. Sie schaut, sie denkt, plant und spricht ohne jeden Lebensantrieb. Gäbe es Manolito nicht, ihr nächster Schritt wäre einfach. Yamilés Hände streichen über den Rücken des Gefangenen. »Sie kommen«, sagt sie, als sie Schritte hört.

»Was muss ich sonst noch wissen?«

»Nichts. Gib ihnen nur den Namen. Sag, er ist derjenige, den sie suchen.«

»Danke, Yamilé. Gott wird es dir danken.«

»Gott hat damit zuallerletzt zu tun.« Sie steht da, als wäre sie nicht mehr in der Gefängniszelle, als hätte sie sich zu einem Spaziergang aufgemacht. Sie nimmt die Soldaten kaum wahr, drückt Luiz die Hand und kehrt durch den langen Korridor zurück, hinter dessen Türen sich unzählige Schicksale verbergen. Die Deckenleuchten sind das Band, das sie zum Ausgang führt. Sie lässt die Mauern und die Stacheldrahtspiralen hinter sich. Raoúl wartet mit dem Wagen auf sie.

Yamilé lässt sich nicht zum Gouverneurspalast fahren. Manolito schläft, die Kinderfrau ist bei ihm.

»Zum Wasser«, sagt sie beim Einsteigen.

Raoúl fährt durch die Nacht. Unterhalb von Santiago schiebt sich das Meer in einer langen Zunge ins Land hinein. Sie bittet ihn zu warten. Der Strand ist zerklüftet, der Mond versteckt sich. Trotzdem läuft sie los, Steine und Kies knirschen, ihre Schuhe sinken ein. Kraftlos lappt die See ans Ufer, die Füße werden nass.

Hast du nicht bereits jeden Verrat begangen? fragt sie sich. Warum tust du nicht auch den letzten Schritt und kämpfst mit den Menschen in den Bergen? Miguel weiß inzwischen, dass du nicht auf seiner Seite stehst. Du hast ihm zu viele Beweise deines Widerstands gegeben. Bist zu den Arbeitern gefahren und hast sie mit Medizin versorgt. Du hast bei den Behörden für sie gesprochen, wenn man sie ohne Verfahren bestrafen wollte. Du hast gesagt, was jeder weiß, aber jeder verschweigt. Die Kinder auf dem Land sterben an TBC. Diejenigen, die nicht sterben, kommen, wenn sie hungrig genug sind, in die Städte, um sich zu verkaufen. Die Männer, die du nicht schützen konntest, gingen in die Berge und schlossen sich dem Widerstand an. Du kennst ihre Namen und Gesichter, du weißt, wo sie sich verbergen. Du wusstest, was unter den Kisten auf den Tabaklastern versteckt war. Sie fuhren in die Sierra und kamen mit Tabakblättern zurück. Die Gewehre sind in den Bergen geblieben.

Sie haben geschworen, dass sie nicht leben wollen, solange Machado Präsident ist. Er muss fallen, und das geht nicht auf die nette Art. Sie haben das Militär gegen sich, und schlimmer noch: die USA. In den Vereinigten Staaten sitzen die wahren Feinde Kubas. Diese Leute wollen, dass auf der Insel alles beim Alten bleibt. Sie wollen, dass ihre Marionette an der Macht bleibt, selbst wenn es ein tyrannischer Präsident ist, der foltern lässt. Es geht um Macht. Um Hegemonie. Und um die Ökonomie. Es geht um den Zuckerpreis. Auf dem Weltmarkt steht er höher als je zuvor. Billig haben sich die Gringos bei uns eingekauft; jetzt profitieren sie von unseren Ausfuhren. Im Gegenzug kommen praktisch alle Importe, die Kuba braucht, aus den USA. Machado hat Ehrlichkeit, Straßen und Schulen versprochen. Er hat die große Schnellstraße zwischen Havanna und Santiago gebaut, nur zu dem einen Zweck, dass die Zuckerrohrlaster schneller zu den Raffinerien kommen. Machado ist in Havanna. Miguel ist Gouverneur von Machados Gnaden. Die Leute in den Bergen kämpfen gegen den Präsidenten, aber früher oder später wird auch Miguel ins Visier geraten.

Miguel kennt deine Sympathie für die Aufständischen. Lange wird er nicht mehr damit warten, dich zu bestrafen. Was er mit Luiz tut, ist seine Art, dir zu sagen: Der Krug geht zum Brunnen, bis er bricht. Ich töte Luiz, aber ich meine dich. Auch wenn du Manolitos Mutter bist, werde ich dich nicht verschonen.

Yamilé stolpert, Strandgut liegt im Weg. Eine zerbrochene Kiste verfaulter Orangen. Wer schickt Orangen nach Kuba? Yamilé läuft zurück.

Triff deine Entscheidung. Im Herzen hast du sie getroffen. Du willst nicht länger die Frau des Mannes sein, der Machados Gesetz exekutiert. Entscheide dich, Yamilé.

Als sie das Auto erreicht, sitzt Raoúl abseits und raucht.

»Gib mir auch eine.«

Er bewahrt die Zigarren in einer Schachtel auf und sucht die kleinste heraus. Beim Licht des Streichholzes sehen sie sich an.

»Sturm kommt auf, nicht wahr, Raoúl?« Sie nimmt den ersten Zug. »Vom Meer oder aus den Bergen?«

»Diesmal bläst er von den Bergen herab.« Der alte Mann zieht, die glühende Spitze knistert. Dann sagt er: »Ich habe etwas für dich.«

Yamilé hustet. »Was?«

»Martha schickt es.«

Sie richtet sich auf. Ahnt, was es ist, und will, dass es so ist. »Ein Brief?«

Er geht zum Auto. Als er wiederkommt, hält er einen Umschlag in der Hand.

»Soll ich dich damit allein lassen?«

Sie nimmt den Umschlag, ihre Finger streichen über das Packpapier. »Er ist dick.«

»Ein langer Brief.«

»Hier ist kein Licht. Ich lese ihn zu Hause.«

Raoúl wartet, bis sie aufsteht. Die Zigarre im Mundwinkel, begleitet er sie zum Wagen.

21

Yamilé lässt das Blatt neben die Lampe sinken, dort liegt schon ein kleiner Stapel. Versonnen betrachtet sie das Gesicht ihres Jungen. Er schläft, die Beine seitlich angezogen. Sein Atem geht gleichmäßig. Unvorstellbar, ein Kind zu verlieren, ein kleines Wesen, das sich nicht selbst beschützen, nicht widersprechen kann, dessen ängstliches Weinen im Gebrüll der Katastrophe untergeht.

Yamilé hat den Brief gelesen, wie man eine Erzählung liest. Dabei ist es mehr als eine erfundene Geschichte. Christians Schicksal liegt in diesen Zeilen, die sonderbare Verknüpfung von Ereignissen, die zu seiner Existenz geführt und sein Leben bestimmt haben. Als ob er mit Yamilé beisammensäße, erzählt er von Ereignissen, die lange vor seiner Geburt stattfanden, ohne die es den jungen Christian Tolmein aber nicht gegeben hätte.

Er berichtet von einem Mann, dessen Namen Yamilé noch nie gehört hat. Er heißt Thomas Bouch – vielmehr Sir Thomas Bouch, denn er wurde für sein bedeutendstes Werk geadelt, das zugleich seine Vernichtung und seinen Tod herbeigeführt hat. Im Westen Englands geboren, zog Bouch als junger Mann nach Norden und machte in der Grafschaft Cumberland eine Ausbildung zum technischen Konstrukteur. Das alte Land *Cumbria* war seit jeher das Bollwerk gegen die Schotten. Nahe der Hauptstadt Carlisle führte in römischer Zeit der Hadrianswall vorbei, die Befestigungsanlage gegen den Ansturm der barbarischen Pikten. Als England und Schottland noch eigenständige Königreiche waren, baute man Carlisle zur Sicherung der englischen Grenze als Festung aus. Im Carlisle Castle wurde Maria Stuart gefangen gehalten.

Thomas Bouch arbeitete bei der *Lancaster and Carlisle Railway*, für die er kleinere Bahnstrecken in Nordengland baute, und wurde schließlich leitender Konstrukteur der *Edinburgh-Dundee-Linie.* Der Meereseinschnitt des Firth of Tay, die Mündung des Flusses Tay in die Nordsee, stellte eine zeitraubende Unterbrechung des Eisenbahnverkehrs dar. Das Gepäck der Reisenden musste zwischen Wormit und Dundee von der Bahn auf ein Schiff und nach der Überfahrt wieder zurückverladen werden. Thomas Bouch löste das Problem. Mit Hilfe eines hydraulischen Hängegerüstes ließ er die Eisenbahnwaggons einzeln an Bord eines speziell konstruierten Dampfers hängen, in den Strom hinausfahren und am anderen Ufer wieder auf die Schiene setzen. Man wandte sein Verfahren bald weltweit an, Bouch wurde berühmt dafür, er verließ die Eisenbahngesellschaft und machte Geschäfte auf eigene Rechnung. Er entwickelte eine neuartige Lokomotive, die über einen engeren Kurvenradius verfügte. Für diese Lok konnte er Strecken mit weniger Tunnels und Brücken konstruieren, dadurch senkte er die Kosten im Eisenbahnbau. Er verdiente ein Vermögen. Bouch war verheiratet und hatte vier Kinder. 1858 kam seine jüngste Tochter Ruth zur Welt.

Sein Steckenpferd war das Entwerfen, später die Realisierung leichter, moderner Brücken. Auch hier blieb ihm der Erfolg hold. In seiner Mappe für *unrealisierte Möglichkeiten,* wie er sie nannte, lagen die Zeichnungen für Viadukte, die den Firth of Tay überspannen und damit seine eigene Verladetechnik für Eisenbahnwaggons überflüssig machen sollten.

Eine Brücke über den Tay, bis dahin unvorstellbare zwei Meilen lang, bedeutete technisches Neuland. Nicht nur die Länge, auch die Berücksichtigung der heftigen Stürme und der Meeresströmung erforderten jahrelange Planung, die immer wieder neuen Erkenntnissen angepasst werden musste. Bouch entschied sich für eine Fachwerkbauweise aus gusseisernen Pfeilern und einer schmiedeeisernen Fahrbahn. Die Brücke erhielt eine Höhe von fünfunddreißig Yards über dem höchstmöglichen Gezeitenwasserstand, was den damals größten Segelschiffen mit ihren Masten die Durchfahrt ermöglichen sollte.

Die Grundsteinlegung fand 1871 unter Beisein der Princess of York statt. In den folgenden Jahren ließ sich Bouch von zahlreichen technischen und finanziellen Problemen nicht aus dem Konzept bringen, auch wenn durch sie erhebliche Verzögerungen entstanden. Wegen des problematischen Untergrunds der Bay konnten nicht so viele Pfeiler errichtet werden, wie es der ursprüngliche Plan verlangte. Die Pfeiler des Mittelbaues mussten schwacher ausgelegt werden, da die Fundamente auf dem Meeresboden sonst nachgegeben hätten. Das größte Fragezeichen blieb der Winddruck gegen die Struktur. Wieder und wieder stellte Bouch Berechnungen an und widersprach damit den Beschwichtigungen seiner Geldgeber: *Eine Brücke, die sechs Lokomotiven freischwebend tragen kann, die wirft auch der stärkste Sturm nicht um!* Bouch, der von seiner Ausbildung zur Berechnung von Windlasten nicht berechtigt war, nahm bei Baubeginn zwanzig Pfund Luftdruck auf den Quadratfuß an. Als sich die Konstruktion bereits über ein Drittel der Bucht erstreckte, erfuhr er, dass die Staatsingenieure in Frankreich in ähnlichen Fällen bei ihren Berechnungen vierzig Pfund Windlast zugrunde legten.

Mit steigendem Zeitdruck musste Bouch die Senkkästen für die Fundamente vereinfachen lassen, die Pfeiler bestanden von da an statt aus acht nur noch aus sechs Säulen. Die Veränderungen zogen eine Vergrößerung der Spannweite des Brückenmittelteils nach sich. Bouch verbaute zehn Millionen

Ziegelsteine und zehntausend Tonnen Stahl in die Brücke, er beschäftigte sechshundert Männer, zwanzig von ihnen verloren während der Arbeiten ihr Leben, die meisten ertranken. Auch sein Bauleiter starb, was Bouch, der in der Endphase unter Hochdruck arbeiten ließ, an der gewissenhaften Ausführung vieler Details zweifeln lassen musste.

Der erste Zug befuhr die Brücke im September 1877. Am 1. Juni 1878 fand die offizielle Einweihung der längsten Brücke der Welt statt. Noch während der Eröffnungsfeierlichkeiten wurde Thomas Bouch in den Ritterstand erhoben und durfte sich fortan Sir nennen.

1876 hatte Bouchs blutjunge Tochter Ruth den schottischen Biologen Henry Gladstone geheiratet und war mit ihm ins englische Berwick-upon-Tweed gezogen. Wenige Tage vor der Brückeneinweihung wurde Thomas Bouch Großvater, Ruth brachte eine Tochter zur Welt. Nach den Weihnachtsfeiertagen im Jahr 1879 wollte die junge Familie Henrys Eltern im schottischen Dundee besuchen. Ruth erkrankte einen Tag vor der Abreise, beschwor ihren Mann aber, seine Eltern nicht zu enttäuschen und ohne sie, nur mit der zweijährigen Myrna, nach Schottland aufzubrechen. Henry wäre lieber bei seiner Frau geblieben, aber Ruth bestand darauf. Wörtlich sagte sie: »Da kannst du Myrna gleich das Wunderwerk ihres Opas zeigen. Noch in vielen Jahren werden die Schotten ihm dafür dankbar sein.«

Am 28. Dezember 1879 bestieg Henry, das Mädchen an der Hand, den Zug nach Dundee. An diesem Abend herrschte ein schwerer Sturm über der Taymündung, Windstärke zehn bis elf. Der Zug verließ Edinburgh am späten Nachmittag und hielt in St Fort zum letzten Mal, bevor er auf die Brücke fuhr. Henry hatte einen kleinen hölzernen Hampelmann dabei, den er unterwegs für seine Tochter tanzen ließ. Endlich ging es hinaus aufs Wasser, über die berühmte Brücke von

Großvater Thomas. Vielleicht erzählte Henry seiner Tochter, wie mühevoll früher Waggon um Waggon auf einen Dampfer umgeladen werden musste, während man jetzt bequem und sicher das breite Wasser per Eisenbahn überquerte. Vielleicht fielen Myrna die Lichter des gegenüberliegenden Brückenhauses auf. Vielleicht fürchtete sie sich vor dem Sirren und Klirren des Windes im Brückengestänge, während der Zug gegen den Sturm ankeuchte. Vielleicht spürte sie im Inneren des Waggons, mit welchem Druck der Orkan gegen die Fenster presste. Vielleicht beruhigte der Vater das Kind mit der Vorstellung, dass die Großeltern in Dundee den Christbaum noch einmal anzünden würden, dann könnten sie davorsitzen und Lieder singen.

Als sie das Mittelsegment erreichten, das die größte Spannweite zwischen den Pfeilern besaß, brach an dem Punkt, wo die Brücke die höchste Belastung trug, ein zweihundert Tonnen schweres Eisensegment aus dem Brückenkörper, worauf dieser Teil der Konstruktion nachgab und in den Fluss stürzte. Der einzige Augenzeuge, ein Stellwerker am Südufer, beobachtete die Lichter in den Fenstern des Zuges, als dieser den Brückenabschnitt befuhr. In stockfinsterer Nacht senkten sich die Lichter plötzlich in die Tiefe. Nicht in einem unmittelbaren Abbruch, nicht wie im Sturz, eher als ob der Zug in den Fluss hinabfliegen würde. Blitze zuckten, als er auf dem Wasser aufschlug. Der Koloss aus Eisen und Stahl versank augenblicklich im Tay. Alle zweiundsiebzig Passagiere starben, genauso wie das Zugpersonal. Die Anzahl der Opfer konnte nur durch die Prüfung der Ticketverkäufe festgestellt werden. Lediglich sechsundvierzig Leichen wurden geborgen, die übrigen Toten blieben für immer verschollen.

Es war Nacht, als der Sturm die Brücke zum Einsturz brachte und den Zug in die Tiefe riss. Es war zwei Nächte später, als Ruth die Bestätigung erhielt, dass ihr Mann und ihre Tochter tot waren. Henrys Körper wurde gefunden, in seiner Jackentasche steckte noch der hölzerne Hampelmann. Die kleine Myrna gab der Strom nicht wieder her. Bei der Beerdigung ihres Vaters wurde neben dem seinen ein leerer Kindersarg in die Erde hinabgelassen.

Ruth hatte wenig Zeit für Trauer. Die Katastrophe erregte die Gemüter der Nation. Nachdem erste Untersuchungsergebnisse bekannt geworden waren, richtete sich der kollektive Hass gegen Ruths Vater. Sein Entwurf sei von Anfang an mangelhaft gewesen, er hätte die statischen Berechnungen nicht selbst anstellen dürfen, er habe Kostenersparnis über Sicherheit gestellt. Im Tumult der Anschuldigungen ging die Tatsache unter, dass der Lokführer mit überhöhter Geschwindigkeit über die Brücke gebraust war. Bei der Abfahrt hatte er zu einem Freund gesagt, er werde heute früher als sonst beim Abendessen sitzen.

Man entzog Ruths Vater den Bau einer weiteren gigantischen Brücke, der Forth Bridge, und leitete ein Verfahren gegen ihn ein. Thomas erkrankte in der Folge so schwer, dass Ruths Mutter die Familiengeschäfte übernahm. Wegen der anhaltenden Proteste und der Androhung von Gewalt gegen den *Mörder vom Tay* mussten die Bouchs ihr Haus in Edinburgh aufgeben. Obwohl Ruth den Namen ihres Mannes und nicht den ihres Vaters trug, riet ihr die Mutter, vorübergehend das Land zu verlassen und Verwandte in Deutschland zu besuchen. Ruth zögerte, ihren schwerkranken Vater im Stich zu lassen. Sein Tod gab den Ausschlag: Nur zehn Monate nach der Katastrophe starb Thomas Bouch, klinisch an einer Lungenentzündung, in Wahrheit an gebrochenem Herzen. Den Zivilprozess gegen ihn musste er nicht mehr erleben.

Einige Tage nach dem Begräbnis verließ Ruth das Königreich und setzte an Bord eines schwedischen Dampfers nach

Lübeck über. Aus dem geplanten Verwandtenbesuch sollte ein Aufenthalt von mehreren Jahren werden. In einer deutschen Zeitung las Ruth, dass man die verunglückte Lokomotive aus dem Firth of Tay geborgen und instand gesetzt habe. Sie wurde auf der gleichen Strecke wieder in Dienst gestellt und erhielt den Spitznamen *The Diver.*

Ruth trauerte viele Jahre um Henry und Myrna. Obwohl sie ursprünglich nur für kurze Zeit in Lübeck hatte bleiben wollen, kehrte sie, außer zu Besuchen, nicht mehr in ihre Heimat zurück. 1886 lernte sie Christian Tolmein kennen, einen Lehrer am ältesten Gymnasium Lübecks, dem Katharineum. Sie heirateten 1887, ein Jahr später wurde eine Tochter, Gunda, geboren. Als Christian zum Direktor seiner Schule ernannt wurde, kauften sie das schöne Haus *An der Wasserkunst* und renovierten es Stück für Stück. 1896, mit fast vierzig Jahren, brachte Ruth ihr drittes Kind zur Welt, einen Sohn. Er wurde nach seinem Vater Christian getauft.

Der kleine Christian ging nicht auf das Katharineum, sein Vater sollte nicht gleichzeitig sein Schuldirektor sein. Als ihr Sohn sich früh für Technik interessierte, sagten seine Eltern noch nichts. Auch als er das Studium zum Bauingenieur wählte, schwieg die Mutter. Schließlich gab es viele Berufe, die er damit würde ergreifen können. Als Christian nach bestandener Statikerprüfung aber bekannt gab, er wolle Brücken bauen, das sei sein großer Traum, konnten Ruth und Christian nicht länger schweigen. Während all der Jahre hatten sie das tragische Schicksal der Bouchs vor ihren Kindern geheim gehalten. Niemandem nutzte es etwas, wenn Gunda und Christian wüssten, dass sie die Enkel des *Mörders vom Tay* wären. Ruth brachte es nicht übers Herz, mit ihrem Sohn zu sprechen. Der Vater musste es übernehmen.

Wie bei anderen Anlässen schritten Vater und Sohn an der Wakenitz entlang. Christian erzählte dem jungen Mann von seiner Herkunft und dass seine Halbschwester und der erste Mann seiner Mutter bei einem Brückeneinsturz ums Leben gekommen waren. Christian hörte sich alles ruhig an; er stellte nur wenige Fragen und verschwand anschließend für den Rest des Tages. Auch nachts kam er nicht nach Hause, tags darauf ebenfalls nicht. Als er sich am dritten Tag zu den besorgten Eltern an den Abendbrottisch setzte, gab er bekannt, er hätte die meiste Zeit in der Bibliothek verbracht und über das Unglück am Firth of Tay nachgelesen. Zu Beginn hätte es ihn gereizt, die Schande seines Großvaters auszumerzen und neue, noch größere Brücken zu bauen. Dann sei er mit dem Rad zur Ostsee gefahren und stundenlang am Priwall entlanggelaufen. Er habe Plätze aufgesucht, wo man sinnvollerweise eine Brücke über die Meerenge bauen könnte. Einen Tag lang habe er vor sich hin geträumt und das Vermächtnis der Bouchs gewissermaßen in seine eigene Zukunft umgemünzt.

»Ich mache nicht weiter«, sagte Christian und nahm sich von den gestampften Kartoffeln. »Ich werde etwas anderes studieren. Keine Ahnung, was. Ich habe noch den ganzen Sommer Zeit, darüber nachzudenken.«

Ruth behielt ihre Rührung über Christians Entscheidung für sich und antwortete, der Sommer sei die beste Zeit, auf gute Ideen zu kommen. Der Vater filetierte den Dorsch.

Yamilé beugt sich über Manolito und küsst ihn zärtlich. Sein Mund steht offen, er röchelt leise im Schlaf. Sie schließt das Moskitonetz und vergewissert sich, dass auch nicht die kleinste Lücke offen bleibt. Sie nimmt das letzte Blatt von Christians Brief noch einmal zur Hand.

Jetzt weiß ich es mit Gewissheit: Ich bin ein Bouch! Da saß ich nichtsahnend auf einer Veranda in Kuba, tausende Meilen von

Schottland entfernt, und vor meinen Augen stürzte eine Brücke in die Tiefe. Die Brücke, federleicht im Vergleich zu dem eisernen Ungetüm, das einen Zug tragen sollte, sie trug dich. Du schwebtest mit deinem Motorrad über den Rio Ochoamayo, dein Hut schwebte über dir. Ich sah dich fallen und dachte an die sturmumtoste Nordsee. Ich sah dich unverletzt auftauchen und dachte an meine kleine Halbschwester, die nie aus den Fluten zurückgekehrt ist, die ich nie kennengelernt habe.
Was ist aus eurer Brücke geworden? Hat der Fluss sie aufgelöst und ins Meer hinausgetragen? Haben die Arbeiter inzwischen eine neue Brücke geflochten? Wenn ich in Gedanken bei dir bin, und das bin ich unvernünftig oft, dann sitzen wir an diesem Fluss und ich erzähle dir, wie die Brücke aussehen soll, die ich bauen würde. In diesen Momenten bin ich glücklich.
Hier ist immer noch Winter, er scheint dieses Jahr überhaupt nicht weichen zu wollen. Ich arbeite viel, manchmal bin ich zufrieden damit. Manchmal frage ich mich, ob ich glücklicher wäre, wenn wir einander nie begegnet wären. Jedesmal lautet die Antwort, dass der Einsturz dieser Brücke mein Leben verändert hat. Was daraus werden soll, weiß ich nicht. Es wird nicht vergehen, das weiß ich genau. Du gehst nicht vorbei, Yamilé. Ich bin an dir erkrankt, und die Einzige, bei der ich Heilung finden kann, bist du. Die Heilung bist du.

Auf Wiedersehen,
Dein Christian Tolmein-Bouch

22

Ein bisschen Blut, nicht allzu viel, Blut bedeutet nichts, nur etwas mehr Geld. Martin Root lässt den Jungen schlafen. Wahrscheinlich verstellt er sich, will noch ein paar Minuten in dem bequemen Bett bleiben, bevor Martin ihn hinaus in die Hitze schickt.

Er selbst ist ruhig und sehr zufrieden. Martin hat gelernt, dass es besser ist, mit einem guten Blatt in der Hand manchmal zu verlieren, damit man im entscheidenden Moment mit einem schlechten Blatt gewinnen kann. Ein Politiker jedoch kann das nicht begreifen, um keinen Preis. Er will den Sieg sofort. Darum fühlt Martin sich Politikern überlegen, unter der Voraussetzung, dass er selbst entspannt ist, dass er seine eigene Gewalt abgelegt hat wie ein blutiges Kleid. Er braucht die Ruhe, bevor er dem Metzger gegenübertritt.

Spät ist er gestern in Havanna angekommen. Jetzt ist es Zeit für den entscheidenden Schritt. Mit einem Lächeln schlüpft er in die Unterwäsche, streift das blassgrüne Hemd über und die schwarzen Strümpfe. Er zieht den weißen Anzug an und schließt die Gürtelschnalle. Durch das Klicken erwacht der Junge. Martin betrachtet ihn durch den Spiegel.

»Wie spät?« Der Bursche reibt über seinen Bauch. Ein schmaler Haarflaum führt vom Nabel bis zur Scham.

»Hast du noch andere Verabredungen?«, erwidert Martin spöttisch.

Der Junge entdeckt das Blut auf dem Laken.

»Bin ich das?«

»Hast du Schmerzen?«

Das Gesicht des Burschen wird spitz, weil er nachdenkt. »Ja. Ich habe ziemlich schlimme Schmerzen.«

»Tut mir leid. Woher das kommen mag?« Martin wirft das Geldbündel aufs Bett, eine grüne Rolle, von einem Gummiband zusammengehalten.

Das Gesicht des Jungen hellt sich auf. »Bleibst du länger in Havanna?«

Martin bindet seine Krawatte.

»Kommst du wieder?«

»Verschwinde jetzt.« Er fährt sich mit dem Kamm durchs Haar. Die angenehme Kühle des Hemdes verfliegt bereits, Martin schaltet den Ventilator ein.

Mit ein paar Handgriffen schlüpft der Junge in seine Kleider. »Ich stehe oft an der Ecke.« Er küsst den Hals des Amerikaners und steckt die Zunge in sein Ohr.

»Hau endlich ab.« Martin schiebt ihn beiseite und setzt die Brille auf. Mit geschärftem Blick mustert er sein Spiegelbild. Ein netter Bankangestellter aus Vicksburg könnte nicht unscheinbarer aussehen.

»Bist du mit dem Auto da?«, fragt der Junge. »Kannst du mich ein Stück mitnehmen?«

Statt einer Antwort öffnet Martin die Tür. Dort, wo der Junge das Geld einsteckt, beult sich die Hose. Er sollte aufpassen, dass man es ihm nicht gleich wieder abnimmt. Der junge Mann verschwindet durch den dämmerigen Korridor.

Martin telefoniert mit der Rezeption, dass er den Wagen braucht. Er streift das Sakko über, setzt die Sonnenbrille auf und den Strohhut. Der *Cadillac Town Sedan* hat die fünfhundert Meilen von Santiago nach Havanna in unglaublichen zwölf Stunden zurückgelegt. Auf der bequemen Rückbank konnte Martin mehrere Stunden schlafen.

Zeit, den Metzger zu besuchen. Er vergewissert sich, dass der Junge nicht noch irgendwo im Zwielicht wartet, schließt die Zimmertür und läuft mit federnden Schritten den Flur hinunter. Seine weichen Schuhe machen auf der Marmortreppe ein lustiges Geräusch.

Immer wieder überrascht es Martin, wen das Schicksal nach oben spült. Machado, den Metzgergesellen aus Santa Clara. Dieser Mann besitzt keinerlei besondere Fähigkeiten, er ist an Farblosigkeit kaum zu übertreffen. Vielleicht liegt darin das Geheimnis seines Erfolgs. Unscheinbar ist er an seinen Kontrahenten vorbeigezogen, sie haben ihn nicht kommen hören.

Jetzt, da er im Sattel sitzt, bringt er sie alle um, einen nach dem anderen, in Massen. Ein Metzger, er kann nichts anderes, hat nie etwas anderes gelernt. Martin schmunzelt – *der karibische Mussolini* –, auch wenn Machado es abstreitet, der Spitzname gefällt ihm.

Martin nickt dem Hombre an der Rezeption zu und gleitet in die Hitze. Ohne stehenzubleiben schließt er die Augen, seine Füße kennen die Treppe, an deren Fuß der Wagen wartet. Martin schlüpft auf den Rücksitz. Sanft wird die Tür zugeworfen. Der Luftstrom des Ventilators trifft ihn ins Gesicht. Der Cadillac setzt sich in Bewegung.

Havanna ist wie ein Regen. Jedesmal überkommt Martin dieses Gefühl. Die Stadt mag trocken, heiß und staubig sein, und doch ist sie beständig in Fluss, eine Kaskade, ein Springbrunnen für die Sinne. In Santiago steht Haus an Haus, eine Straße mündet in die nächste, auf den Tag folgt die Nacht. In Havanna herrscht das Gesetz der Gleichzeitigkeit. Die Menschen machen Geschäfte und lieben sich und bringen einander um, und das alles gleichzeitig, Tag und Nacht. Martin ist begeistert vom Weiß Havannas, überall zerfließt es in etwas Neues. Manchmal changiert es ins Rosa, dann wieder wirkt es aprikosenfarben. Wo man hinhört, schwebt Musik, triebhaft und verwirrend. Martin legt den Kopf zurück.

Der Wagen gleitet durch die *Paseo del Prado,* die Menschen sind in der Mittagshitze verschwunden, der Boulevard glitzert, sein Grau wird Weiß, sein Braun und Lila, auch das ergibt hier Weiß. Das würdige *Capitol,* Sitz der Pseudoregierung, ist nur ein dummer Turm, alle Prunkbauten in der Altstadt sind dumm, weil sie nachgemacht sind. Auch der Präsidentenpalast, wo der Metzger Entscheidungen exekutiert, die ausschließlich den USA zugutekommen, mörderische Befehle. Leider ist Martin angehalten, den Metzger darin zu bestärken. Er nimmt den Hut ab, damit der Luftstrom auch seine Stirn erreicht.

Der Cadillac erreicht den Palast. Martin verbannt das Lächeln aus seinen Zügen, ab jetzt ist er der Mann, der fordert. Der Sonderbeauftragte, der den Metzger in die gewünschte Richtung dirigiert. Langsam läuft er die Stufen zum Palast hoch. Hier machen seine Schuhe kein lustiges Geräusch.

Der Adjutant erwartet und begleitet ihn durch die Säulenhalle. Die Präsidenten Kubas sind in Bildern und Büsten verewigt, auch aus jener Zeit, als die Republik noch in Waffen stand. Inzwischen sind es dreizehn Präsidenten. Ob man dem Metzger auch ein Standbild widmen wird?

»Er erwartet Sie«, sagt der Adjutant und meint damit, dass Martin den Präsidenten eine halbe Stunde warten ließ. Er hielt die Unhöflichkeit für nötig, damit Klarheit herrscht, wer wem zur Verfügung steht. Sie durchqueren den ersten Stock. Nicht die große Flügeltür öffnet sich zu Machados Räumen, nur die kleine Pforte, die darin eingelassen ist. Der Adjutant bleibt zurück.

Gerardo Machado y Morales kommt Martin mit ausgestreckter Hand entgegen. An seinem Finger glänzt der Ring des Großmeisters vom Stuhl. Machados Netzwerk ist auf die Macht der *Großloge* gegründet. Die Mitgliederzahl der kubanischen Freimaurer geht in die Zehntausende, auch Machados Gönner in den USA gehören ihnen an. Erst wenige Wochen zuvor verschenkte der kubanische Präsident mitten in Havanna staatliches Bauland für die Errichtung eines Freimaurertempels.

Martin ergreift die erstaunlich kleine Hand, mit der dieser Mann Hammelschädel aufbrach und Schweinefleisch von den Rippen löste. »Herr Präsident.«

»Lieber Mister Root, wie lange haben wir uns nicht gesehen?«

»Zu lange, Herr Präsident.« Er ist gewohnt, dass ihre Gespräche auf dem rotseidenen Sofa geführt werden, und wartet dennoch die einladende Geste des Hausherrn ab.

Die mindere Qualität der Zuckerraffinaden, der ungezügelte Schmuggel in den Häfen Moa und Trinidad, die von Machado geschürte Korruption unter den Militärs, die Unzufriedenheit von Kubas wichtigstem Sponsor *General Electric* – die Liste der Themen, die sich Machado wird anhören müssen, ist lang. Doch Martin beginnt mit etwas anderem. Er akzeptiert eine Tasse Tee, lehnt das englische Gebäck ab, schlägt die Beine über und rührt um, bis sich der Kandis vollständig aufgelöst hat.

»Der Einfluss der Sozialisten breitet sich von der Sierra Maestra immer weiter nach Norden aus«, beginnt er ohne Umschweife. »Es gibt bereits Stützpunkte zwischen San German und Holguín, im Sagua-Baracoa-Massiv und in den Regenwäldern.«

Der Präsident lüftet die Hornbrille von den Nasenhöckern. »Stützpunkte, sagen Sie?« Er lächelt Martin kurzsichtig an. »Höhlen, Hütten, Baumhäuser. Kann man diese armseligen Nester wirklich als *Stützpunkt* bezeichnen?«

»In ihrem Hauptquartier verfügen sie sogar über eine Funkverbindung. Ein Sender mit großer Reichweite.«

»Ich weiß noch nicht einmal, wo dieses Hauptquartier liegen soll.« Unmerklich rückt Machado von seinem Gast ab.

»Das ist das Problem, Herr Präsident: Sie wissen es nicht. Und Ihre Armee weiß es genauso wenig.«

Machado schüttelt stumm den Kopf. Martins Einstieg provoziert ihn, doch er beherrscht sich. »Haben Sie eine Ahnung, womit diese Leute bewaffnet sind? Äxte und Macheten.«

»Gewehre und Revolver.«

»Alte Flinten, die sie bei den Schwarzhändlern in Miami gekauft haben.« Ein atemloses Lachen. »Vielleicht stammen diese Feuerbüchsen noch aus dem Sezessionskrieg. Wozu soll ich meine modern ausgerüsteten Truppen ins entlegene Gebirge schicken, nur um ein paar Hitzköpfe niederzumetzeln?«

»Die Hitzköpfe genießen breite Unterstützung in der Bevölkerung. Sie sind bereit zum Angriff.«

Machado streicht über das Revers seines hellbraunen Anzugs. »Sie kommen in mein Haus, Mister Root, und sagen mir, ich habe die Lage nicht im Griff? Sie behaupten, ich könne mich gegen ein paar Abtrünnige im unwegsamen Hinterland nicht wehren? Sie behaupten, mir seien die Zustände auf meiner eigenen Insel unbekannt?«

Martin unterbricht die beleidigte kleine Rede des Metzgers nicht. Soll er sein Pulver ruhig verschießen, es ändert nichts am Ergebnis. »Ich möchte mich im Interesse der Vereinigten Staaten nur vergewissern, dass Ihre Streitkräfte eine gute Antwort auf diese Umtriebe parat haben.«

»Sollte ich befinden, dass dieses *Knurren aus dem Urwald* die Sicherheit Kubas gefährdet, werde ich die rechte Antwort darauf geben.« Der Präsident legt die Fingerspitzen aneinander.

»Das genügt uns nicht, Herr Präsident.«

Machado will aufspringen. Martin beobachtet mit Vergnügen, wie sich der Mann an der Armlehne festkrallt.

»Mister Root, dank unserer guten Handelsbeziehungen verfügt meine Armee über die modernste Ausrüstung in der Karibik.«

»Mit Waffen allein schlägt man keinen Aufstand nieder.«

»Es gibt keinen *Aufstand*, Sir. Nicht einmal ansatzweise!«

Da der Metzger in Fahrt kommt, verschärft auch Martin die Gangart. »Die Armee genießt im Volk kein Vertrauen. Ihre Streitkräfte werden im eigenen Land gehasst.«

Machado winkt ab. »Wann hätten die USA je nach der Stimmung in meinem Volk gefragt?«

»Es gibt Fälle in der Geschichte, in denen *Volkes Stimme* zu lange vernachlässigt wurde. Die spanischen Kolonialherren auf Kuba haben diesen Fehler begangen.«

»Bis wir sie hinausgeworfen haben.«

»Mit amerikanischer Hilfe.«

Machados volles Haar fällt ihm in die Stirn. »Mister Root, wir haben beide einen dicht gedrängten Zeitplan. Mit welchem Vorschlag hat Ihre Regierung Sie zu mir geschickt?«

Auch wenn Martin begreift, dass der Metzger ihn zum Laufburschen degradieren will, antwortet er nüchtern: »Ohne Kopf kann die Schlange nicht beißen. Enthaupten Sie die Bewegung. Nehmen Sie ihr den Anführer.«

»Ach, Martin.« Machado wählt einen väterlichen Ton, als sei es nötig, seinen Gast zu belehren. »Bei diesen Leuten gibt es keine Hierarchien, keine Ordnung, kein Reglement. Diese Menschen haben die eine Hand am Gewehrkolben und die andere an der Rumflasche.«

Martin schmunzelt über die Poesie des Metzgers. »Und doch gibt es einen Kopf der Bewegung. Er sitzt in den Bergen um den *Pico Martí*. Und die ehrliche Antwort auf meine Frage wäre: Sie wissen nicht, *wer* er ist.«

Der Präsident steht auf, macht ein paar Schritte durch den ehemaligen Prunksaal, als wollte er sich die Beine vertreten.

Da er nichts erwidert, setzt Martin nach. »Ihre Politik der Abschreckung hat sich abgenutzt, Gerardo. Es genügt nicht länger, überall im Land die Garotte aufzustellen. Es genügt nicht, sich auf die Angst der Leute zu verlassen. Den Menschen ist es mittlerweile egal, ob sie an Hunger sterben oder an Krankheiten oder durch Ihr Würgeeisen. Sie wollen etwas an den Zuständen ändern. Es ist den Aufständischen egal, wie Kuba danach aussieht, solange es nur anders wird. Der Anführer der Rebellen schürt diesen Fanatismus, in seinem Geist sammeln sich die Widerständler um ihn, und ihr einziger Schlachtruf lautet: *Stürzt Machado!* Als Ihre guten Nachbarn finden wir es beunruhigend, wie viele Kubaner diesem Schlachtruf folgen. Wir machen uns Sorgen um Ihr Wohl.«

Der Präsident tritt hinter den Schreibtisch und legt ein Papier von rechts nach links. Unwahrscheinlich, dass ihm irgendjemand die Lage je so ungeschminkt auseinandergesetzt hat, denkt Martin, trinkt seinen Tee und greift nach einem Keks.

»Es gab Versuche, den Mann ausfindig zu machen«, antwortet Machado. »Aber er ist geschickt. Er verlegt seinen Standort häufig. Vor kurzem bekamen wir allerdings einen Hinweis durch einen Gefangenen.«

»Luiz Durales. Ich weiß«, erwidert Martin ungerührt.

Machado blickt auf. »Sie wussten davon? Durales ist ein Mitglied der Hévia-Familie.«

»Ein Bastard. Die Hévias wollen nichts mit ihm zu tun haben.«

»Er gab uns einen wichtigen Namen. Paulo Campos de Melo.«

»Der Name eines Toten.« Ungeduldig stößt Martin die Luft aus. Er ist es leid, Dinge zu erfahren, die er bereits weiß. »Als der Tod von Campos de Melo bekannt wurde, hat Ihr

Gouverneur den Gefangenen in Santiago hinrichten lassen. Man hätte Luiz Durales am Leben lassen können, denn er wusste nichts. Es gibt allerdings jemanden, der mehr Geheimnisse kennt, als uns lieb sein kann.«

»Wer?«

»Es handelt sich um eine Frau. Sie war vor kurzem im Palast und wollte Sie sprechen.«

»*Sie*?« Der Präsident kehrt zum Sofa zurück.

»Señora Yamilé de Gayas.«

»Miguels Frau?«

Martin nickt. »Der Gouverneur hat geschickt verhindert, dass Yamilé Ihnen ein Gnadengesuch vorlegen konnte.«

Machado setzt sich an dieselbe Stelle wie vorhin. Martin registriert den feinen Duft eines Lavendelparfums. »Worauf wollen Sie hinaus?«

»Ich glaube, dass Señora de Gayas diejenige ist, die uns ins Zentrum des Widerstands führen könnte – unter gewissen Umständen.«

»Schlagen Sie vor, dass Miguel seine eigene Frau verhaften soll?«

»Nicht so drastisch, Gerardo. Ich denke an eine Art *pikanter Kriegsführung*, die Ihre Aufmerksamkeit verdient.«

Machado verzieht den Mund nach links, seine Art zu lächeln. »Spannen Sie mich nicht auf die Folter.«

»Es ist eine Liebesgeschichte, Herr Präsident. Eine Romanze mit jenem einmaligen Flair, wie es nur die Karibik verbreitet. Eine Romanze, die wir uns zunutze machen sollten.« Martin lehnt sich zurück, er hat den Metzger genau dort, wo er ihn haben will.

»Interessant«, sagt Machado, als Root geendet hat. »Aber warum die Umstände? Gibt es nicht andere Mittel, uns die Señora gefügig zu machen? Würde es nicht genügen, ihr das Kind wegzunehmen?«

»Daran habe ich auch schon gedacht. Allerdings würde sie dann jeden Kontakt zu den Rebellen sofort einstellen.« Martin lächelt. »Yamilé ist aber nicht nur Mutter. Sie ist auch eine Frau. Und dieser Deutsche macht sie leichtsinnig. Genau darauf baut mein Plan.«

23

»Jetzt habe ich zwei Männer im Haus, die nichts essen.« Ruth trägt die Teller in die Küche.

Christian ist unrasiert. Bei seinem unregelmäßigen Bartwuchs sieht das ungepflegt aus. Es tut ihm leid, dass er Mutters Essen kaum angerührt hat. Er bringt zur Zeit nicht viel hinunter. Sonst zogen Vater und Sohn sich nach Tisch zu einer Partie Schach zurück oder gingen im Garten auf und ab und diskutierten die politische Lage. Inzwischen zerrinnen die wachen Momente seines Vaters immer rascher. Das Morphium fordert seinen Preis. Er sitzt am Esstisch und will seine Serviette zusammenlegen.

»Wann warst du das letzte Mal beim Friseur?«, fragt der alte Christian.

»Ich weiß, ich sollte längst.« Ohne den hohlwangigen Mann anzusehen, schiebt Christian die Serviette in den silbernen Ring. »Soll ich dich hinüberbringen?«

»Ja, bitte.«

Er fährt den Rollstuhl in Vaters Zimmer, legt dessen Arme um seine Schultern und hebt ihn hoch. Er setzt ihn aufs Bett, zieht ihm den Mantel aus und deckt ihn zu, nachdem er ihm beim Hinlegen geholfen hat. »Ein bisschen Sauerstoff?« Er zieht die Stahlflasche heran.

»Lass nur, ich schlafe ja gleich.«

Christian betrachtet das Injektionsbesteck. Er könnte dem Vater das Morphium selbst verabreichen, aber das ist ein Liebesdienst, den seine Mutter sich für ihren Mann vorbehält.

»Carlotta will bald den Hochzeitstermin festsetzen.« Christian steht am Krankenbett, verlegen wie ein Pennäler, der sich nicht traut, um mehr Taschengeld zu bitten.

Mit überraschtem Ausdruck schaut der Vater hoch. »Endlich. Diese ewige Verlobungszeit fing langsam an, lächerlich zu werden.«

Christian hilft ihm, sich noch einmal aufzusetzen. »Ich dachte nur, eine Hochzeit, solange es dir so schlecht geht –«

Aus tiefen Augenhöhlen sieht der Vater ihn an. »Benutze mich nicht als Ausrede, Sohn. Heirate sie oder heirate sie nicht, aber schieb nicht meinen Tod zwischen euch. Ich fürchte, mich wirst du auf dieser Hochzeit allerdings entschuldigen müssen.«

Sie haben nie über Christians heimliche Sehnsucht gesprochen. Ein paar Bemerkungen vielleicht, sein freudloser Zustand, die Tatsache, dass er Carlotta immer seltener nach Hause mitbringt, scheinen dem Vater alles zu verraten. Neben dem Bett setzt sich Christian auf den Boden. Soll er auf ein unverfängliches Thema ausweichen? So direkt hat ihn der Vater noch nie darauf angesprochen. »Und wenn ich Carlotta die Wahrheit sage?«

»Wem nützt das?«

»Soll ich meine Ehe auf eine Lüge aufbauen? Das hat sie nicht verdient.«

Der alte Christian zieht die Decke unters Kinn. »So etwas kann auch gut gehen. *Gewohnheit* ist keine schlechte Sache, weißt du. Gewohnheit schützt uns vor dem Abgrund, der das Leben nun einmal ist. Und die Leidenschaft –« Eine schlaffe Handbewegung. »Leidenschaft ist ein verderbliches Gut.«

»Darum geht es nicht«, entgegnet Christian. »Ein Kuss im Dunkeln, in der Hitze. Mehr war nicht.«

»Das genügt im Allgemeinen.«

»Du denkst also, ich soll Carlotta – *trotzdem* – heiraten?«

»Sie ist eine beeindruckende Frau und behandelt dich mit einer Hochachtung, die ich bei einem Mädchen aus so reichem Hause nicht erwarten würde.«

»Ich war in den letzten Wochen ziemlich schrecklich zu ihr.«

»Welchen Termin hat Carlotta im Auge?«

»Juni.«

»Eine Junibraut.« Lächelnd legt der Vater seine durchsichtige Hand auf die Schulter des Jungen. »Nach der Hochzeit kommst du an mein Grab und erzählst mir, wie es gelaufen ist.«

Eine Weile ist es still. Christian lässt den Kopf auf die Hand des Vaters sinken. »Geh nicht, Vati. Warum musst du gehen?«

Während der Junge weint, streicht ihm der alte Christian mit der anderen Hand übers Haar. »Du wirst mir ein bisschen zu schwer«, sagt er, nachdem das Schluchzen versiegt ist.

»Entschuldige.« Christian kommt hoch und wischt sich über die Augen.

»Jetzt sei so nett und sage Ruth, ich brauche meinen nächsten traumlosen Traum.«

Auf der Fahrt zu seiner Wohnung überlegt Christian, ob er einen Abstecher zur Villa machen soll. Es ist schon spät, trotzdem könnte er hineingehen, in Carlottas Zimmer hochlaufen und sagen: »Einverstanden. Wir heiraten im Juni.«

Er legt den Wagen in die Kurve. Mit einmonatiger Verspätung traf der *Horch* in Lübeck ein. Seitdem fährt ihn Christian wieder. Dort taucht die Villa auf. An der Einfahrt plätschert der Springbrunnen, ein kleiner etruskischer Gott thront auf seiner Spitze. Dahinter erhebt sich das Herrenhaus, dreistöckig, in einigen Fenstern brennt Licht.

Heute ist es schon zu spät, entscheidet Christian. Morgen kannst du Carlotta Blumen bringen. So bemäntelt er seinen

Kleinmut und fährt am Dückerhaus vorbei. Er will sein eigenes Viertel durch die Innenstadt erreichen und nimmt den Hüxterdamm.

Frühling. Christian gleitet durch die Königsstraße. Die Luft ist lau und herrlich. Bis vor kurzem zeigte sich die Welt noch braun und kahl, dann war von einem Tag auf den anderen das Grün erwacht. Zu Beginn roch man es fast nur, jetzt werden die kahlen Gerippe der Bäume bald verschwunden sein.

Christian mag noch nicht nach Hause. Was soll er in der Bude im ersten Stock, zwei Zimmer, Waschtisch, Kochecke. Er hat noch nie dort gekocht, isst immer in der Betriebskantine. Abends erwartet ihn das ungemachte Bett so, wie er es morgens verlassen hat.

Dort sitzen Leute auf der Straße. Gegenüber das Theater, die Vorstellung ist wohl noch nicht lange zu Ende. Christian stellt den *Horch* nahe der Marienkirche ab und schlendert zu den Tischen mit den Windlichtern. Nimmt Platz, nickt der Familie zu, die mit Brot und Käse fast fertig ist, und bestellt Wein. Die meisten Theaterbesucher wollen die letzte Straßenbahn erreichen und brechen wenig später auf. Das Lokal leert sich. Als Christian schon fürchtet, allein dazusitzen, öffnet sich die Bühnenpforte und die Schauspieler kommen heraus, auch ein paar Orchestermusiker mit ihren Instrumentenkoffern.

Eine der Schauspielerinnen hat dunkles Haar, das spröde absteht. Wahrscheinlich trug sie gerade noch eine Perücke. Ihr Mund ist leuchtend rot geschminkt. »Dann gibst du ihn mir eben nicht«, sagt sie. Eine füllige Kollegin stößt einen Pfiff aus. »Dein letztes Wort?«, fragt die mit dem roten Mund. Ihre Augen streifen Christian. Die Dicke setzt sich zu anderen Kollegen einen Tisch weiter. Der Kellner bringt der Schauspielerin ein Glas Schaumwein. »Danke, Piet.«

Christian will bezahlen, doch der Kellner hat sich schon umgedreht.

»Waren Sie in der Vorstellung?«, fragt die Schauspielerin.

»Nein. Welches Stück?«

»Drei Schwestern.« Sie hebt ihr Glas. »Drei Schwestern am Donnerstag, drei Schwestern am Freitag, und raten Sie mal, was wir morgen spielen?«

»Drei Schwestern?«

Ungeniert stößt sie mit ihm an.

»Welche *Schwester* spielen Sie?«

»Na hören Sie mal, die jüngste natürlich.«

Die Frau muss vierzig sein, Christian senkt den Blick auf sein Glas.

»Ich habe Sie noch nie hier gesehen«, sagt sie.

»Ich komme selten in die Innenstadt.«

»Wo wohnen Sie, St. Jürgen?«

Er schüttelt den Kopf.

»Buntekuh, Moisling?«

Christian will austrinken und mit der freundlichen Wärme des Weines im Bauch ins Bett gehen. »Ich möchte Sie nicht abhalten, sich zu Ihren Freunden zu setzen.«

»Störe ich Sie?«

»Im Gegenteil. Ich bin nur nicht … Ich habe nicht viel zu erzählen.«

»Aber Kummer haben Sie.« Sie legt den Kopf zurück, öffnet den Mund weit und schüttet den Inhalt des Glases hinein.

»Wieso glauben Sie das?«

»Haben Sie Kummer?« Er schweigt. »Wenn die Menschen sich freuen, ähneln sie einander. Im Kummer ist jeder anders.«

Er mag Plattitüden nicht. »Mein persönliches *Stück* handelt von einer der ältesten Geschichten der Welt«, antwortet

Christian nach kurzem Zögern. »Ein Mann zwischen zwei Frauen.«

Sie zwirbelt ihr leeres Glas und lehnt sich zurück. »So hätte ich Sie gar nicht eingeschätzt. Und das im biederen Lübeck.«

»Die andere Frau lebt in der Karibik.«

»Wird ja immer besser. Und Sie verzehren sich nach ihr?«, fragt sie ohne Ironie.

»Sie ist verheiratet und hat ein Kind.«

Einer Fremden darf man alles erzählen. Man nimmt keine Rücksicht, man wirft es ihr einfach hin. Während ihr zweiter Sekt kommt, während er mit der leeren Karaffe andeutet, dass er noch eine möchte, redet er und redet und erklärt alles. Erklärt es vor allem sich selbst. Die Unmöglichkeit seines lächerlichen Traumes, der kindische Trotz, auf seinem Gefühl zu beharren. Christian ernüchtert sich mit voller Absicht und löst das Wolkengebilde, das er von seiner Liebe zu Yamilé erschaffen hat, sachte und unaufhaltsam auf. Insgeheim wusste er es schon damals, als er die Kathedrale von Santiago verließ. Er wusste es während der Rückfahrt und während der Wochen danach. In einem Traum zu leben ist ein angenehmer Zustand – zu lange hat er sich darin verloren. Während der ganzen Zeit wartete jemand, dem er ein Versprechen gegeben hat, auf ihn. Mit viel Geduld wartet Carlotta darauf, dass er es einlöst.

»Ich werde Carlotta heiraten«, sagt Christian jetzt voller Inbrunst. »Es ist richtig. Es ist meine Pflicht.«

Auch ihr zweites Glas ist leer. Sie überlegt eine Weile. »Man kann auch mit den besten Absichten das Falsche tun. Man verteidigt es ein Leben lang, aber das Falsche bleibt es trotzdem.«

Danach reden sie nicht mehr lange. Schließlich steht die Schauspielerin auf. »Ich muss zu meinen Freunden. Gute Nacht.«

Sie geht zwei Tische weiter, ohne dass er ihren Namen erfahren hat. Setzt sich neben die füllige Kollegin und fragt, worüber die anderen reden. Einen Augenblick fürchtet Christian, sie könnte ausplaudern, was sie gerade gehört hat. Doch sie unterhält sich, als hätte sie ihn bereits vergessen.

24

Draußen wird es schon hell. Christian legt die eng beschriebenen Blätter aufeinander und stößt sie gerade. Er beschriftet den Umschlag, schiebt den Brief hinein, klebt ihn aber nicht zu. Das Kuvert in der Hand, steht er im Zimmer. Im Laufe der Nacht war die vernünftige Entschlossenheit, die er vor dem Theater gewonnen hatte, verflogen. Die Macht seines Traumes, seine Sehnsucht, auch die Zweifel waren wiedergekommen, je weiter die Zeiger der Uhr vorrückten. Das Fieber seiner unglücklichen Liebe hatte ihn erfasst wie lange nicht mehr. Nach den rauschhaften Gefühlen macht sich jetzt Katerstimmung breit, Ernüchterung. Du willst sie mit deinem Gefühl erdrücken, ohne das ihre zu kennen. Nachts hast du Sätze geschrieben wie: *Mich in den Abgrund stürzen, ich könnte es für dich, Yamilé. Aber die Ausweglosigkeit ertrage ich nicht länger.*

»Genug, Christian. Wach auf.«

Er wirft den Brief auf den Tisch. Lass die Frau endlich in Ruhe. Mach es euch beiden leichter, indem du schweigst. Bedränge sie nicht mit deiner unseligen Romantik. Du bist kein galanter Kavalier, der zum Degen greift, weil seine Herzensdame in die Hände von Schuften fiel. Normalerweise beschäftigst du dich mit der Art Fragen, wie hoch die Wahrscheinlichkeit einer Reaktion von *No* als Zahl ursprünglicher Monomere und *Nt* als Zahl zu erwartender Monomere sein wird, wenn du ein Tensid namens *P* einsetzt, das den Teilchendurchmesser der Polymerpartikel beeinflusst. Wenn es dir schon bei Polymeren nicht gelingt, ihre Verbindungswahrscheinlichkeit vorherzubestimmen, wie unmöglich ist es dann bei einer jungen Ehefrau, die ihrem Mann das Leben schwer macht? Dieser Mann hat eine Provinz zu verwalten, während seine Frau sich wie eine Rebellin benimmt. Sprunghaft ist sie, risikofreudig und muss zugleich auf die Sicherheit ihres Kindes bedacht sein. Sie hat dir Briefe geschrieben, hat dir in wundersamen Zeilen ihr Herz geöffnet. Doch mit etwas Realitätssinn musst du zugeben, ihre Briefe und die deinen sind kaum mehr als das Papier, auf dem sie geschrieben sind: ein Absud von Galläpfeln mit Eisensulfat auf einem zerstampften, verkochten und plattgewalzten Brei aus Hanf und alten Lumpen. Woran dein Herz hängt und deine Sehnsucht, ist festgehalten mit Tinte auf Papier. Diese Briefe beschwören Vergangenes, sie sind im Hier und Jetzt nicht real, sie vermögen keine Zukunft zu versprechen. Der Frühling in Lübeck ist real oder dass du in Kürze übernächtigt in die Firma fahren und an die Arbeit gehen wirst. Der Pförtner, die Sekretärinnen, dein Assistent sind real. Du wirst in den Labormantel schlüpfen und ein weiteres der zahllosen Experimente ansetzen, durch die du die komplexen Molekülketten erschaffen willst, die du den Geschäftspartnern deines Schwiegervaters versprochen hast. Dort wäre dein Scheitern fatal, nicht in der Verwirklichung eines Traumes, mit dem du einer karibischen Prinzessin hinterherschmachtest. Je schneller du das begreifst, desto erträglicher wird dein Leben wieder. In Wochen, vielleicht nur Tagen, wirst du deinen Vater zu Grabe tragen, du wirst deiner Mutter in ihrer Trauer beistehen, auch wenn sie das Unabänderliche scheinbar besser verkraftet als du. Du wirst dich Carlotta gegenüber nicht weiterhin wie ein Schilfhalm im Wind benehmen. Heirate sie oder heirate sie nicht, hat Vater gesagt, aber erfinde nicht länger Ausflüchte, es aufzuschieben.

Erfrischt durch klare Gedanken will Christian ins Bad, als er den Brief in seiner Hand bemerkt. In den Ofen damit!

Ihm fällt ein, dass er beim Heimkommen kein Feuer gemacht hat. Physikalische Vernichtung also. Christian setzt schon zum Zerreißen an, als er den Adressaten liest. Wie geht es eigentlich Martha und ihrer fettleibigen Katze, denkt er. In Kuba ist jetzt Mitternacht. Schläft die alte Schlesierin? Was weiß sie Neues von Yamilé, was wurde aus Luiz? Konnte er durch Yamilés Einfluss befreit werden?

Unwillig begreift Christian, dass er sich schon wieder in die Karibik aufgemacht hat. Er wirft den Brief in den Papierkorb, zieht sich nackt aus und wäscht sich mit kaltem Wasser. Ein Blick aus dem Fenster. Seine Wohnung liegt unweit eines Entlastungskanals der Trave. In Shorts läuft Christian in die Märzluft, ein Handtuch über der Schulter. Er ignoriert die Blicke der Hundebesitzer, die ihre Lieblinge ausführen, sucht die Stelle mit der seichtesten Böschung und stürzt sich hinein. Der Schock trifft ihn wie plötzliche Hitze. Dann erst sortiert das Gehirn, dass es sich um Kälte handelt. Das Wasser hat nur ein paar Grad über null. Christian strampelt auf die Mitte des Kanals zu, gibt spitze Schreie von sich, fühlt, wie das Blut aus den Gliedmaßen in den Torso strömt, damit die lebenswichtigen Organe warm gehalten werden, während Hände und Füße kaum noch zu spüren sind. Beim Zurückschwimmen beginnt sein Körper zu zittern, nächste Rettungsstrategie des Organismus, um dem Erfrierungstod zu entkommen. Das Zittern soll wärmen, hält aber nur kurz an. Würde Christian jetzt nicht aus dem Wasser steigen, wäre der Körper mit seinem Latein am Ende, würde schlaff werden und müde. Die Bewusstlosigkeit würde den Tod einleiten.

Er rubbelt sich warm, läuft heim, begrüßt Frau Lennartz im Erdgeschoss, und schmiert sich, kaum in der Wohnung, drei Brote mit Marmelade. So beginnt bei uns im Norden der Tag, ermuntert er sich. Sei endlich ganz *hier*, statt nur halb an einem Ort zu sein, wo du nichts verloren hast.

»Ein Gespräch für Sie.«

Christian beugt sich über den in Wasser gelösten Emulgator. »Ich rufe zurück.« Sein Assistent setzt den Dosierzylinder auf.

»Aus Übersee.« Zum Zeichen, dass es eilt, behält das Telefonfräulein die Klinke in der Hand.

Christian seufzt. »Können Sie es hierher legen?«

»Leider nein. Sie müssen rüberkommen.«

Mit Verspätung entfaltet sich das Wort in Christians Kopf. »*Übersee*?«, fragt er.

»Aus Amerika.«

Es gelingt ihm nicht, den Stutzen festzuschrauben. Er gibt ihn an den Assistenten ab. »Nord oder Süd?«

»Kommen Sie doch bitte selbst. Ich habe noch andere Gespräche in der Leitung.«

Während er mit dem Fräulein – heißt sie Luzie? – durch den Korridor läuft, fragt er nach der Sprache des Anrufers.

»Englisch. Er ruft von einem Ort namens *Guantánamo* an. Wo liegt das in den USA?«

Christian hat keine Ahnung, weshalb Martin Root ihn anrufen sollte. »Guantánamo ist ein Stützpunkt auf Kuba«, antwortet er freundlich.

Luzie hält ihm die Tür zum Zentralbüro auf. »Möchten Sie in eine Zelle gehen?«

»Ich nehme es gleich hier.« Er führt den Hörer ans Ohr. »Ja? Tolmein?«

Es rauscht und knistert. Christian muss an die armdicken Kabel denken, die sich Tausende von Kilometern über den Meeresboden schlängeln.

»Hallo –«, sagt eine Männerstimme. »Hallo!«

»Ich kann Sie hören«, antwortet Christian.

»Sehen Sie doch mal nach, ob mit der Leitung etwas nicht stimmt«, sagt der Mann zu jemandem in seiner Nähe.

»Hallo, Mister Root? Ich kann Sie gut hören.«

»Wer ist da?«

»Christian Tolmein.«

»Christian? Sind Sie das? – Jetzt geht es«, schnarrt Root.

»Ja, ich höre Sie.«

»Wie geht es Ihnen? Wie ist das Wetter in Deutschland?«

»Wir haben Frühling.«

»Was haben Sie? Ich verstehe so schlecht.«

»Frühling, Mister Root. Frühling, Frühling!«

Das Telefonfräulein wirft Christian einen verwunderten Blick zu.

»Ja, also, Christian, in Ihrer Angelegenheit hat sich etwas getan.«

»Welche Angelegenheit?« Er beugt sich vor, als ob er dadurch besser verstehen könnte.

»Die Brücke.«

»Brücke – was, welche?«

»Die, die Sie bauen wollen.«

Christian schweigt. Was gäbe es auch nur annähernd Sinnvolles darauf zu sagen?

»Die Kubaner sind interessiert.«

»Die Kubaner? Welches Interesse sollten die Kubaner haben …« Er hebt den Kopf zur Kappendecke. Halbrunde Tonziegel sind zwischen Stahlträgern eingehängt.

»Der Gouverneur befürwortet das Projekt mittlerweile.«

»De Gayas *befürwortet* – wieso sollte er?«

»Es hat sich herausgestellt, dass die eingestürzte Brücke über den *Rio Ochoamayo* eine Behinderung darstellt. Es kommt zu Verzögerungen. Und den zuständigen Behörden fehlt das Geld. Verstehen Sie?«

»Nein – ich verstehe nicht im Geringsten.«

»Man befürchtet, dass eine neue Bambusbrücke jederzeit wieder einstürzen könnte. In dem ganzen Hin und Her habe ich mir erlaubt, dem Gouverneur mitzuteilen, dass die Dücker Hochofen AG unter bestimmten Bedingungen eine großzügige Schenkung machen würde.«

»Würde sie das?«, fragt Christian verblüfft.

»Es war Ihr eigener Vorschlag, Christian. Wissen Sie das nicht mehr?«

»Ich hätte wirklich gesagt … Ich?«

Die Stimme am anderen Ende lacht. »Die Dückerwerke liefern den Stahl, das Knowhow und den leitenden Ingenieur. Dafür kriegen Sie Ihre Schürfkonzession. Wie hört sich das an?«

Für einen Moment hat Christian das Gefühl, dass er mit diesem Anruf verschaukelt wird. Jemand ist in die Rolle des Amerikaners geschlüpft und will ihm einen Bären aufbinden. »Die Nickelschürfrechte?«, fragt er ungläubig.

»So ist es. Wenn man die richtigen Freunde hat, gehen gewisse Dinge eben leichter.«

»Das sind wirklich ungewöhnliche Neuigkeiten, Mr. Root«, antwortet Christian stockend.

»Was halten Sie davon, wenn Sie das kubanische Angebot möglichst rasch mit Mr. Dücker besprechen? Ach, und Christian –«

»Ja?«

»Es gibt da ein kleines Problem, das Wetter. Anfang Juni beginnt die Regenzeit, und die fällt hier erfahrungsgemäß heftig aus. Wenn der *Rio Ochoamayo* zu sehr anschwillt, kann dort nicht mehr gebaut werden. Sie müssten bald beginnen.«

»Was meinen Sie mit *bald*?«

»Sie sollten mit dem nächsten Schiff reisen.«

»Das ist unmöglich.«

»Wieso?«

»Meine Arbeit. Ich kann hier nicht alles stehen und liegen lassen.«

Root macht eine Pause. »Ich hatte den Eindruck, die Deutschen wären versessen darauf, sich in Kuba ihr Nickel zu holen«, erwidert er etwas reservierter.

»Stimmt. Herr Dücker war über das Scheitern der Verhandlungen sehr enttäuscht.«

»Sie haben es in der Hand, das zu ändern.«

»Ich verstehe allerdings nicht ...« Christian spürt Schweiß über seinen Rücken laufen. »Es muss doch auch in Kuba Ingenieure geben, die so eine einfache Brücke bauen können.«

»Sie verstehen mich tatsächlich nicht. Es geht um einen Deal. Beide Seiten kriegen dabei etwas, was sie haben wollen.«

»Mister Root –« Christian wendet dem Telefonfräulein den Rücken zu. »Mein Vater liegt im Sterben.«

»Oh – das wusste ich nicht. Das tut mir leid.«

»Danke.«

»Das ändert natürlich die Lage.« Root räuspert sich. »Wie es aussieht, müssen wir uns wohl jemand anderen suchen, der in Kuba Brücken schlägt.«

Christian sieht seinen Vater vor sich, wie er noch im vorigen Jahr mit nacktem Oberkörper Kirschen pflückte. Er stand auf der obersten Sprosse, beugte sich in die Baumkrone und löste die Früchte ab. Seine Muskeln glänzten vor Schweiß. »Anfang Juni, sagen Sie?« Er lächelt traurig. »Anfang Juni ist bei uns Kirschenzeit.«

»Wie bitte?«

Christian hasst sich für diesen Gedanken. Hasst sich, weil er gerade gedacht hat, dass sein Vater die Kirschenzeit nicht mehr erleben wird. »Ich werde der Familie Dücker Ihren Vorschlag auseinandersetzen.«

»Einverstanden. Wie geht es übrigens Ihrer Verlobten?«

»Carlotta? Gut.«

»Es hat noch keine Hochzeit gegeben?«, fragt Root nach einer winzigen Pause.

»Diesen Frühling ist es so weit.«

»Gratuliere.«

»Sie sehen also, ich kann unmöglich von hier weg.«

»Das scheint mir auch so. Schade.«

Gegen seinen Willen beginnt sich ein warmer Ball in Christians Bauch auszubreiten. Er hört und sieht, er schmeckt Kuba plötzlich wieder, die Natur, die Hitze, den Staub. »Ja, wirklich schade. Tut mir leid.«

»Vielleicht ist das letzte Wort in der Sache ja doch noch nicht gesprochen.« Roots Stimme klingt sonnig. »Reden Sie mit Mr. Dücker. Es wäre zum beiderseitigen Nutzen. Die Dückerwerke bekommen, was Sie wollen, die Kubaner kriegen, was Sie brauchen, und Sie dürften endlich Ihre Brücke bauen.« Auf Christians Schweigen fügt er hinzu: »Heiraten können Sie noch Ihr ganzes Leben lang. Aber wie oft erhält man als Chemiker schon die Chance, eine Brücke zu bauen?«

»Grüßen Sie Hillary von mir.« Christian sieht sich zu jedem weiteren Zugeständnis außerstande.

»Aber gern.«

»Danke, Mister Root.«

»Danken Sie nicht mir, sondern Gouverneur de Gayas. Er hat seine Meinung in der Angelegenheit grundlegend geändert.«

»Grüßen Sie auch ihn.« Christian stockt. »Im Namen der Firmenleitung.«

Während er auflegt, macht er sich bewusst, dass er gerade den Mann grüßen ließ, in dessen Frau er verliebt ist. An die er letzte Nacht einen seitenlangen, schwülstigen Brief geschrieben hat. Dieser Umstand ist so grotesk, dass Christian im Zentralbüro laut auflacht.

»Alles in Ordnung, Herr Tolmein?«

»Natürlich, Luzie.«

»Ich wusste nicht, dass es Ihrem Vater so schlecht geht«, sagt sie. »Verzeihen Sie, ich habe das mitgekriegt.«

Er nickt mehrmals stumm. »Ja. Es geht ihm … ja.« Er schaut in ihr nettes, anteilnehmendes Gesicht. »Würden Sie Herrn Dücker anrufen und sagen, dass ich raufkomme?«

»Gern, Herr Tolmein.«

Christian überlegt, ob er zuerst ins Labor zurück soll. Es ist kurz vor Mittag, na, dann muss die Emulsionspolymerisation eben warten. Er zieht den Mantel aus und legt ihn über den Knauf des Treppengeländers. Nimmt die ersten Stufen, setzt zum Laufen an und rennt in den Turm hinauf.

25

»Ich möchte, dass du es machst.«

»Warum?«

»Wegen der Nickellizenz.«

»Nur deshalb?«

»Natürlich nur deshalb.«

Christian schaut über die Balustrade auf die untere Terrasse der Dückervilla. »Das ist nicht der ganze Grund.«

Wolken ballen sich über den sieben Türmen, dem Wahrzeichen der Stadt. Carlotta trägt ein Frühlingskleid. Der Wind fährt in den leichten Stoff.

»Wieviel Grund brauchst du, um ein exzellentes Geschäft vorzubereiten? Ich gebe dir einen Geologen mit, der die nötigen Prüfungen durchführt, und ganz nebenbei baust du noch deine Brücke.« Sie schaut aufs Wasser. »Wer hätte gedacht, dass dein kindischer Einfall solche Früchte tragen würde?«

»Hältst du Martin Roots Vorschlag für seriös?«

»Vielleicht verbergen sich andere Interessen dahinter. In der Politik dreht sich der Wind oft schneller als gedacht.«

Unter ihnen tritt Madame Dücker durch die Terrassentür in den Garten. Sie schaut zu den Wolken hoch und entdeckt das Pärchen auf dem Balkon. »Na, ihr zwei?«

»Guten Tag, Lisa«, begrüßt Christian seine künftige Schwiegermutter. »Wie geht es dir?«

»Ich kann Karl-Ignaz nicht finden. Werde ich die Sonnenliegen eben selbst hineinräumen müssen.« Seit sie ihr Haar kurz trägt, sieht Carlottas Mutter älter aus.

»Brauchst du Hilfe?« Christian macht ein paar Schritte zur Treppe.

»Bleib nur. Ihr Turteltäubchen seht euch so selten in letzter Zeit. Lasst euch nicht stören.«

Er kehrt zu Carlotta zurück. »Du lässt mich wirklich so einfach fahren?«

»Was wundert dich daran?«

»Wir hatten Pläne. Wir *haben* Pläne, meine ich. Wir wollen heiraten.«

Aus schmalen Augen sieht sie ihn an, wie eine Kurzsichtige, die eine Schrift entziffert. »Wozu soll das gut sein, Christian?«

»Was meinst du?«

»Warum sollen wir heiraten, da du mich nicht mehr liebst?«

Christian wirft einen Blick nach unten. Carlottas Mutter hat die Liegestühle scheinbar vergessen und macht ein paar unentschlossene Schritte zur Wakenitz. In Christian ist es ganz still. Etwas hält in ihm an. Carlotta hat es gewusst, die ganze Zeit, sie hat die Anzeichen seiner Entfremdung gespürt. So sehr er sich auch bemühte, die Maske des Verlobten weiter zu tragen, so oft er ihr seine Zuneigung signalisierte, Carlotta hat ihn durchschaut.

»Wie kommst du darauf?«, fragt er ohne Schwung.

»Es ist nicht schwer, in dich hineinzusehen, mein Lieber. Du bist ein ziemlich genügsames Tierchen. Lässt man dich mit deiner Arbeit in Ruhe, brauchst du kaum mehr als drei Mahlzeiten täglich, zwischendurch was zu lachen und hin und wieder etwas Zärtlichkeit. Sollten allerdings deine Kreise gestört werden, ziehst du dich immer tiefer in deine Höhle zurück. Und die Höhle, das ist dein Kopf, dort verbarrikadierst du dich.« Sie tritt ans Geländer, der Wind fährt in ihre Frisur. »Ich musste mich also fragen, wieso du dich seit unserer Heimkehr immer tiefer in die Höhle zurückziehst, obwohl niemand hier deine Kreise stört. Du bist umgeben von deiner geliebten Kälte, deinem geliebten beschissenen Wetter und deiner Arbeit.«

Er will etwas erwidern, sie hebt die Hand. »Eine Zeitlang habe ich es der Sorge um deinen Vater zugeschrieben. Du trauerst um ihn, obwohl er noch lebt. Das macht dir den Abschied noch schwerer. Vielleicht ist das so mit Vätern und Söhnen, dachte ich. Aber das ist es nicht allein.«

Christian nimmt die Hände aus den Hosentaschen. Alles kommt jetzt ans Licht, endlich kommt es ans Licht, er ist darüber erleichtert.

»Vor kurzem ist mir klar geworden, dass wahrscheinlich ich es bin, die deine Kreise stört.«

»Du? Nein –«

Mit einem traurigen Lächeln unterbricht sie seine Beteuerung. »Was ich an dir immer geliebt habe, ist deine Loyalität, Christian. Deine verdammte, unerschütterliche Loyalität. Meinem Vater hast du versprochen, dass du eine große Erfindung machen wirst, also wirst du weder rasten noch ruhen, bis du dein Versprechen eingelöst hast. Mir hast du versprochen, dass du mich liebst und dass wir unser Leben zusammen verbringen werden. Das war aufrichtig. Es hat mich glücklich gemacht. Ich hatte nie das Gefühl, unsere Verbindung wäre das, was die Leute dahinter vermuten: eine Vernunftehe auf geschäftlicher Basis.« Sie zieht die Schultern hoch. »Mittlerweile quälst du dich aber so sehr mit der Einlösung deines Versprechens, dass du mir leidtust. Ich habe nicht angenommen, dass der Zauber zwischen uns ewig anhalten würde, aber doch wenigstens bis zur Hochzeit.«

Christian hat vieles in Carlotta gesehen, eine romantische Seele war sie nie. Das Wort *Zauber* aus ihrem Mund lässt ihn erschauern. Dass die Tochter des Kapitäns, die ihr ganzes Leben auf der Kommandobrücke zugebracht hat, sich nach dem Zauberhaften in der Liebe sehnt, rührt und schmerzt ihn zugleich.

»In letzter Zeit denke ich öfter an den schönen Tag am Strand zurück«, sagt sie leise. »Hinter der Düne, weißt du noch? Ich frage mich, was passiert wäre, wenn uns der nasse Hund damals nicht gestört hätte. Wenn wir miteinander geschlafen hätten, nicht nur einmal, sondern viele Male seither. Ob dann alles anders verlaufen wäre.«

Er weiß keine Antwort. Unten sieht er Carlottas Mutter vom Wasser zurückkehren.

»An Bord des Ozeandampfers hätte es viele Gelegenheiten für die Liebe gegeben. Ich hätte mich dir nicht verweigert.«

»Ich weiß.« Er weiß auch, dass der Zeitpunkt da ist, ihre Offenheit zu erwidern. Carlotta hat ihre Zweifel lange mit sich allein ausgetragen, jetzt macht sie reinen Tisch. Er schuldet ihr die gleiche Ehrlichkeit. Christian zieht die Anzugweste gerade und schließt den untersten Knopf.

»Worüber plaudert ihr?«, kommt es von der Terrasse.

»Geschäfte, Mama.«

»Wollt ihr mit mir Tee trinken?«

Unsichtbar für die Mutter schüttelt Christian den Kopf.

»Später vielleicht.« Carlotta wendet den Blick zum Wasser. Alte Blätter wehen vom Bootshaus über die Wiese. »Ich schicke dich nicht gern nach Kuba. Du warst dort manchmal so merkwürdig und mir so fremd. Ich habe es auf die Hitze geschoben oder darauf, dass du zur Untätigkeit verdammt warst. Seit wir in Kuba waren, bist du verändert, und du versuchst es vor mir zu verbergen.«

»Carlotta.«

»Zwischendurch habe ich sogar auf eine andere Frau getippt. Ich habe mir all die dummen Gedanken gemacht, die einem kommen, wenn man etwas Schönes und Kostbares davonschwimmen sieht. Ich will jetzt keine Rechtfertigung von dir, will die Ernüchterung noch nicht heraufbeschwören, dass es zwischen uns doch nicht die *große Liebe* war. Ich möchte, dass du nach Kuba fährst und die Arbeit für unsere Firma erledigst. Wenn du zurückkommst, bist du hoffentlich wieder der Alte, dann werden wir klarer sehen.« Lächelnd nimmt sie seine Hand. »Für deine Loyalität danke ich dir. Aber von dem Mann, den ich heirate, erwarte ich Liebe.«

Gesprochen wie die künftige Erbin der *Dücker AG*. Gesprochen wie eine Strategin, die eine drohende Niederlage abwendet, indem sie sie benennt und ihr zuvorkommt. Christian würde sie am liebsten in die Arme schließen, zugleich schneidet sie ihm die Sprache ab. Er will offen zu ihr sein, sie verbietet es und schickt ihn ins Land jener Frau, die der Grund für die Verwerfung ist, unter der er leidet. Bekennt er Carlotta, was er aus Fairness bekennen muss, wirft er die Dinge nur noch heftiger durcheinander und tut ihr weh. Schweigt er, belügt er sie und lädt eine weitere Lüge auf sein Gewissen. Carlotta hat erkannt, wo sie beide stehen. Sie weiß nicht, woran es liegt, akzeptiert es noch nicht, aber sie schaut der Wahrheit ins Auge. Das beweist ihre Größe und Zartheit in einem.

»Ich kann nichts entscheiden, bevor ich nicht weiß, was mit meinem Vater ist«, sagt Christian schließlich.

»Das versteht sich von selbst.« Sie drückt seine Hand. »Dafür bleibt auch noch Zeit.«

»Du verstehst mich falsch. Ich will mit der Entscheidung nicht darauf *warten,* ob mein Vater stirbt oder nicht.«

»Hast du schon mit ihm über das Angebot gesprochen?«

»Nein. Seine Medikamente –« Er schüttelt den Kopf. »Es gibt nicht mehr viele Momente, in denen er noch der alte Christian ist. Seit vorgestern spricht er nicht mehr. Es geht jetzt so schnell. Wenn ich ihn besuche, schaut er häufig zur Decke und wendet einem den Blick auch nicht zu, wenn man mit ihm redet.«

»Was sagt der Arzt?«

»Bis vor Kurzem wollte er ihn unbedingt ins Krankenhaus bringen. Jetzt nicht mehr.«

Der Wind wird schärfer. Carlotta verschränkt die Arme vor der Brust. »Was wir besprochen haben, hat keine Eile. Der Fluss in Kuba fließt weiterhin ins Meer, ohne dass ihn eine Brücke überspannt. Ich vermisse die Wärme.« Sie schaut über den wolkenverhangenen Park. »Du nicht?«

»Verkühl dich nicht.« Er weicht der Antwort aus und rubbelt Carlottas Oberarme.

Sie lässt es einige Sekunden geschehen, dann tritt sie zurück. »Gehen wir hinein. Mama freut sich, wenn wir ihr beim Tee Gesellschaft leisten.«

Christian macht den Regenschirm zu. Die Sonne bricht durch. Nacheinander folgen die Gäste seinem Beispiel, auch der Küster, der den Schirm über dem Pfarrer erhoben hielt.

»Gott sorgt, dass ich sicher gehe. Er ist mein Ziel und meine Geborgenheit.« Der Pfarrer schließt die Bibel. »Die Gnade unseres Herrn Jesus Christus und die Liebe Gottes sei mit euch.«

»Und mit deinem Geiste«, antworten die Gäste.

Der Priester spricht in freien Worten über Christian Eduard Tolmein. Über den Lehrer, der die Persönlichkeiten seiner Schüler zur Entfaltung brachte, über den Direktor, den Familienvater. Christians Blick schweift über die erstaunlich zahlreichen Anwesenden. Sein Vater lebte nach der Pensionierung zurückgezogen. Christian hatte keine Ahnung, wie beliebt er war. Nur ein kleiner Teil der Trauergäste ist ihm bekannt. In manchem Gesicht erkennt er einen gealterten Schüler des

Vaters wieder. Er sieht dessen Freunde, den Rechtsanwalt, den Kürschner, seinen Nachfolger an der Schule.

Ruth trägt keinen Schleier. Aufgerichtet folgt sie den Worten des Geistlichen, als wäre sie jederzeit bereit, ihm zu widersprechen, falls die Trauerrede ihrem Mann nicht gerecht würde. Ruth hat Christian in der Todesnacht rufen lassen, er solle kommen, es sei so weit. Als er eintraf, sagte sie, sie habe mit sich gerungen. »Vielleicht wäre es besser gewesen, du hättest ihn in Erinnerung behalten, wie er war – so wach, so froh, so verdammt klug.«

»Er hat immer gewusst, wie einem ums Herz war«, antwortete Christian.

»Besonders bei dir«, erwiderte Ruth lächelnd. »Zwischen euch war ein Band, das war enger. Zwischen euch beide konnte nie etwas kommen.« Das sagte sie, bevor Christian in die Bibliothek ging. Ruth ließ die beiden allein. Die Lampe neben dem Lesesessel brannte. Der Sterbende lag verkrümmt da, er rang nicht nach Luft, doch es war offenbar, er erstickte. Kein Sauerstoff half noch. Als Christian diesen Menschen ansah, konnte er die Züge seines Vaters fast nicht mehr finden. Der offene Mund, die bläulichen Lippen, die Haut spannte über dem Schädelknochen. Er hätte gewollt, dass man ihm das Haar schneidet. Christian schaute zum offenen Fenster. Gute Luft kam herein, Frühling und Meer, irgendwo schrie eine Möwe. Die Sträucher und Bäume raschelten im Luftstrom.

»Gut, dass du den Frühling noch gesehen hast«, sagte Christian. »Ich werde die Kirschen ernten, wenn es dir recht ist. Soll ich dieses Jahr auch die Birke zurückschneiden?«

In diesem Moment machte der Kopf des Vaters einen winzigen Ruck. Als ob er hinausschauen wollte. Zwischen ihnen hatte es nie übertriebene körperliche Nähe gegeben. Sie waren Männer und waren eben wie Männer liebevoll miteinander umgegangen. Christian setzte sich auf das Bett und nahm den vergehenden Körper in seine Arme. Der Kopf ruhte an seiner Schulter. Zuerst schwieg Christian, dann fiel ihm ein, dass am Kanal vor seiner Wohnung heute eine seltene Blume erblüht war. Er hatte sie nachgeschlagen, die Kuckuckslichtnelke.

»*Lychnis floscuculi*«, flüsterte er. »Sie blüht früh für April. Eigentlich ist sie ein Kraut, die kurzen Stängel schießen ohne Blüte in die Höhe, nur die langen tragen Blüten. An den Rändern haben sie feine Wimpern. Das ganze Ufer ist voll davon, als ob man dem Kanal eine rosarote Einfassung verpasst hätte.«

Christian erzählte vom Frühling, von der Luft und dass man im Nebenhaus mit der Sanierung des Kellers begonnen hätte. Er erzählte von den sandigen Wegen, über die er nach der Arbeit manchmal lief, wie die Föhren riechen, vom Schock der Farben, die das Auge nach dem monatelangen Grau kaum ertrug. Er schwärmte vom Neubeginn. Über Kuba sagte er kein Wort.

Der Vater fühlte sich warm an, so warm, dass Christian ihn noch dichter an sich zog. Ruth kam in unregelmäßigen Abständen, sie war angekleidet, der Tod ihres Mannes würde sie nicht im Morgenmantel überraschen. Sie trug Hellblau, der alte Christian sollte sie nicht in Trauer sehen. Der Sohn kannte dieses Frühlingskleid seit frühester Kindheit, die Farbe war verblichen. Ruth ließ den Vater im Arm seines Sohnes.

Kurz vor dem Morgengrauen starb er. Kein Aufbäumen, kein letzter Blick, nur ein Windhauch vom Fenster, der den Haarwirbel über Vaters Stirn bewegte. Die Frösche machten Lärm, das fiel Christian erst auf, als sein Vater tot war. Er saß noch ein paar Minuten mit ihm, liebte die Wärme, die von ihm ausging, liebte die schmalen Hände, die seine Hand geführt hatten, als er schreiben lernte. Er suchte nach einem Bild des Vaters, das er gern festhalten wollte. Es stellte sich keines ein. Als Ruth hereinkam, sah er sie und den Vater plötzlich vor sich, sie trugen Herbstjacken und arbeiteten gemeinsam im Garten. Der Vater trat neben seine gebückte Frau und legte den Arm um ihre Schulter. Sie hielt bei dem, was sie tat, kurz inne und genoss die Berührung, dann harkte sie weiter. Der Garten, die Rücken seiner Eltern, die Zufriedenheit.

Als Nächster nach Ruth wirft Christian eine Rose auf den Sarg. Er war nicht einverstanden mit Rosen. Gunda hat das arrangiert, obwohl Christian widersprochen hatte, Rosen seien nicht die Blumen des Vaters gewesen. Man könne keine Tulpen auf einen Sarg werfen, hatte sie erwidert. Wenn er sich statt ihr um alles kümmern wolle, bitte sehr, sie reiße sich nicht darum.

Christian nimmt die Erde nicht mit der kleinen Schaufel, seine Finger graben sich hinein, der Torf fühlt sich körnig an, er streut ihn hinunter. Gunda steht hinter ihm.

Er hebt den Blick vom Sarg. Der Sarg ist nicht sein Vater, das Ritual sagt ihm nichts. Dort steht die Dückerfamilie, Christian freut sich, dass sie alle gekommen sind. Er mag seinen alten Chef gut leiden. Das Schwarz steht Carlotta ausgezeichnet. Sie ist eine schöne Frau, er hat von ihr immer nur Gutes erfahren. Verstohlen sieht Christian auf die Armbanduhr, während Gunda ihre Rose in die Tiefe fallen lässt.

Sie wussten, es würde knapp werden. Die protestantischen Mühlen mahlten ärgerlich langsam, ein früherer Termin war für die Beerdigung nicht zu bekommen gewesen. Der Regenschauer hat den Zeitplan in Verzug gebracht, länger als erwartet blieben sie in der Aufbahrungshalle. Unterwegs zum offenen Grab hatten viele die falschen Schuhe an. Es dauerte, bis der Pfarrer mit der Zeremonie beginnen konnte.

Christian wirft einen Blick zur Straße. Die Dückers stellen

das Firmenauto zur Verfügung. Zuerst war es ihm unangenehm, jetzt ist er froh, dass Carlotta ihn begleitet.

»In Gottes Hand sind sicher die Seelen derer, die auf ihn vertrauen. Geborgen sind sie, geschützt vor allem Leid.« Der Priester nennt den Titel des Liedes, das sie singen werden. Christian singt die alten Worte mit. *So nimm denn meine Hände und führe mich bis an mein selig Ende. Ich mag allein nicht gehen, nicht einen Schritt. Wo du wirst gehen und stehen, da nimm mich mit.* Seine Tränen sind Ausdruck der Erleichterung und des Dankes an den Vater, auch der Freude, dass er erlöst wurde.

Als Letztem drückt Christian dem alten Studienrat die Hände. Noch bevor die Prozession der Beileidsbekundungen ganz an ihm vorbeidefiliert ist, wendet Christian sich ab. Sein Auge sucht Carlotta, sie nickt. Er umarmt seine Mutter und Gunda.

»Pass auf dich auf«, sagt Ruth. »Schreib uns.« Sie tritt in die Lücke, die Christian hinterlässt.

Er läuft mit Carlotta zum Wagen. Während sie die Böschung hochkommen, hören sie schon den Motor.

»Das wird verdammt eng«, sagt sie.

»Die Flut wartet auf keinen.«

Carlottas Fahrer chauffiert, das ist gut. Mit dem Fahrer des Chefs wäre das Unterfangen aussichtslos. Der Mann in der hellgrauen Uniform nimmt nicht die alte Uferstraße, sondern den Weg durch die Außenbezirke. Christian sieht Arbeiterhäuser und kleine Gärten vorbeiziehen, er sieht immer wieder das Wasser aufblitzen, das Stadt und Land durchzieht. Später die Föhrenwälder, die weidenden Kühe, die sich selbstvergessen durchs Grün fressen und trotzig aufschauen, wenn eine Sanddüne ihren Futterweg unterbricht. Die Überraschung, wenn sich das Grasland plötzlich zur Küste wandelt, jetzt noch Wiese, mit Eichen und Haselgesträuch durchsetzt, dann Klippe, Strand, Hafenbecken.

»Schnittig«, sagt Carlotta, als sie das Schiff hinter den Abfertigungsgebäuden hochwachsen sieht.

»Vier Satz Getriebeturbinen.« Christian lässt das Fenster herunter. »In acht Tagen über den Atlantik. Das ist allerhand.« Er würde so gern mit ihr über etwas sprechen, das sein wird, wenn er aus Kuba zurückkehrt, etwas, das danach auf sie wartet. Doch jedes Wort wäre eine freundliche, liebevolle Lüge, mit der er nur seine Dankbarkeit und Bewunderung für Carlotta verraten würde. Eine Lüge kann man nicht beteuern, Carlotta erwartet es auch nicht von ihm. Unterwegs haben sie über das Offensichtliche geredet. Wie würdevoll die Beerdigung ausgerichtet war, die Beliebtheit des alten Christian, Ruths großartige Haltung. Carlotta drückte Christians Arm, weil sie seine Verwirrung spürte angesichts des Ineinandergreifens unvereinbarer Welten – Abschied, Trennung, Planung und Aufbruch, alles innerhalb weniger Tage. Mit ihrer Berührung wollte sie sich nicht als Verlobte in Erinnerung bringen, nur ihm Mut machen.

Weiß er überhaupt noch, was ihn aus Lübeck fortzieht? Von einem diffusen Gefühl lässt er sich auf die andere Seite des Ozeans locken und schiebt als Begründung einen rätselhaften Auftrag vor. Als Konstrukteur soll er auftreten, als Bauleiter und Architekt. Soll Stahl verbauen lassen, Niete für Niete, soll am Grund eines Tropenflusses wühlen, in der sengenden Hitze stehen, über Statikberechnungen gebeugt. Er soll die Ergiebigkeit der Nickelminen prüfen und mit dem Provinzgouverneur in Verhandlungen treten. Ist nicht die Vorstellung allein schon Wahnsinn? Was treibt ihn dazu? Ist das, was ihn antreibt, noch stark genug? Begann die Sehnsucht nach Yamilé nicht zu schwinden, seitdem Carlotta ihn mit ihrer unvergleichlichen Langmut beschenkte?

Er muss Yamilé wiedersehen. Sonst gibt es keine Ruhe für ihn. Er hat diese Reise nicht selbst herbeigeführt, das ist

Christians einzige Entschuldigung. Carlotta will Klarheit, sie bittet um Erledigung der Angelegenheit, bevor der Gedanke an ein gemeinsames Morgen wieder möglich ist. Christian kann nichts tun, als die Reise zu genießen, in Gedanken bei seinem Vater und seiner Familie, während der Ozeanriese ihn mit 135 000 PS übers Meer trägt, an ein Ziel, das ungewisser nicht sein könnte.

Der Fahrer hält vor dem Zollgebäude. Das große Gepäck wurde bereits an Bord geschickt. Mit seiner ledernen Reisetasche und dem Mantel überm Arm betritt Christian die Baracke. »Den wirst du bald nicht mehr brauchen«, sagt Carlotta.

Die Formalitäten sind rasch erledigt, über den Korridor der Erste-Klasse-Passagiere gelangen sie an den Pier. Kirchturmhoch erhebt sich die *Bremerhaven*, die Decks sind mit Wimpeln geschmückt. Zwischen den Schornsteinen liegt die modernste Errungenschaft des Dampfers, ein Deck mit Katapult, durch das ein Wasserflugzeug in die Luft geschleudert werden kann. Es dient der schnelleren Beförderung der Post.

»Dort ist Herr Lutger.« Carlotta zeigt zum Reep, das in drei Windungen an der Außenwand des Dampfers hochführt.

Christian sieht den Geologen auf sie zueilen, mit Gliedmaßen, so ungelenk, dass man sich wundert, wie er die Kontrolle darüber behält.

»In letzter Minute!« Herr Lutger beugt sich über Carlottas Hand. »Die Sirene hat schon zweimal getutet.« Das ist ein Mensch, der sich in der Höhe sichtlich nicht wohlfühlt, zu der die Natur ihn aufschießen ließ. Ein Zweimetermann, der sich tief zu seinen Mitmenschen hinabbeugen muss.

Dumpfes Geblöke aus dem Himmel, die dritte Sirene. Weißer Dampf strömt aus dem Schiff, der Lärm des Nebelhorns übertönt Lutgers Worte.

Carlotta streckt Christian die Hände entgegen. »Also –«

Er umfasst ihre Taille. »Also.« Da stehen sie, als ob sie einen Tanz beginnen wollten. »Ich schreibe dir.«

»Besser, du kabelst mir, wie es vorangeht. Wenn es Schwierigkeiten gibt, ruf mich an.«

»Und wenn sich herausstellt, dass das Ganze nur ein Hirngespinst Martin Roots war, bin ich schneller wieder zu Hause als du meinen Namen aussprechen kannst.«

»Christian«, sagt sie zärtlich.

Unbedarft bleibt Lutger an ihrer Seite, die Idee kommt ihm nicht, dass er einen Abschied stört. Christian ergreift Carlottas Unterarm und führt sie zum Reep, als ob sie abreisen würde und nicht er. Ein Offizier winkt mit Klemmbrett und Passagierliste.

»Name?«, sagt er unwirsch.

Christian weist die Karten für die Passage vor, umarmt Carlotta, während Lutger Christians Tasche an Bord trägt.

Sie lächelt. »Setz in der Hitze deinen Hut auf. Trink nur abgekochtes Wasser und gib dich nicht mit hübschen Kubanerinnen ab.« Selten hat er Tränen in ihren Augen gesehen. »Man sollte Abschiede verbieten.« Unwillig zerrt sie ein Taschentuch hervor.

»Ich habe dich lieb.«

»Ach, Christian –«

»Nee, Fräulein, wirklich«, sagt der Offizier. »Bitte, mein Herr.«

Zum vierten Mal ertönt die Sirene. Christian nimmt Carlottas Kopf in beide Hände und küsst sie voll Hingabe. Er wendet sich ab, rennt das Reep hoch und versteht nicht, warum die Traurigkeit ihn mit solcher Macht überfällt. Fort muss er, fort von den sieben Türmen, vom Grab seines Vaters, von der großartigen Frau. Erst an Deck dreht er sich um. Hunderte Passagiere drängen sich an der Reling. Vor Christian wird das Segment geschlossen, das Reep hochgezogen und arretiert. Mit den Ellbogen behauptet er sich und winkt Carlotta zu. In ihrem Trauerkleid hebt sie den Arm. Als ob sie meine Witwe wäre, denkt er und verscheucht das Hirngespinst sofort. Ich bin ein Nordmensch, hier ist mein Zuhause, ich brauche die Kälte. In diesem Moment verflucht er die dumme Verlockung, die seinen Aufbruch begründet.

»Soll ich Ihnen Ihre Kabine zeigen?«, fragt Herr Lutger.

»Noch nicht.« Christian schaut in die Himmelsrichtung, wo er die Stadt weiß, hinter den Dünen, den Hügeln. Wo seine Mutter die Trauergäste bewirtet, wo die Birke zum Fenster hinübernickt, hinter dem niemand mehr liegt. Ich habe die Kirschen nicht geerntet, denkt Christian. Ich habe es ihm versprochen.

Ein fröhlicher Schrei geht durch die Menge, als sich der Koloss in Bewegung setzt. Von drei Schleppern gezogen, nimmt die *Bremerhaven* Fahrt auf und steuert aus dem Landungskanal hinaus. Die Leute winken aufgeregt. Christian lässt die Arme sinken. Unter ihm läuft eine Frau in Schwarz langsam den Kai entlang. Seine Augen folgen ihr, bis sie im Gewirr der Abschiednehmenden verschwindet.

Dritter Teil

26

Martin Root trägt eine rote Fliege zum weißen Dinnerjacket. »Sie sehen wunderschön aus, meine Liebe.«

Am Arm des Gouverneurs wechselt Yamilé zu den amerikanischen Gästen.

»Wollen Sie wirklich schon morgen nach Guantánamo zurück?«, fragt der Gouverneur.

»Wir werden sogar noch heute Nacht aufbrechen«, antwortet Martin. »Diese Smaragde stehen Ihnen ausgezeichnet, Yamilé.«

»Miguel hat sie mir geschenkt, als wir uns kennenlernten.«

»Zu schade, dass Martin zurückmuss.« Hillary dreht sich nach dem jungen Pianisten um. »Gern hätte ich ihn zu einem da capo überredet. War sein Chopin nicht überirdisch?«

»Wurden Sie ihm schon vorgestellt?«, fragt Yamilé.

»Vorgestellt?« Hillary lacht. »Er hat für uns auf dem Stützpunkt ein Konzert gegeben. Sämtliche Offiziere samt Familien hatten das Vergnügen.«

Ein irritierter Blick Martins zu seiner Frau.

Yamilé wendet sich zu Miguel. »Ich dachte, der junge Mann ist eine Entdeckung von dir.«

»Sozusagen ein Geheimtipp. Martin hat ihn mir empfohlen.« Der Gouverneur stellt sein Glas auf das Tablett eines herbeieilenden Angestellten und nickt den Roots zu. »Wir sehen uns bestimmt noch, bevor Sie aufbrechen.« Er führt Yamilé weiter.

Sie sieht zu ihm hoch. Als Gouverneur gehört es zu seinen Aufgaben, die schönen Künste zu fördern. Er nimmt diese Pflicht eher widerwillig wahr. Für Yamilé war es daher eine Überraschung, als er ihr zu Ehren einen Klavierabend veranstaltete und ein vielversprechendes Talent dazu einlud. Eine Empfehlung der Roots – Yamilé lächelt –, er wollte es vor ihr geheim halten. Sie drückt Miguels Arm. Er gibt sich Mühe. Er ist aufmerksamer in letzter Zeit, leiser, irgendwie durchsichtiger. Er betritt ihr Zimmer nicht wie sonst, als wäre es ein Kampfplatz. Auf seinen Wunsch trägt sie heute das mitternachtsblaue Kleid und die Smaragde, Erinnerung an eine Zeit, als sie noch froh miteinander waren. Als er sie aus den Fängen ihrer Familie entführt hatte, in eine Freiheit, die ihr verheißungsvoll erschien.

Womit hat sie sein Friedensangebot verdient? Nach dem Tod von Luiz rechnete sie mit dem Gegenteil. Die Hinrichtung mitten in der Nacht, ohne Yamilés Wissen – Miguel demonstrierte damit seine Macht über Leben und Tod. Er muss geahnt haben, dass die Finte mit dem toten Rebellen ihre Idee gewesen war. Mit Luiz' Hinrichtung wollte er auch sie für den Verrat an ihm bestrafen.

Miguel ist kein raffinierter Mensch, denkt Yamilé, er plant seine Schachzüge nicht weit im Voraus. Fühlt er sich angegriffen, reagiert er sofort. War Luiz das Opfer, die Wunde, die ausgebrannt werden musste, bevor die Heilung ihrer Ehe möglich war? Luiz stand für alles, was Yamilé ihrem Mann entfremdet hat. Für ihren Ungehorsam, ihre Sympathie für die Minenarbeiter, ihre Kontakte zu den Leuten in den Bergen. Dabei hatte sich Luiz den Sozialisten aus naiven und romantischen Gründen angeschlossen. Er genoss es, dass sie ihn als Abkömmling einer einflussreichen Familie mit Respekt behandelten. Für den unsicheren, verzagten Luiz war es das erste Mal im Leben, dass er wichtig genommen wurde. *Freiheit! Niederwerfung des Tyrannen!* – Das waren Schlachtrufe, die einem seiner Theaterstücke hätten entstammen können. Er genoss es, den Renegaten zu spielen. Jetzt hat er sinnlos dafür gebüßt.

Yamilé presst die Handflächen gegeneinander. Etwas stimmt nicht an Miguels Freundlichkeit. Sie spürt Gefahr und weiß nicht, woher sie kommt. Sie löst sich von seinem Arm. »Entschuldige. Ich will schnell nach Manolito schauen.«

»Er schläft bestimmt. Die Chacha ist bei ihm.«

»Ich weiß, aber …«

»Es würde merkwürdig aussehen, wenn du jetzt gehst.«

»Ich bin gleich zurück.«

»Bitte bleib. In ein paar Minuten, wenn alle mit dem Kuchen beschäftigt sind, gehen wir zusammen und sehen nach ihm.«

Sie sucht in seinen Augen. Es ist ihr aufgefallen, dass er seit kurzem auch Manolito liebevoller behandelt und mehr Zeit mit ihm verbringt. Manchmal sitzt der Gouverneur einfach im Kinderzimmer und sieht dem Jungen beim Malen zu.

»Wie du meinst.« An seiner Seite setzt Yamilé die Runde durch den Festsaal fort.

Als sie sich nach den Roots umsieht, sind die Amerikaner bereits gegangen. Das ist nicht ungewöhnlich, eher typisch für den *Sonderbeauftragten*. Gern demonstriert Martin Root seine Dominanz durch Unhöflichkeit. Yamilé fürchtet diesen Mann, obwohl er sich den Anschein gibt, er sei ihr Verbündeter. Er hat ihr sogar anvertraut, dass er mit den Rebellen sympathisiert. Nicht aus politischer Überzeugung, bestimmt nicht, Root ist ein Spieler, er kalkuliert strategisch und plant daher schlicht die Möglichkeit ein, dass die Leute in den Bergen gewinnen könnten. Für diesen Fall wollen die USA vorbereitet sein. Die Verbündeten im Norden sind unzufrieden mit Kubas Präsidenten, den sie selbst ins Amt gehievt haben. Die USA hätten nichts gegen einen Wechsel, der den Stempel der *Demokratisierung* trägt, solange es eine Demokratie von ihren Gnaden wäre. Martin Root erwähnte, dass er Sondierungsgespräche mit den Rebellen aufnehmen wolle, und fragte Yamilé beiläufig, mit wem von ihnen er sprechen solle. Eine Provokation, denn damit sagte er ihr klipp und klar, dass er von ihren Kontakten zum Untergrund wisse. Sie überhörte seine Andeutungen und gab sich so unpolitisch, dass Root enttäuscht abzog.

Yamilé will etwas trinken und wendet sich nach dem Kellner um. Dort steht ein Mann, im Halbdunkel des Seiteneingangs. Sie hat den Schakal länger nicht zu Gesicht bekommen, umso mehr erschrickt sie jetzt. Das geölte Haar, das verschlossene Gesicht, Augen, denen nichts entgeht. Meistens treibt er sich unsichtbar im Palast herum, wie ein Schädling, dessen man hinter der Wandvertäfelung nicht Herr wird. Yamilé schaut zu Miguel, er hat sein Faktotum noch nicht bemerkt. Der Gouverneur schneidet die Torte an, die mit einem Klavier aus Zuckerguss verziert ist. Der Pianist erhält das erste Stück, man applaudiert. Miguel gibt den Tortenheber weiter. Wendet den Blick und bemerkt den Schakal. Kein Nicken, keinerlei Verständigung, und doch ist Yamilé sicher, die Anwesenheit des Spitzels bedeutet etwas. Schon ist er wieder verschwunden. Ihr Unbehagen verwandelt sich in Angst.

Miguel tritt zu ihr. »Jetzt sind unsere Gäste eine Weile beschäftigt. Lass uns hinübergehen.«

Sie nimmt seinen Arm. Ein Diener öffnet die kleine Tür zu den privaten Räumen.

Gewöhnlich sitzt die Chacha an Manolitos Bett, während er einschläft. Danach macht sie es sich mit ihrer Handarbeit im Kinderzimmer bequem. Anita ist ein sanftes Mädchen vom Dorf, unverheiratet, sie und Manolito sind unzertrennlich.

Der Clown, der Ball, das Schaukelpferd und der Kasper liegen friedlich vereint mit dem Wachtmeister auf dem Teppich. Der Sessel des Kindermädchens ist leer.

»Wahrscheinlich ist er aufgewacht«, flüstert Yamilé, als sie Anita nicht an ihrem gewohnten Platz findet. Auf Zehenspitzen läuft sie zur Tür. Das Schlafzimmer ist dunkel.

»Anita?«

Kein Licht. Keine Antwort. Nicht einmal der leuchtende Sichelmond, den sie nachts für den Jungen anlassen.

»Manolito?«

Behutsam öffnet sie das Moskitonetz. Kein Duft des kleinen Menschen, kein Atem. Sie starrt ins Dunkel, fasst ins Dunkel, berührt das Laken und das Kissen. Berührt die Kuhle, die sein Körper geschaffen hat. Die Stelle ist kalt.

Manolito hat einen leichten Schlaf. Manchmal steht er auf und läuft durch die Flure. Einmal haben sie ihn zwei Treppen tiefer gefunden, er wollte Milch und fand die Küche nicht. Anita war voll Schuldbewusstsein gewesen. Manolito versteckte sich auch gern, um die Mutter zu erschrecken. Aber nicht nachts. Nachts will er Geborgenheit.

Sie erwacht aus ihrer Illusion, dass es andere Möglichkeiten geben könnte. Es gibt nur eine. Sie will es nicht wahrhaben. Sie glaubt es nicht.

»Wo ist er?«

Miguel steht unsichtbar im Zimmer. Sie hört das klirrende Blech an seiner Ordensbrust. Das Knarren seiner Stiefel.

»Wo ist Manolito?« Sie läuft los, will Licht machen und rennt stattdessen in seine Arme. »Wo ist er?«

»Es geht ihm gut.« Nicht die geringste Überraschung in seiner Stimme.

Yamilé reißt sich los, erreicht die Tür, das Zimmer wird hell. Alles ist an seinem Platz, die Läden sind geschlossen, weil die Sonne Manolito sonst zu früh wecken würde.

»Wo ist er? Wer hat ihn?«

Der Gouverneur steht breitbeinig da, die Hände auf dem Rücken.

»Ich will zu ihm!«, schreit sie.

»Damit müssen wir noch warten.«

Mitten im Schritt verharrt sie.

»Bis er sich ein wenig eingelebt hat.« Eine beruhigende Geste. »Er mag es draußen in der Natur.«

Am liebsten würde sie auf ihn losgehen, aber sie darf jetzt keine Szene machen. Reumütig muss sie sich zeigen, unterwürfig. Bestrafe mich, muss sie Miguel sagen, mich, nicht Manolito. Nimm mir alles weg, nur nicht ihn. Lass es an mir aus, ich ertrage es. Sei gnädig, sei liebevoll, sei der Vater, der seinem Sohn beim Malen zusieht! Aber sie bringt kein Wort heraus. Was sie sagen will, ist unsagbar, es wäre wirkungslos.

Miguel hat alles geplant. Er hat sie in Sicherheit gewiegt, die Maske des Liebenden getragen, der ihr verzeiht. Hat den Klavierabend arrangiert, den talentierten Künstler eingeladen, auf Empfehlung der Roots. Miguel hat eine Soirée zu Ehren seiner Frau gegeben. Bei allem Misstrauen konnte sie nicht ahnen, dass alles nur geschah, damit man Manolito ungestört entführen konnte. Und Anita? Hat Miguel sie gekauft, eingeschüchtert, fortgejagt? Er selbst hat sich natürlich die Hände nicht schmutzig gemacht. Wozu steht ihm der Schakal zu Diensten? Der grässliche Mensch, der treue Diener.

»Er mag die Natur«, murmelt Yamilé. Keine Vernunft, kein klarer Gedanke. Das Bett ist leer. Miguel rechnet mit ihrem Widerstand, aber sie darf ihm nicht in die Falle gehen. Zuerst muss sie die Leere abschütteln, die Erkenntnis, dass er das Schlimmste getan hat, wozu er fähig ist. Er hat damit gedroht, sie hat ihm nicht geglaubt. Miguels Vorwurf ist einfach und klar: Yamilé hat ihm kein Glück gebracht. Sie hat ihm nicht das gegeben, was er brauchte, Hochachtung vor allem, und Liebe. Es ist ihre Schuld. Sie hat sich benommen wie die Ziege, die Martha ihr als warnendes Beispiel vorhielt. Zur Strafe opferte Miguel nicht sie, sondern den Jungen.

»Wo ist er?«, fragt sie tonlos. »In *Los Cruceros?*«

»Es gefällt ihm dort.«

»Du hast ihn wirklich zu meinen Eltern bringen lassen?«

»Ich verstehe deinen Hass nicht. Sie sind ganz gewöhnliche Großeltern und wollen ihren Enkel sehen.«

Yamilé muss sich fast erbrechen. »Sie sind Menschenschinder. Verachten jeden, der aus anderen Verhältnissen stammt. Sie sind Verbrecher. Was sie getan haben, ist Verbrechen!«

»Deine Unversöhnlichkeit macht mich traurig.« Miguel setzt sich auf den geschnitzten Kinderthron. »Das ist alles so lange her. Warum kannst du nicht verzeihen wie jeder andere?«

»Ich muss zu Manolito.«

»Das geht nicht.«

»Willst du mich aufhalten?«

»Ja.«

Yamilé steht am Ende des Zimmers. So unvernünftig es auch sein mag, stürzt sie mit großen Sprüngen auf ihn los und schlägt Miguel ins Gesicht. Schlägt wieder. Mühelos wehrt er sie ab. Die Löwenmutter kämpft um ihr Junges, das ist natürlich. Miguel ist ein guter Kämpfer, er pariert geschickt, sie trifft kein einziges Mal mehr.

»Willst du mich im Palast festhalten?«

»Das muss ich leider.« Er packt ihre Hände. »Du kommst mir krank vor. Du brauchst Ruhe.«

Sie will ihm entfliehen. Ohne sie loszulassen, steht Miguel auf. Sein Griff ist eisern. »Begreifst du es endlich? Ich liebe dich, Yamilé. Ich wollte immer nur das Schöne für dich, für uns. Ein schönes Leben. Stück für Stück hast du es zerschlagen. Du hast einen Sohn, das genügt dir nicht. Du hast jede

Freiheit, du hast sie schamlos ausgenutzt. Du hast dich auf die Seite deines Vetters gestellt, nicht auf meine. Du konspirierst mit den Feinden unseres Staates – gegen mich. Du bist eine gefährliche Frau, Yamilé. Ich kann dich nicht mehr in Manolitos Nähe lassen. Es ist zu seinem Besten. Und zu deinem.«

Sie wehrt sich nicht länger. Weint nicht. Sie denkt nach. Noch diese Nacht wird sie flüchten. Wenn nicht diese Nacht, dann die nächste. Oder die übernächste. Raoùl hilft ihr bestimmt. Sie kann das kleine Treppenhaus benutzen oder ein Fenster, wenn es sein muss. Miguel kann sie nicht festhalten, nicht in einem riesigen Gebäude wie diesem. Er rechnet mit ihrem Schock. Je schneller sie den Schock überwindet, desto eher überrumpelt sie ihn. Kein Jammern nützt, nur Ruhe und Überlegung.

»Lass mich allein, Miguel.« So sehr sie ihn hasst, sieht sie ihm in die Augen. »Ich möchte allein sein.«

»Du willst fliehen, nicht wahr? Willst gleich diese Nacht nach ihm suchen.« Er lächelt.

Sie schweigt.

»Du stehst unter Hausarrest. Ich habe Anweisung gegeben. Im Palast weiß man, dass du krank bist.«

»Krank?« Sie schluckt, streicht das Haar aus der Stirn. »Und unsere Gäste? Glauben die auch, dass ich *krank* bin?«

»Ein altes Leiden. Es kam plötzlich wieder. Deine Angegriffenheit, die Nerven. Ich werde dich entschuldigen.«

»Du kannst mich nicht einsperren«, sagt sie ungläubig.

»Ich lasse dich jetzt allein.«

Seine gönnerhafte Art, seine lächerlichen Orden. Sie könnte schreien. Er dreht sich um und geht zur Tür.

»Ich bin deine Frau, keine Gefangene!«

»Kann sein, dass du eines Tages wieder meine Frau sein wirst. Im Augenblick bist du in meiner Obhut. Ich kümmere mich um dich. So wie um meinen Sohn.« Er erreicht die nächste Tür. »Am besten, du gehst schlafen. Morgen siehst du vieles klarer.«

Vor der Kasperfigur auf dem Boden bleibt er stehen und hebt *El títere* auf. »Was habt ihr damals gespielt? *Die Bestrafung des Königs?*« Er sieht sie an. »Den König kann man nicht bestrafen. Das hättest du wissen müssen. Der König ist das Gesetz. Er bestraft alle, die sich ihm widersetzen.«

Er öffnet die Tür. Auf dem Korridor sitzen drei Männer in Zivil. Als der Gouverneur auf sie zukommt, stehen sie auf. Er wechselt ein paar Worte mit ihnen. Einer tritt vor die Tür des Kinderzimmers und schließt sie. Es ist der Schakal.

27

Christians Kragen ist zu eng, die Jacke zu heiß. Sein Haar fühlt sich an, als ob es nach unten wächst. Selten hat er seine Nervosität so schwer verbergen können wie in diesen Minuten. »Ich habe das Basislager am gegenüberliegenden Ufer errichten lassen. Der Lagerschuppen ist fast fertig. Wegen der starken Niederschläge müssen wir sämtliche Metallteile darin aufbewahren.«

Monumental sitzt ihm der Gouverneur gegenüber, den Arm vor der Brust wie Napoleon. Englischer Schreibtisch, französische Kaminuhr, holländisches Seegemälde. »Die Regenzeit beginnt früh dieses Jahr.«

»Ich lasse zwei Plattformen bauen«, fährt Christian fort. »Auf der einen werden die Gitterbalken zusammengenietet, auf der anderen zimmern wir den Rohling für den Senkkasten. Darauf kommen die Pfeiler zu stehen. Anschließend verfrachten wir ihn in die Flussmitte.«

»Der Bau der Brücke darf die Schifffahrt nicht beeinträchtigen.«

Christian nickt. »Deshalb mauern wir als Erstes die steinernen Landpfeiler an den Ufern.«

Er wischt die Handflächen an der Hose trocken. Er kennt das kubanische Klima und hat doch vergessen, wie es sich anfühlt. In seiner Vorstellung war die Hitze verschmolzen mit der Erinnerung an Yamilé. Nun ist da nur die Hitze. Von Yamilé kein Lebenszeichen. Irgendwo in diesem Gebäude hält sie sich auf. Sie geht umher, isst mit ihrem Sohn, sie ist ganz in der Nähe – und gerade dadurch weiter entfernt als je zuvor. Als Christian noch in Lübeck war, schickte er seinen Traum nach ihr aus und ließ die Vorstellung von ihr in seine Briefe einfließen. Er sog das Gefühl, das sie ihm entgegenbrachte, aus ihren Zeilen. Seit Wochen nichts davon. Seit seiner Landung in Kuba tut er nur das, weswegen er offiziell gekommen ist: Er arbeitet. Der Transport der Brückenteile an den Fluss, der Umgang mit den Männern, die ihm De Gayas zur Verfügung stellt, der erste Abschnitt. Bis zur Erschöpfung arbeitet Christian am Bau dieser Brücke. Nachts jedoch, in der Schwüle, erwacht die Sehnsucht. Die Hitze, die üppige, verschlingende Natur, der Schrei der Tocororos: Christian wird seiner Sehnsucht kaum noch Herr. In solchen Nächten will er bei ihr sein, will sie lieben, gegen alle Vernunft. In diesen heißen Nächten liegt er nackt da und wünscht sich, sie möge ihn in seiner Nacktheit besuchen.

Er bewohnt wieder die *Villa Melodiosa*. Für die Arbeit bot es sich an, für seine Gefühle wäre ein neutraler Raum besser gewesen. Ihm begegnen die Geister von Carlotta dort, als schliefe sie noch hinter der durchbrochenen Wand. Die Villa erinnert Christian daran, dass er seine wirkliche Arbeit im Stich ließ. Für ein Steckenpferd. Für die Errichtung einer Konstruktion, die jeder Landarchitekt genauso hätte bewerkstelligen können. Christians Plan war Selbstbetrug, seine wahre Hoffnung ist ein Hirngespinst.

Der Einzige, dem das Unternehmen Spaß zu machen scheint, ist der unternehmungslustige Peter Lutger. Er hat sich ein Zimmer in Santiago genommen, und als würde ihm das fremde Klima nicht im Geringsten zusetzen, versprüht er ein Feuerwerk an Aktivität. Lutger hat bereits Standorte für den Nickelabbau geprüft und schreibt Berichte an die Dückerwerke. Abends fährt er in die Stadt und lässt sich durch die Bars und Tavernen treiben, lauscht den *Danzons*, lernt Menschen kennen, fordert Frauen zum Tanz auf. Christian beneidet ihn um diese Leichtigkeit und verflucht sein eigenes Sehnen, die verschlungenen, nutzlosen Gedanken der Liebe, die immer zu dem einen Ziel führen, das unerreichbar ist – Yamilé.

»Wie geht es Ihrer Frau?«, fragt Christian und ist nicht sicher, ob er den Gouverneur gerade unterbrochen hat.

»Danke der Nachfrage. Leider nicht besonders gut.«

Christian erschrickt. Stocksteif sitzt er da und fragt so förmlich wie möglich: »Etwas Ernstes?«

»Das lässt sich noch nicht sagen. Die Nerven. Sie verträgt kaum noch Tageslicht. Die geringste Anstrengung überfordert sie.«

»Dürfte ich ihr einen Höflichkeitsbesuch abstatten?« Eine unerhörte Frage, und Christian weiß das.

Unter den gewölbten Stirnhöckern mustert ihn der Gouverneur. In seinen Augen ist etwas, das Christian noch nicht kennt, ein Verdacht? »Ich bestelle Yamilé Ihre Genesungswünsche«, antwortet er. »In den nächsten Tagen schicke ich Ihnen einen Ingenieur. Er soll Ihre Wünsche und Beschwerden in die richtigen Kanäle lenken.« Der Gouverneur steht auf, die Audienz ist beendet. »Wann wird die Brücke fertig sein?«

»Wenn alles reibungslos verläuft, in zwei Monaten.«

Ein schmales Lächeln. »Zwei Monate.« Der Gouverneur klingelt. Die Flügeltür öffnet sich.

Nach dem Besuch bei De Gayas verlässt Christian den Palast nicht gleich. Entgegen aller Etikette geht er zum Majordomus und bittet, der Gattin des Gouverneurs seine Aufwartung machen zu dürfen. Christian benimmt sich wie ein Europäer, der nicht weiß, wie man sich in einem konservativen Land wie Kuba benimmt. Es ist ihm egal. Sein forsches

Vorgehen bringt ihm allerdings nichts ein. Vom Majordomus herbeigerufen, bauen sich drei Männer vor Christian auf. Zwei schweigen, der dritte redet. Der dritte ist der Mischling. Sein Haar glänzt von Öl, die Augen sind ausdruckslos. Zum ersten Mal hört Christian die Stimme dieses Mannes, wie ein Keuchen, ein raues Husten. Wie die Stimme eines Menschen, der keine Wut kennt und keine Freude. Christian beteuert, er wolle die Señora gewiss nicht lange stören. Der Mischling fordert den *Alemán* schlichtweg auf zu gehen. Sein Blick ist drohend, seine Augen sagen: Wir begegnen uns nicht zum ersten Mal. Christian weiß, es ist besser, er verlässt jetzt den Palast.

Er fährt einen Bauwagen mit mächtigen Rädern. Die Lenkung ist ausgeleiert, der Motor reagiert nur bei kräftigen Tritten auf das Gaspedal, die Bremsen sind nicht der Rede wert. Christian fährt nicht gleich auf die Baustelle zurück, zuerst muss er wissen, wie es um Yamilé steht. Er ist krank vor Sorge. Auch wenn ein halbes Jahr vergangen ist, findet er den Weg durch Santiago mühelos. Dass er Martha mit seinem Besuch in Gefahr bringt, muss er in Kauf nehmen. Liebe ist seine Begründung dafür, seine einzige Entschuldigung ist die Liebe. Wie auf einen bockigen Esel tritt er auf den Laster ein. Das Heulen des Motors ist die Antwort. Er stellt den Wagen in den Schatten eines Flammenbaumes. Vor neugierigen Blicken kann er ihn damit nicht schützen, auch sich selbst nicht: Blond und hochgewachsen erreicht er Marthas Haus, klopft und tritt ein.

»Die Hévias beherrschen dieses Land, und ich meine: Sie *beherrschen* es. Ihnen gehört das Gebiet zwischen La Clarita und San German, eine eigene Provinz innerhalb der Provinz. Egal, welcher Gouverneur regiert oder welcher Präsident in Havanna an der Macht ist: Den Hévias gehört das Zuckerrohr und das Eisen im Boden, ihnen gehören auch die Menschen. Das war immer so, darum kam niemand auf die Idee, etwas daran zu ändern. Bis Bartolomé Hévia die Familiengeschäfte übernahm, Yamilés Großvater.«

Christian sitzt vor einem Glas Rum. Martha hat im Garten gearbeitet und erschrak, als er unangemeldet in der Tür stand. Ihre Katze ist tot, damit begann das Gespräch. Mittlerweile trinken sie das dritte Glas. Martha erzählt. Der weiche Rum, die Hitze, Christian starrt auf seine Hände. Martha berichtet von Manolito, der zu seinen Großeltern gebracht wurde.

»Die Leute nannten Bartolomé Hévia die *Bestie.* Er bestrafte die Bauern bei den geringsten Vergehen, er ließ sie ohne Gerichtsverfahren hinrichten. Gewalt gab es damals überall: die Unabhängigkeitskriege, die amerikanische Okkupation. Aber Bartolomé trieb es noch um vieles grausamer. Er stellte sich gut mit den Amerikanern, und sie ließen ihn in Ruhe. Er hatte eine Frau und sechs Kinder. In Wirklichkeit hatte er wahrscheinlich hundert Kinder. Bartolomé ließ Frauen aus den Dörfern nach *Los Cruceros* bringen und machte mit ihnen, was er wollte.«

Martha öffnet die Holzkiste auf dem Regal und nimmt eine Zigarre heraus, dick wie ein Schlagstock. »Sie auch?«

Christian sagt nicht nein.

»Wenn Bartolomé gekriegt hatte, was er wollte, schickte er die Frauen weg. Wurden sie schwanger, mussten ihre Familien die Kinder großziehen. Manchmal holte Bartolomé einen dieser Jungen zu sich nach *Los Cruceros,* als Stallburschen oder als Diener.«

Christian hält die Zigarrenspitze ins Feuer. Der Tabak knistert.

»Als Yamilé zehn Jahre alt war«, Martha zieht, eine Rauchwolke umhüllt ihren Kopf, »gab es einen Zwischenfall. Die

Männer des Nachbardorfes kamen nach *Los Cruceros.* Sie wollten Wiedergutmachung für die Frauen, die Bartolomé missbraucht hatte. Der Patrón machte kurzen Prozess mit ihnen. Er ließ den Sprecher der Abordnung teeren und federn, die übrigen wurden von seinen *Guardiáns* mit Gewehrschüssen verjagt. In der Nacht darauf wurde die Hazienda überfallen. Die Bauern suchten Bartolomé und brachten jeden um, der sich ihnen in den Weg stellte. Sie fanden ihn. Sie haben ihn mit bloßen Händen in Stücke gerissen.«

Der Tabak schmeckt süß, der Rauch ist angenehm. Auch wenn das keine Familiengeschichte ist, wie man sie alle Tage hört, gibt sie Christian nicht die gesuchte Antwort. »Wie geht es Yamilé? Was fehlt ihr?«

Martha guckt über den Brillenrand. »Hören Sie einfach weiter zu. Bartolomés Sohn Ramón übernahm daraufhin die Führung der Familie. Alle hielten ihn für einen klugen Mann, einen Mann mit Humor. Yamilés Vater übte zunächst keine Rache an den Bauern, er ließ stattdessen die Polizei ihre Arbeit tun. Die Schuldigen wurden verhaftet und verurteilt. Erst ein Jahr später begann Ramón seinen Rachefeldzug. Dabei bewies er seine besondere Art von Humor. Er stellte Dinge mit den Köpfen seiner Opfer an, ich erspare Ihnen die Einzelheiten. Besonders schlimm war, dass Yamilé vieles mitansehen musste. Sie verstand nicht, was ihr Vater tat, verstand nicht, weshalb ihre Mutter zu allem schwieg. Yamilé wurde krank, sehr krank. Ihr Körper war ständig unterkühlt, die Haut schälte sich. Bis sie eines Tages entschied, sich zu wehren. Mit vierzehn rannte Yamilé von zu Hause fort. Sie wurde bald wieder zurückgebracht. Als sie fünfzehn war, ging sie mit einem Messer auf ihren Vater los. Er trägt noch heute eine Narbe im Gesicht. Als der junge Offizier Miguel de Gayas der Sechzehnjährigen begegnete, sah sie ihre Chance gekommen, endlich aus *Los Cruceros* zu entkommen.«

»Woher wissen Sie das alles?« Die erloschene Zigarre hängt zwischen Christians Fingern.

»Mein Mann und ich haben nicht weit von dem Dorf gelebt, wo Ramón seine Rache übte. Monteiro hat viele Bauern behandelt.« Sie trinkt ihr Glas mit einem Schluck leer. »Yamilé und Miguel passten von Anfang an nicht zueinander. Sie hat sich in diesem Punkt lange belogen. Als Manolito zur Welt kam, dachte sie, ihr Leben würde nun zur Ruhe kommen. Auch darin hat sie sich getäuscht.« Asche fällt zu Boden, Martha merkt es nicht. »Raoúl hat mir berichtet, dass der Gouverneur ihren Sohn auf die Hazienda der Hévias bringen ließ. Das ist das Schlimmste, was er Yamilé antun konnte.« Martha sieht Christian lange an.

»Wie geht es ihr?«

»Ich weiß es nicht. Inzwischen hat der Gouverneur Raoúl entlassen und in sein Heimatdorf geschickt. Er kann nichts mehr für sie tun.«

Christian steht auf. Der Raum dreht sich einige Momente. »Was will der Gouverneur von seiner Frau?«

»Er will sie zerbrechen.«

28

»Materialfehler?«

Christian beugt sich über das Gestänge. Lutger und er stehen auf dem Schwimmdock in der Mitte des Flusses. An beiden Ufern warten die Arbeiter ab, was nach dem Unfall geschehen soll.

»Kein Materialfehler. Ich denke, die haben sich täuschen lassen.« Lutger schaut in die Tiefe.

»Wer?«

»Die Geologen.«

»Die hatten monatelang Zeit für die Sondierungsbohrung.«

»Schon möglich. Aber dort, wo sie Fels vermuteten, liegt nur eine Schicht zusammengepresster Kiesel. Darunter Flussgeröll.«

»Und darunter?«

»Sand.« Lutger schaut den Fluss hinauf, hinunter, betrachtet die Sandbank oberhalb des Brückenfundaments und den Uferverlauf zu beiden Seiten. »Ich habe den Verdacht, dass der Felsengrund auf unserer Seite scharf abbricht. Dort muss sich eine Mittelrinne befinden.« Er richtet sich zu voller Höhe auf. Sein grünes Hemd weht in der Brise. »Und ausgerechnet da habt ihr den Caisson versenkt.«

Als ob ihre Blicke das eiserne Ungetüm wieder aus dem Wasser heben könnten, starren sie den verunglückten Senkkasten an. Christian hatte ihn zwischen zwei Kutter hängen lassen, die ihn in die Flussmitte manövrierten. Mit ihren starken Motoren hielten sie sich präzise an der vorausberechneten Stelle. Mittels Winden wurde die Konstruktion von der Form eines überdimensionalen Herrenhutes im *Rio Ochoamayo* versenkt. Alles ging gut, bis die vorherberechnete Tiefe erreicht war. Dort traf der Caisson unvermutet auf weichen Grund. Als man die Spannseile lockerte, trat eine Querkraft auf, die nicht von der Flussströmung stammte. Als ob ein mächtiger Unterwasserhebel angesetzt worden wäre, neigte sich der Caisson zur Seite, sackte gegen die Fließrichtung ab und verkeilte sich im Untergrund. Die Seile mussten gekappt werden, um die Boote freizubekommen. Jetzt ragt ein Teil des Kastens über die Wasseroberfläche, der andere steckt im Geröll.

»Tja, da liegt das gute Stück. Hier können erst mal nur kleine Schiffe passieren«, sagt Lutger.

»Das bedeutet: neue Bohrungen.« Christian stemmt die Arme in die Hüften. »Das bedeutet: zurück an den Planungstisch.«

»Bei dieser Tiefe wirst du den kompletten Senkkasten anders konstruieren müssen.«

»Aber erst, nachdem wir den alten aus dem Fluss geborgen haben.«

»Dazu brauchst du einen schwimmenden Kran.«

»So etwas gibt es hier nicht.«

»Dann musst du einen bauen.«

Christian sieht zu dem Langen hoch. Eigentlich sollte Peter die Nickelvorkommen der Provinz sondieren. Stattdessen greift er Christian beim Bau der Brücke unter die Arme. »Hilfst du mir auch weiterhin?«

»Wenn ich kann.«

Christian winkt ans Ufer, sie sollen das Schwimmdock an Land holen. Die Sonne steht tief über den Hügeln, in einer Stunde wird sie verschwunden sein. Heute kann man auf der

Baustelle nichts mehr ausrichten. Er lässt die Arbeiter nach Hause gehen.

Später sitzen sie auf der Veranda der *Villa Melodiosa*. Sie haben gegessen, die Köchin ist gegangen, Lutger raucht. Mit halb geschlossenen Augen schaut er in den Abendhimmel. Christians Blick wandert zu der Stelle, wo er vor Monaten den Insektenfresser beobachtet hat. Die Marabústräucher wurden gestutzt, der Schlitzrüssler findet dort kein Versteck mehr. Für die Brücke wird es eine Lösung geben, denkt er, neue Planung, zusätzliche Kosten, mehr Zeit. Für mein wahres Problem gibt es keine Lösung. Ihm kommt es mit einem Mal vor, als ob Yamilés Bild über dem Fluss schwebt, ihr Gesicht, ihr Haar. Er muss mit jemandem reden, will er nicht den Verstand verlieren. Christian mustert den Geologen, unter dessen Körper sich der Schaukelstuhl winzig ausnimmt.

»Darf ich mich dir anvertrauen?«

Lutger stutzt ob der merkwürdigen Ankündigung. Mit der Zigarre signalisiert er seine Zustimmung.

Christian berichtet, wie er sich auf Kuba in eine verheiratete Frau verliebt hat, die Gattin des hiesigen Gouverneurs, der nun sein Dienstherr ist. Wie diese Frau sein Gefühl erwiderte, wie sie einander monatelang geschrieben haben. Wie Christian wegen ihr nach Kuba zurückgekehrt ist und keine Gelegenheit fand, sie wiederzusehen. Dass es heißt, sie sei krank, und dass er um sie fürchtet, ihr helfen will, aber nicht weiß, wie er es anstellen soll.

Nachdem er sein Herz ausgeschüttet hat, hält Christian inne. Über dem Fluss ist es still geworden. Mit dem schwindenden Licht sind die Tocororos verstummt. Die Zikaden haben ihr nächtliches Konzert noch nicht begonnen.

Lutger schlägt nach einem Moskito. »Erstaunliche Geschichte. Was soll man da sagen?«

»Nichts.« Christian ärgert sich über seine Redseligkeit. Warum hat er nicht geschwiegen? »Schließlich sind wir nicht in einem orientalischen Märchen, in dem man die Prinzessin aus dem Palast des *bösen Maharadscha* befreit.«

Der Geologe betrachtet seine nackten Knie. »Warum eigentlich nicht?«

Christian sieht ihn erstaunt an, steht auf und tritt an die Balustrade. In der Dämmerung wirkt der verunglückte Caisson in der Ferne wie eine Felsnase im Wasser. »Ich bräuchte irgendeinen Grund, um noch einmal zu de Gayas zu fahren.« Er trommelt aufs Geländer. »Wäre es nicht meine Pflicht, dem Gouverneur mitzuteilen, dass der Schiffsverkehr auf dem *Rio Ochoamayo* lahmgelegt ist?«

»Das solltest du tun«, nickt Lutger. »Und wenn du schon mal im Palast bist –«

Nachdenklich betrachtet Christian den Großen. »Das schaffe ich nicht allein.«

Lutger bläst Rauch in den dunkelblauen Himmel. »Sehe ich so aus, als ob ich zu viel zu tun hätte?«

»Besser nicht, Peter. Wir sind zu Gast in Kuba. Du bist bei Dücker angestellt, Dücker will die Nickellizenz. Es könnte Verwicklungen geben, in die du nicht hineingezogen werden sollst.«

Lutger kommt so schwungvoll hoch, dass der Bambussessel gegen die Wand knallt. »Lass uns einen Spaziergang machen. Im Gehen kommen einem die besten Ideen.« Er wirft die Zigarre in die Sandschale. Christian zieht seine Schuhe an. Langsam nimmt der Geologe die Stufen hinunter an den Fluss.

Yamilé fährt durch die Nacht. Ihr Wagen ist unauffällig. Sie trägt Kleider, in denen man sie für eine Frau vom Land halten muss. In der Stadt fuhr sie langsam, mied beleuchtete Straßen. Sie machte einen Umweg zu Martha und holte, was sie brauchte. Dann verließ sie Santiago. Rund um sie ist es dunkel und wird dunkel bleiben, bis sie *Los Cruceros* erreicht hat. Im Palast wird man ihre Flucht hoffentlich erst im Morgengrauen entdecken. Miguel wird seine Leute ausschicken. Er wird ihre Eltern in *Los Cruceros* verständigen. Yamilé fährt so schnell, wie es die Straße über die Hochebene erlaubt. Sie muss die Hazienda noch vor dem Morgengrauen erreichen.

Vor Jahren hat Miguel seinem Sohn einen geschnitzten Hund geschenkt, ein Zähne fletschendes Biest aus Ahornholz. Als der Kleine damit nichts anfangen konnte, wanderte der Hund in den Schrank. Zufällig entdeckte Yamilé dessen Geheimnis, als er ihr beim Aufräumen entgegenfiel. Sein Kopf mit den blutrot bemalten Zähnen ist abnehmbar, im Brustkorb des Tieres befindet sich ein Hohlraum. Darin versteckte Yamilé alles Geld, das sie ohne Miguels Wissen besaß. Dieses Geld war nötig, um den Kerl mit den wässrigen Augen zu überzeugen. Er hatte die Schicht nach Mitternacht und saß allein vor Yamilés Tür. Behutsam unterbreitete sie ihm den Plan, wie er es anstellen könnte, das Geld zu nehmen, ohne dass ein Verdacht auf ihn fallen würde. Sie gab es ihm, ohne zu wissen, ob er zu seinem Wort stehen würde.

Das Blut ist stärker als der Hass ihres Vaters. Das hofft sie wenigstens. Sie muss mit Ramón sprechen. Sie wird ihn anflehen, die reumütige Tochter spielen, Zerknirschung, Verzweiflung, späte Liebe – alles wird sie ihm vorgaukeln, damit er sie in Manolitos Nähe lässt. Das Blut ist stärker. Sie weiß, wo die Gewehre ihres Vaters stehen. Sie kennt jeden Weg und Steg, der von *Los Cruceros* in die Berge führt. Als Mädchen hat sie dort die Schafe eingefangen, die sich verstiegen hatten. Kein Fahrzeug kann ihr dorthin folgen. Selbst Miguels Schläger sind in der Wildnis hilflos. Yamilé kennt die Menschen in den Weilern am Rande der Sierra. Ihr Leben lang haben sie aus *Los Cruceros* nur Grausamkeit erfahren. Yamilé hofft auf ihre Hilfe.

Gedanken auf einer nächtlichen Fahrt, allein im Auto, wenn die Scheinwerfer nur ein kleines Bild der Wirklichkeit herausleuchten. Könnte Yamilé das Ganze im illusionslosen Tageslicht sehen, wäre sie sich ihrer Verwundbarkeit bewusst. Alles Land im Umkreis von *Los Cruceros* ist Hévia-Land; die Menschen stehen seit alters her im Dienst ihrer Familie. Und seit der Ermordung Bartolomés gleicht die Hazienda zudem einer Festung.

In einem klapperigen Wagen fährt Yamilé über die Hochebene. Sie fährt zu ihrem Kind. Als die Stunden vergehen und die Euphorie über ihre gelungene Flucht nachlässt, als die Müdigkeit sich an Yamilé klammert, weicht ihre Entschlossenheit allmählich auf, die Einsamkeit wird greifbar. Sie weint, aus Sorge um Manolito, vor Angst und Müdigkeit. Weil es aber nur diesen Weg gibt, nimmt sie einen Zipfel des Schaltuchs und wischt sich die Augen trocken. Sie öffnet das Fenster, der Fahrtwind soll die Angst fortblasen. Sie macht ein paar tiefe Atemzüge und denkt an etwas Schönes, das hilft, ihre Befürchtungen niederzuringen.

Yamilé denkt an das rote Licht, das so verstohlen über ihnen glomm, dass es die zwei Menschen verbarg, die sich darunter küssten. Sie denkt an die Kathedrale von Santiago. Als Christian plötzlich aus dem Zwielicht auftauchte. Sie denkt an ihr Herzklopfen, als sie während der Andacht, mitten in der Wandlung, aufstand und ihm in die Nische des heiligen Dominikus folgte. Er ist der Schutzpatron der unschuldig Gefangenen. Wie sie beide in der Dunkelheit, eingehüllt vom Murmeln der Betenden, ganz unbefangen sein konnten, wie sie einander berührten, umarmten, wie alle Gefahr und Anspannung sich in Freude und Zärtlichkeit auflösten. Wie Yamilé ihre Liebe zu Christian ohne Scham gestand. Bedenkt sie es heute, waren dies die letzten schönen Augenblicke, dieser schmerzlich-leidenschaftliche Kuss, den sie mit ihm getauscht hat. Es war ihr glücklichster Moment seit langem. Dafür ist sie Christian dankbar, deshalb sehnt sie ihn herbei. Auf diese Art hilft er ihr durch die Nacht.

29

»Du hast nicht eine, du hast alle Grenzen überschritten.« Ramón Hévia sitzt breitbeinig da, den Eichenstock zwischen den Beinen. »Manolito zu uns zu holen, stellt keine Strafe dar, es ist eine Notwendigkeit. Zum Schutz des Kindes. Miguels Haltung in dieser Angelegenheit ist bewundernswert. Wäre ich der Gouverneur, längst hätte ich Konsequenzen gezogen. Dein Mann hat eine unglaubliche Langmut gezeigt.«

Mit gesenktem Kopf, als wäre sie einer seiner Pächter, steht Yamilé vor ihrem Vater. »Papá –«

»Schweig.« Er sitzt in der Kleidung eines Bauern da, weites kragenloses Hemd, halblange Hose, keine Schuhe. Seine Aufmachung als Landmann ist eine Lüge. Das Haar ist licht geworden, der Bart fast weiß. Die Wunde, die Yamilé ihm als Mädchen schlug, hinterließ eine Narbe, sie schneidet eine Schneise durch den Bart. »Dein Kommen mitten in der Nacht, die Art, wie du den Gouverneur brüskierst –« Er hebt den Stock. »Ich sollte gar nicht mit dir sprechen. Deiner Mutter zuliebe tue ich es. Sie lag mir in den Ohren.« Er stößt den Stock mit Wucht zu Boden. »Du hattest alle Chancen im Leben, Yamilé! Aber immer hast du dich für das Falsche entschieden. Du kränkst die Menschen, die dich lieben, die dein Bestes wollen. Du hast deine Eltern zurückgestoßen, hast deine Ehe verpfuscht. Ich dulde nicht, dass du auch noch das Kind verdirbst. Verdorben bist du. Dein böser dunkler Kern, ich weiß nicht, wo er herrührt. Nicht von mir. Du hast jedes Recht verspielt, vor allem das Recht auf dein Kind.«

Yamilé erwidert nichts, lässt ihn sein Gift verspritzen. Ramóns Predigt ist bedeutungslos, solange er sie am Ende zu ihrem Sohn lassen wird. Sie haben Manolito in einem der Nebengebäude untergebracht. Bevor Yamilé nicht weiß, wo er sich genau aufhält, kann sie nichts unternehmen.

»Miguel schickt seine Leute. Sie sind schon unterwegs«, fährt der Vater fort. »Er kommt nicht selbst. Das finde ich richtig. Man darf deinen Wahnsinn nicht unterstützen.«

»Wahnsinn, Papá?«

»Wegen dir ist heute Morgen ein Mann gestorben.« Er wartet ihren überraschten Blick ab. »Der Wächter, den du bestochen hast, wurde erschossen. Jedem, der sich mit dir abgibt, bringst du nur Unglück.«

Miguel wusste, wo ich hinwollte, denkt sie. Auch wenn ich ihm entkommen bin, kannte er mein Ziel. Es ist das Natürlichste, dass eine Mutter zu ihrem Kind will. Weshalb reagiert er so grausam?

Sie darf sich von solchen Fragen nicht beirren lassen. »Wann darf ich Manolito sehen?«, erwidert sie mit fester Stimme.

»Wer sagt dir, dass du ihn sehen wirst?«

»Ich bin seine Mutter.«

»Du verdienst den Namen nicht!« Das Klopfen mit dem Stock bedeutet, du bist in meinem Reich, hier herrscht mein Gesetz. Ramón beugt sich über den Knauf und sieht die Tochter finster an. »Und dennoch – deine Mutter bittet mich, ich soll dir erlauben, mit Manolito zu sprechen. Deine Mutter hat ein Herz, so groß wie der Ozean.«

Mit Mühe verbirgt Yamilé ihre Freude. »Wann darf ich zu ihm?«

»Wir werden bei eurer Begegnung zugegen sein.«

»Natürlich«, sagt sie eifrig.

»Wir sind seine Großeltern und lieben ihn. Da Miguel es

so wünscht, wird Manolito eine Weile bei uns bleiben. Bis du Vernunft angenommen und verstanden hast, was es bedeutet, die Frau des Gouverneurs zu sein.« Er räuspert sich. »Wenn du ihn siehst, wirst du nichts unternehmen, den Jungen gegen uns aufzubringen?«

»Nein, Papá.« Tränen sind falsch. Tränen zeigen dem Vater, wie groß seine Macht ist. Yamilé beißt die Kiefer aufeinander und bezwingt die Tränen. »Er soll sich bei euch wohlfühlen. Ich werde ihn nicht verwirren. Nur sehen will ich ihn.«

Ramón steht auf. Als er jünger war, diente ihm der Stock als Stab, mit dem er seine Befehle erteilte. Heute braucht er ihn zum Gehen. Der Mann, der früher die Menschen in die Knie zwang, setzt gebrechlich Schritt vor Schritt. Er kommt ans Fenster und winkt. Das muss das Zeichen sein. In der Ecke mit dem Herrgott nimmt er Platz. Über sich das Kreuz.

Die Stille im *Salón*, der alte Mann mit seinem Stock, draußen hört man das Gurren der Zierhühner. Die Tür geht auf, Yamilés Mutter wirft einen Blick herein. Wann hat Mamá aufgehört, ihr Haar zu färben? Yamilé erinnert sich an dieses pechschwarze Haar; nach ein paar Wochen bekam es jedesmal eine helle Corona, Mamás Heiligenschein. Später war es auf einen Schlag wieder schwarz. Die Mutter streckt die Hand nach draußen. Kleine Schritte. An der Hand der Großmutter betritt Manolito den *Salón*.

»Manolito!« Yamilé möchte auf ihn zulaufen, aber sie bezwingt sich. Nur wenn sie ruhig bleibt, kann sie das Misstrauen des Vaters eindämmen.

»Mamá –« Manolito rennt in ihre Arme. Yamilé geht in die Knie, drückt den schmalen Körper, umfasst seinen Kopf, berührt das Haar. Wie lieb er ist, wie fein die Glieder. Zurückhaltung ist unmöglich, sie weint, lautlos, und drückt den Jungen an sich. Sie begegnet dem Blick ihrer Mutter. Die führt die Hand zum Mund und wendet sich ab, während Ramón

Hévia stocksteif dasitzt, den Kopf im Halbdunkel, schwarz das Kreuz an der weißen Wand.

Überall ist Aufregung im Palast. Der Gouverneur ist nicht zu sprechen. Christian soll sein Anliegen der Baubehörde vortragen. Die Beamten, die Sekretäre starren den Riesen an, den der *Alemán* im Schlepptau hat. Lutger trägt den Seidenanzug, den er sich auf der *Bremerhaven* schneidern ließ. Er trägt eine Schuhgröße, die in Kuba nicht bekannt ist. Er folgt Christian in seiner Eigenschaft als Geologe. Lutger soll die fehlerhaften Probebohrungen erläutern und die Konsequenzen für den Baufortgang der Brücke.

Sie erledigen das Geschäft zügig. Es dient dem Schein und gibt ihnen das Recht, im Palast zu sein. Nachdem sie das Büro der Baubehörde verlassen haben, hören sie sich vorsichtig um. Niemand will, niemand kann ihnen Auskunft geben, wo sich die Frau des Gouverneurs befindet. Was die allgemeine Unruhe betrifft, setzt Christian sich aus Bemerkungen und Gesprächsfetzen zusammen, dass im Palast heute Morgen ein Mann erschossen wurde. Einer jener Männer, die zuletzt häufig die *Cónyuge Gobernada* begleitet haben. Die Gouverneursgattin hat niemand gesehen, seit Tagen nicht. Christian gesteht sich ein, dass sein Plan gescheitert ist. Er verlässt den Palast mit leeren Händen. Während Lutger und er zum Ausgang zurückkehren, suchen Christians Augen den Mischling. Dieser würde wissen, was geschah, er könnte sagen, wo Yamilé zu finden ist.

Sie stehen in der prallen Sonne. Christian verbirgt seine Aufregung, auch die Enttäuschung. »Ich muss noch einmal zu Martha. Du kommst besser nicht mit.«

»Weshalb?«

Christian deutet auf die Leute. Wenn sie Lutger sehen, gehen ihre Köpfe herum. Sie starren, lachen, flüstern. »Du bist zu auffällig, mein Lieber, und ich sollte Auffälligkeit vermeiden.« Sie erreichen den Bauwagen am Rand des Platzes. »Setz dich in eine Taverne, trink eine Limonade und genieß die Bewunderung, die man einem Kerl wie dir entgegenbringt. Ich bin bald zurück.«

Christian klettert ans Steuer. Im Davonfahren sieht er Lutger im Rückspiegel. Schlaff hängt sein Anzug in der Mittagshitze. Kein Denkmal könnte imposanter dastehen.

30

»Es gibt auf der Welt keinen hässlicheren Ort.« Hillary legt das Besteck auf dem Teller zusammen.

»Recht hast du.« Martin spießt ein grünes Böhnchen auf und schiebt es in den Mund.

»Was hält uns dann hier? Weshalb sind wir nicht in Santiago geblieben? Und wenn wir schon fortmussten, wieso fliegen wir nicht nach Miami?« Sie steht auf und geht zur Anrichte.

Martin tunkt die Sauce mit dem letzten Fleisch auf. »Ich darf im Augenblick nicht zu nah am Schuss sein. Zugleich muss ich in der Nähe bleiben.«

»*Am Schuss*?« Sie nimmt zwei Servietten.

»Lokalpolitik, Darling. Politischer Alltagskram.«

Nachdenklich betrachtet Hillary sich im Spiegel. »Ich verstehe nicht, weshalb ich in Guantánamo stärker transpiriere als anderswo.« Sie packt die Servietten unter ihre Achseln. »Verzeih, Martin, das ist unappetitlich. Aber ich will mir das Kleid nicht ruinieren.« Mit an den Körper gepressten Armen kommt sie zurück. Die Tüchlein flattern im Luftstrom des Ventilators.

»Das sieht putzig aus.« Er kaut, er lächelt, er trinkt Eiswasser. Sie ist grauenvoll, denkt er. Wieso ist sie nur so grauenvoll geworden?

»Ich will fort aus Kuba.« Hillary setzt sich.

»Niemand würde lieber aus der Gluthölle verschwinden als ich. Nur ein paar Tage noch.«

»Dessert?«

»Nicht für mich.« Er wischt sich den Mund ab.

Langsam, damit die Serviette nicht aus der Achsel rutscht, beugt Hillary sich zu den Nachtischtellern. »Hmmm, Maple Flan. Soll ich sündigen?«

»Den musst du unbedingt probieren«, ermuntert er sie. Damit du noch fetter wirst. Dein Hintern hängt dir bald in den Kniekehlen. Er lächelt. »Die Küche gibt sich wirklich Mühe, damit wir uns wie daheim fühlen.«

»*Ein paar Tage,* was heißt das?« Hillary taucht den Löffel in die Creme.

Ihre Nörgelei, die Hitze, das schwere Essen – Martin hat keine Lust, länger nett zu ihr zu sein. »Herrgott, Hillary, ich mache meinen Job. Willst du mich unterstützen oder weiter rumpicken wie eine Henne in den Wechseljahren?«

Es tut ihm gut, so etwas zu sagen. Gleich fühlt er sich besser. Wenn er sie demütigt, das sagt ihm die Erfahrung, benimmt sich Hillary danach erträglicher.

Ein Löffel Karamellcreme verschwindet in ihrem Mund. Sie lutscht daran. »Ich frage mich, wie du an das Zeug kommst, wenn du nicht in Santiago bist«, sagt sie nach einer Pause.

»Welches Zeug?«

»Schmuggelst du das Opium eigenhändig auf den Stützpunkt, oder hast du einen Knaben dafür? Vielleicht der niedliche Wasserträger?«

Dieser Ton ist neu. Martin steckt das abgebrochene Brotstück nicht in den Mund, zerkrümelt es zwischen den Fingern. Dass sie etwas ahnte, nahm er an. Dass sie es gegen ihn ausspielt, überrascht ihn. Ein Punkt für sie. »Ich weiß nicht, wovon du redest.« Er schiebt den Stuhl zurück.

»Wie läuft das ab zwischen dir und den Jungs?« Seelenruhig isst sie den Maple Flan. Beim Kauen bewegt sich ein Klecks an ihrem Kinn auf und ab. »Raucht ihr das Zeug vorher oder währenddessen, oder kriegen die Kleinen gar nichts davon ab?« Sie lächelt mit kalten Augen. »Nimmst du abwechselnd die Pfeife und ihre hübschen Schwänze in den Mund? Oder lässt du dich nur von den Jungen bedienen?«

Während Martin hochkommt, bleibt der Stuhl in seinen Kniekehlen haften. Plötzlich fällt er um. Sie ist verrückt, geht ihm durch den Kopf. Wie kann man so etwas aussprechen, selbst wenn man es denkt? Sie muss verrückt sein. Eine Frau wie Hillary darf so etwas nicht über die Lippen bringen. Im letzten Moment unterdrückt er den Impuls, sie zu schlagen. »Entschuldige mich«, sagt er stattdessen. »Ich habe zu tun.«

Er fühlt sein Herz schlagen. Das geschieht so gut wie nie. Das ist ihr zuzuschreiben. Dafür könnte er sie fast bewundern. Wortlos verlässt er die Wohnung und überquert den Hof durch die Galerie. Der Sonnenschutz darüber ist ein Witz. Durch das glutheiße Blech ist es noch stickiger. Ein Sergeant kreuzt Martins Weg und salutiert, als wäre er eine Militärperson.

Muss er sich Sorgen machen? Hat er bei Hillary etwas übersehen? Vielleicht, dass sie eine Frau ist. Als sie heirateten, war sie die rührendste Partnerin, die ein Mann sich wünschen kann. Nie wollte sie etwas wissen, was außerhalb ihrer vier Wände geschah, Vorwürfe waren ihr fremd. Es muss das Klima sein. Die Hitze macht sie unruhig. Ich sollte sie nach Vicksburg zurückschicken, es wäre besser für uns beide. Zugleich stellt Hillary die perfekte Tarnung dar. Martin und sie geben das harmlose Pärchen aus Mississippi ab, zwei Südstaatler wie aus dem Bilderbuch. Fast alle fallen auf die Camouflage herein. *Nimmst du die Pfeife oder die hübschen Schwänze in den Mund?* Wie sie das sagte! Martin fühlt sein Herz pochen. Er tritt ins Büro.

»Anrufe, Tanner?«

»Nein, Sir«, antwortet der junge Gefreite.

»Ich brauche ein Gespräch nach *Los Cruceros*.«

»Sofort, Sir.« Tanner greift zum Hörer. Sein Bizeps spannt unter dem Stoff. Es wäre Martin lieber, der Soldat in seinem Vorzimmer würde das Hemd nicht so hauteng tragen. Es ihm zu sagen, kommt nicht in Frage.

Martin geht in sein Zimmer, wirft einen Blick auf Präsident Hoover und lässt sich in den Sessel fallen. Das Telefon klingelt. Er nimmt ab und sagt dem Angestellten in *Los Cruceros*, wen er sprechen möchte.

»Hier spricht Martin Root.«

»¡Hola!«, sagt der Schakal.

»Können Sie sprechen?«

»Die Señora und ihre Eltern sitzen auf der Terrasse«, antwortet der andere mit dieser merkwürdig heiseren Stimme.

»Wie ist die Stimmung?«

»Gespannt, aber friedlich.«

»Wo ist der Junge?«

»Er spielt in der Nähe. Der alte Hévia möchte, dass seine Tochter noch hierbleibt.«

»Das war zu erwarten.« Martin nickt. »Yamilé ist geschickt, sie ist erstaunlich raffiniert. Hat sie also *das Herz eines Vaters* betört?«

Darauf schweigt der Schakal.

»Wo wird sie schlafen?«

»Im Gästehaus.«

»Wo schlafen Sie?«

»Im Freien, wenn nötig.«

»Yamilé wird versuchen, das Kind zu entführen.« Zwischen den Lamellen der Jalousie schaut Martin hinaus. Exerzierplatz, Mannschaftsbaracke, Munitionsdepot. Kein Baum, kein Strauch. »Sie folgen ihr in einigem Abstand. Sonst tun Sie nichts, verstanden? Yamilé wird es für uns tun.«

»Und der Deutsche?«

Martin wendet sich zum Bild des Präsidenten. »Er ist unser Joker. Wir wissen, was er will. Aber hat er auch die Courage dafür?«

Wieder das leise Husten. »Darf der Gouverneur weiterhin nichts erfahren?«

Martin ist sich des Dilemmas des Schakals bewusst: ein Diener zweier Herren. »De Gayas ist für so etwas nicht zu gebrauchen. Er muss tatsächlich glauben, dass sein Kolibri aus dem Käfig entflogen ist. Andernfalls wäre es sinnlos gewesen, dass Sie Ihren eigenen Mann erschossen haben. Machen Sie sich unsichtbar.« Martin schmunzelt. »Wie immer. Wir werden länger nichts voneinander hören.«

»Ich verstehe«, antwortet der Schakal.

Martin legt auf. Er muss an Hillary drüben in ihrer gemeinsamen Wohnung denken. Die verblühte Schönheitskönigin aus Vicksburg. Von vielen wurde er um sie beneidet. Hillary verstand den Deal und akzeptierte ihn. Plötzlich redet sie von Opium und kleinen Jungen. Spricht sie nur zu ihm davon oder plaudert sie solche Dinge aus? Sie hat niemanden zum Reden, denkt Martin. Sie ist zu viel allein. Ihre Einsamkeit wird allmählich zum Problem. Wenn er sie heimschicken sollte, mit wem redet sie dann? Ist sie gefährlich? Nein. Nicht meine pummelige Beutelratte, denkt er voll Wärme. Unbedacht vielleicht, nicht gefährlich. Und doch, wenn sie so weitermacht, wäre das ihr Todesurteil. Martin lehnt sich auf das Fensterbrett. Hillary hat recht, Guantánamo ist wirklich der hässlichste Ort auf Erden.

31

Er kann nicht länger dort oben hocken bleiben. Er sollte losgehen oder umkehren. Hinunterstarren nützt nichts. Er schaut auf die Hazienda. Die Gebäude sind im Viereck angelegt. Die Ställe, die Scheune, der Trakt für die Angestellten, die Gästehäuser. Christian hebt den Kopf. Wieso tauchst du ausgerechnet heute auf, fragt er den Vollmond. Als ob eine mächtige Lampe über *Los Cruceros* angegangen wäre.

»Señor.« Der Bauer will zurück.

Ohne ihn wäre das Kunststück nicht gelungen. Christian hockt in den Felsen über *Los Cruceros*, im Land der Hévia. Ohne den Bauern hätte es ein deutscher Chemiker nie so weit geschafft. Ein Schauder überfällt ihn: Wie weit ist er bereit zu gehen? Die Frage lautet anders: Wie konnte er so weit von seinem Weg abkommen? Früher dachte er: Eine Straße ist das Leben. Als Kind wird man an ihren Beginn gesetzt, andere Menschen säumen und kreuzen die Straße, du folgst ihr und verlässt sie eines Tages wieder. An irgendeinem Punkt wurde Christians Weg die Straße entlang unterbrochen. Man hat ihn auf einen unbekannten Pfad verpflanzt. Du selbst hast es getan, denkt er, an dem Tag, als du glaubtest, die Brücke über den *Rio Ochoamayo* sei nicht zufällig eingestürzt. Als du einen Wink des Schicksals darin zu erkennen meintest. Seitdem ist dein Leben aus der Spur gesprungen.

Er schließt die Augen und sieht sich an der Trave, den Mantelkragen hochgeschlagen, die nasse Kälte dringt durch die Handschuhe. Er sieht sich vor einer Tafel mit Formeln ein √-Zeichen auslöschen und ein geschwungenes μ hinmalen. Sieht sich in der Dückerkantine mit den Laborassistenten. Der alte Dücker kommt und beugt sich zu Christian. Er sieht Carlottas Haar auf einem Kissen, in einem Liegestuhl auf der Terrasse. Ein paar Schritte, und man ist an der Wakenitz. Dort liegt ein Ruderboot vertäut, mit etwas Ausdauer kann man bis an die Ostsee rudern.

»Señor, ich muss zurück.«

Der Bauer tritt neben ihn. Er ist Marthas Freund. Nachdem Christian sie besucht hatte, fuhr er mit dem Laster aus der Stadt hinaus und auf die Hochebene. Die Fahrt begann in der Dämmerung, den größten Teil legte Christian in der Dunkelheit zurück. Als er das Gebiet der Hévia erreichte, ging der Mond auf. Martha hat alles gut beschrieben. Er fand den Bauern und grüßte ihn von ihr. Der Mann besprach sich mit seiner Frau und seinem Sohn. Der Sohn sagte, er wolle Christian führen. Der Vater entschied, er selbst würde es tun. »Ich bin schon alt.« Christian erinnert sich an diesen Satz. Wenn mir etwas zustößt, bist du noch da, sagte der Vater damit. Von da an wusste Christian, dass sie keinen Spaziergang vor sich hatten.

Er steht auf. Es knackt in seinen Knien. Ein Steinchen löst sich und kollert den Abhang hinunter. »Danke«, sagt er.

»Der Zaun ist zu hoch zum Drüberklettern«, antwortet der Bauer. »Aber dort unten ist eine Felsnase, sehen Sie? An dieser Stelle können Sie über den Zaun springen.«

»Und zurück?«

»Zurück ist das nicht möglich.«

Christian gibt ihm die Hand und folgt dem Steinchen in die Tiefe. Wenn ich den ganzen weiten Weg gekommen bin, weshalb sollte ich jetzt umkehren? Er hält sich an einem dürren Strauch fest. Den ganzen Weg zu ihr.

Man kann den Schakal nicht ablenken. Kann man ihn täuschen? Muss man ihn töten? Eine ganze Weile hält er sich vermutlich schon in *Los Cruceros* auf, aber nur einmal hat Yamilé ihn zu Gesicht bekommen. Es war ein Zufall, keiner von beiden sah es kommen. Sie wollte Milch für Manolito holen und ging in die Küche. Da saß der Schakal, selbstversunken aß er eine Enchilada. Niemand vom Personal war in der Nähe, er musste sich die Tortilla selbst zurechtgemacht haben. Hühnerfleisch, Rührei und Salat. Yamilé erstarrte. Er blickte auf, die Enchilada in beiden Händen. Man hätte ihn für einen Verwalter der Hévias halten können. Sein Anzug war zerknittert von der langen Fahrt. In seinem Rücken ging Yamilé zum Kühlraum und holte einen Krug Milch. Während sie eingoss, wollte sie sich umdrehen und sagen: »Sollen Sie mich lebend zurückbringen oder tot?« Aber sie sagte kein Wort. Nachdem sie die Küche verlassen hatte, kam der Zorn über sie. Er sitzt da und wartet, wie eine Spinne. Das hier ist mein Elternhaus. Ich sollte ihn hinauswerfen lassen.

Yamilé schüttelt den Kopf. Das ist schon lange nicht mehr ihr Elternhaus. Irgendwo da draußen lauert er. Was glaubt er, wird sie tun? Das Naheliegende: Sie schleicht zu ihrem Kind. Dort wird er sie erwarten. Ist er schon in Manolitos Nähe, oder lauert er im Freien?

Yamilé sitzt im Dunkeln. Vor einer Stunde hat sie das Licht gelöscht. Er weiß, dass sie nicht schläft. Selbst wenn sie so lange warten würde, bis alle im Haus zu Bett gegangen sind, er wäre wach.

Yamilé betrachtet die Machete, nur ein dunkelgrauer Streifen auf dem hellen Bettzeug. Sie kennt Machetenwunden. Die Leute in den Bergen zeigten ihr, wie man von einer Machete zugerichtet wird. Kämpfen kann sie nicht mit dem Schakal, aber überrumpeln kann sie ihn vielleicht. War das dort draußen Donner? Sie lauscht. Der Vater hat keine

Wachen vor dem Gästehaus aufgestellt. In *Los Cruceros* sind die Wachen immer unterwegs, Tag und Nacht. Sie zittert. Sie hätte etwas trinken sollen. Sie hat ihre Angst nicht im Griff. Sie umfasst die Machete. Zuckerrohr haut man damit und schneidet Süßkartoffeln. Wird sie dazu imstande sein? Sie hätte besser den Revolver stehlen sollen, den ihr Vater im Schreibtisch aufbewahrt. Damit könnte sie es vielleicht.

Es ist noch früh. Sie legt sich zurück, erleichtert, dass es nicht sofort geschehen muss. Was macht der Schakal gerade? Was geht im Kopf von einem vor, dessen Existenz daraus besteht, zu warten? Gar nichts. Das ist tatsächlich Donner. Er ist noch weit entfernt.

Yamilé setzt sich auf. Wie lange hat sie geschlafen? Herrgott, wie spät ist es? Die Machete ist nicht mehr an ihrem Platz. Hat er sich hereingeschlichen und die Waffe weggenommen? Nein, Yamilé liegt darauf. Unter ihrem Schenkel fühlt es sich kühl an. Es muss spät sein, fast schon wieder früh. Sie ist erfrischt. Der Kopf ist freigespült von Befürchtungen. Jetzt wird sie dazu imstande sein. Manolito. Das ist alles, was zählt. Wenn das Ziel klar ist, ergibt sich der Weg von selbst.

Yamilé stellt die Beine auf den Boden, ihre Füße finden die Stiefel. Gutes Schuhwerk ist wichtig. Sie schlüpft hinein. Bindet das Haar hoch und versteckt es unter dem Kopftuch. Nimmt die Machete. Draußen ist es dunkler als vorhin. Kein Donner. Sie geht zur Tür, öffnet sie und schlüpft ins Freie. Verlässlicher Mond, du bist kein aufdringlicher Beobachter mehr, du hast dich bedeckt.

Manolito schläft im Haupthaus, im Zimmer neben den Großeltern. Sie haben es in ein Paradies verwandelt. Eine Holzeisenbahn, Pfeil und Bogen, Bücher und Zeichensachen. Am Fischweiher hat Ramón eine Plattform anbringen lassen, von der Manolito ins Wasser springen kann. Die Mutter hat Yamilé all diese Errungenschaften gezeigt. Ihre Tochter soll wissen, dem Jungen fehlt es an nichts. Der alte Hévia, denkt Yamilé. Er hat Menschen auf dem Gewissen, viele Menschen. Auf ihn wartet nichts als die Hölle. Nur durch seine Liebe zu Manolito wird er sich den Himmel nicht erkaufen.

Kein Menschengeräusch, nur das nächtliche Kichern und Flattern, das Zirpen. Yamilé hängt die Machete mit dem Lederband ans Handgelenk. Sie schleicht an der Rückseite des Gästehauses entlang und schlüpft zwischen die Sträucher. Sollte ihr jemand folgen, muss sie ihn hier hören.

Aus dem Nichts zuckt der Blitz über den Himmel, fährt der Donner nieder. Yamilé duckt sich, wie ein Waldläufer vor dem Sprung. Da blitzt es wieder grell in den Wolken, das Gewitter hat sich direkt über *Los Cruceros* versammelt. Der Lärm wird die Bewohner wecken, der Lärm wird Yamilés Beschützer sein.

Als sie weiterwill, ist er da. Am Rande der Sträucher steht ein Wassertrog für die Pferde, dahinter hat er sich verborgen. Ein Schemen, der sich auf den Rand des Troges stützt. Das ist kein Wächter – die gehen stets zu zweit, die verstecken sich auch nicht. Das ist der Schakal. Sie ist schwächer als er, darum muss sie schneller sein. Vielleicht hat er sie noch nicht gesehen. Seit Monaten schleicht dieser Mann durch ihr Leben, schnüffelt ihr nach, taucht manchmal unauffällig, doch unübersehbar auf. Ihren Hass gegen diesen Mann will sie benutzen, rennt vorwärts, packt den Griff der Waffe und springt zum Trog. Für Manolito!, denkt sie und reißt die Machete hoch. Sie hat ihn überrumpelt, sie muss es tun, doch im Moment, als der Schwung sie nach vorn wirft, versagt Yamilés verzweifelte Entschlossenheit. Das Hackbeil in den Hals eines Menschen zu schlagen, das vermag sie nicht.

Das Beil aber hat seinen eigenen Willen. Hoch in der Luft, in der Wucht des Laufens erhoben, lässt es sich nicht mehr zügeln, fliegt weiter und reißt Yamilés Arm mit sich. Am

Kopf, an der Schulter des Schakals vorbei, saust die Klinge auf die Hand des Mannes zu. Er zuckt zurück, nicht schnell genug. Das Beil schlägt ein und trifft.

Ein heller Schrei. Die Machete steckt im Holz und arretiert die Hand. Zurückziehen kann er sie nicht, gebückt starrt er auf die Frau, die ihn angegriffen hat.

»Yamilé«, keucht Christian.

Vor Schreck fährt die Luft aus ihren Lungen. Mit Wucht stützt sie sich auf den Trog. Das Lederband fesselt sie an die Machete, das Beil bannt den Mann. Kopf an Kopf, Gesicht an Gesicht, Auge in Auge. Der nächste Blitz, noch näher, ein Paukenschlag ist der Donner. Sie sehen sich an. Yamilé erschrickt so über alle Maßen, dass ihr Mund sich öffnet, der Schrei darin erstickt. Auch wenn der Schmerz Christians Arm durchjagt, schaut er nicht auf die Wunde. Das Gesicht der Frau, erstarrt im Irrsinn des Augenblicks, ist alles, was er sehen will, erfüllt seine ganze Welt.

Yamilé kehrt in die Wirklichkeit zurück. Sie zieht an der Machete. »Christian, ich habe … was habe ich getan?«

»Zieh«, sagt er mit schmerzerfüllter Stimme. »Zieh fest.«

Sie reißt die Waffe hoch. Das Dunkle daran ist Blut.

»Ist das –?« Sie starrt auf das Helle neben seiner Hand.

»Mein Finger.« Er beißt die Zähne zusammen und nimmt den Finger hoch. »Zum Glück nur der kleine.«

»Kann man ihn annähen?«

Darüber muss Christian fast lachen. »Leih mir dein Kopftuch.«

Sie will es abnehmen, die Machete baumelt an der Hand. Unwillig legt sie sie beiseite. Mit dem Tuch verbindet Christian die Wunde.

»Wieso bist du hier?«, flüstert sie.

Die Frage, im Donner fast unverständlich, die einfache Frage. Er ist hier, weil er muss. Weil ihn die fürchterliche

Liebe treibt, die nur Zerstörung hinter sich lässt und Ratlosigkeit vor ihm auftürmt. Die erbärmlich schöne Liebe, der er sich lange nicht bewusst war. Die Liebe, die beweist, dass sie dem Wahnsinn ähnelt, dass sie unstillbar, unhaltbar ist, die Liebe, die der nüchterne Nordmensch nie in sich vermutet hätte. Christians Liebe schleudert ihn in die Höhe und in den Abgrund zugleich.

»Martha sagt, sie haben dein Kind entführt«, antwortet er. »Martha sagte mir, wo ich dich finde.«

»Aber du selbst …« Auch wenn sie beim Pferdetrog nicht länger bleiben können, ist Yamilé noch nicht bereit, das Naheliegende zu bedenken. »Wo kommst du her, Christian?«

»Aus Lübeck.« Er lächelt. »Wo willst du hin?«

»Zu Manolito.«

»Wo ist er?«

»Dort.«

Sie zeigt zum unbeleuchteten Haupthaus. Sie zeigt auf ihr Elternhaus, die Festung, die es zu erstürmen gilt. Während Yamilé den Arm streckt, während ihr Finger auf das Haus weist, geht der Regen nieder. So hemmungslos, dass die Villa im nächsten Moment in den Wasserströmen verschwindet. Yamilé und Christian sind durchnässt, bevor sie den ersten Schritt tun.

»Dann komm«, ruft er. »Zeig mir den Weg!«

32

In ihrem Stiefel ist Blut. Sie stützt sich auf den Stock, umklammert ihn mit beiden Händen. Der Abstieg, der Weg. Es geht schon, sagt sie. Christian trägt den Jungen. Zwischen Schlafen und Wachen weiß Manolito kaum den Unterschied. Zu Beginn fragte er, weshalb sie so weit laufen müssten. Aber je länger die Strecke sich hinzieht, desto stiller ist er geworden. Yamilé gibt die Richtung an. Sie weiß, wie man zum Hof des Bauern kommt. Von dort ist es nur ein kleines Stück zum Wagen.

Ihr Stock sinkt im Morast ein. Der Regen hat die rote Erde in Brei verwandelt. Ein unterdrückter Laut, sie fällt. Er ist bei ihr, sucht eine Stelle, wo es nicht so schlammig ist und er den Jungen ablegen kann. Christian kniet neben ihr. Sie sind nass, erschöpft und dabei aufgewühlt. Er hat einen Mann niedergeschlagen. Als sie mit dem Kind das Haus verließen, stand dieser Mann plötzlich im Weg. Kein Wächter, auch nicht der Schakal, nur ein Mann, der unter einem Vordach rauchte. Yamilé bat ihn zu schweigen. Er fing zu zetern an. Sie redete auf ihn ein, hielt ihm den Mund zu. Er wehrte sich, Christian schlug zu. Der Mann fiel auf die Terrassenkante und blieb liegen. Sie ließen die Villa hinter sich. Sie sprachen nicht darüber.

»Ich kann nicht weiter«, sagt sie und lächelt. Lächelt, damit das Kind keinen Schreck bekommt.

Er will sich den Fuß ansehen und zieht am Stiefel. Ihr Schmerzensschrei. Die Wunde, nur notdürftig verbunden, blutet, der Stiefelschaft ist dick, das Leder vollgesogen mit Blut. »Ist es der Knöchel?«

Sie nickt, verbirgt den Schmerz vor Manolito. »Hoffentlich nicht gebrochen.«

»Bestimmt nur verstaucht.«

»Ich habe mir noch nie etwas gebrochen«, sagt sie trotzig.

»Dann wirst du auch diesmal Glück gehabt haben.« Er überspielt seine Sorge. »Wir ruhen ein wenig aus.«

»Das können wir nicht.« Sie greift zum Stock.

»Du darfst nicht laufen. Du verlierst zu viel Blut.«

Yamilé zeigt auf seine Hand. »Du musst gerade reden.«

Das Tuch hat sich dunkel verfärbt. Der Schmerz kommt in pochenden Schüben. »Wir sind ein hübsches Paar.« Er zwingt sich zu einem Lächeln.

»Was ist mit deinem Fuß, Mama?« Der Junge stützt sich mit beiden Händen im Schlamm auf.

»Als wir über den Zaun geklettert sind, bin ich ungeschickt gesprungen. Da hat es knacks gemacht. Das wird bald wieder gut.«

»Wie weit müssen wir noch?«

Sie und Christian sehen sich an. »Ein Stückchen.«

»Ich bin so müde.«

»Wenn wir da sind, schlafen wir uns richtig aus.«

Christian kniet sich vor den Jungen. »Kannst du laufen, Manolito?«

Der Kleine schaut zur Mutter. Er kennt den Mann nicht, der ihn durch das Gebirge trägt. »Klar kann ich laufen.«

»Ich werde jetzt deine Mama tragen. Hilfst du mir dabei?«

»Ja«, sagt der Junge.

Yamilé will zum Stock greifen. »Das schaffst du nicht. Nicht auf einer Strecke wie dieser.«

Freundlich nimmt er ihr den Stock ab. »Anders geht es nicht.« Sie wehrt sich, als er ihre Hände ergreift.

»Das tut jetzt noch einmal weh.« Er zieht sie hoch und geht vor ihr in die Hocke. »Leg die Arme um meinen Hals.« Christian hievt sie auf den Rücken, sie schlingt die Schenkel um seine Hüfte. Sie ist schwerer als gedacht. »Gib mir die Hand«, sagt er zu Manolito.

»Das hältst du keine hundert Meter durch«, sagt sie über ihm.

»Erst ein Stück, und dann noch ein Stück und dann noch eins«, erwidert er. »So lautet ein altes Sprichwort bei uns.«

Die Kinderhand schmiegt sich in seine, Christian geht los. Er muss aufpassen, wo er hintritt.

»Erst ein Stück und dann –«, murmelt Yamilé über ihm.

Ein solches Sprichwort gibt es nicht. Christian spürt ihre Waden, die Arme an seiner Brust. Er fühlt Yamilés Atem. Eine merkwürdige Art, sich zu umarmen, denkt er. Aber eine Umarmung ist es immerhin.

Als sie den Laster erreichen, ist Yamilé kaum noch bei Besinnung. Ihr Stiefel ist nass von Blut. Er muss sie flach hinlegen. Auf dem Beifahrersitz ist nicht genügend Platz dafür. Christians Hand schmerzt höllisch. Unterwegs hatte er einen Krampf und hätte Yamilé beinahe fallen lassen. Trotzdem, *noch ein Stück und noch eins,* das Sprichwort, das es nicht gibt, behielt doch recht.

»Kannst du ab jetzt auf deine Mama aufpassen?«, fragt er den Jungen.

Manolitos Kopf sinkt vor Müdigkeit auf die Brust. Er weiß nicht, wo sie sind und wo es hingeht. »Ja«, antwortet er trotzdem tapfer.

Christian zieht seine Jacke aus und legt sie auf die Ladefläche. Er bettet Yamilé darauf, verbeißt sich den Schmerz, der seine Hand durchjagt. Den Jungen setzt er daneben. »Halt dich an der Bordwand fest, ja?«

Christian nimmt einen Stein und zerschlägt das Fenster an der Rückseite der Fahrerkanzel.

»Wenn etwas passiert, sag es mir durch das Fenster.« Er steigt zu Yamilé auf die Ladefläche. »Hörst du mich? Die erste Strecke haben wir geschafft.«

Sie schlägt die Augen auf. »Wo ist Manolito?«

»Hier bin ich, Mama.« Der Kleine beugt sich über sie.

»Geht es dir gut?« Sie fasst in sein Haar.

»Ich bin müde.«

»Ich auch.«

»Gleich könnt ihr schlafen«, sagt Christian. »Ich fahre jetzt ins Tal. Und dann?«

»In großem Bogen um die Stadt, nach Westen.«

»Ich sollte dich besser zu Martha bringen. Dein Fuß, meine Hand …«

»Nicht nach Santiago«, unterbricht sie ihn. »Auf keinen Fall. In der Sierra gibt es auch einen Arzt.«

»Die Fahrt kann Stunden dauern. Und es wird schon hell.«

»Vertrau mir.«

Wie gern würde er ihr Gesicht berühren. Doch vor den Augen Manolitos ist das unmöglich. »Welche Straße nehme ich in die Sierra?«

»Es gibt nur eine.«

Christian springt vom Wagen.

Als der Junge den Motor starten hört, hält er sich an der Bordwand fest. »Fahren wir jetzt heim?«

»Nicht in das Zuhause, das du kennst. Aber es wird dir auch gefallen.«

Vorsichtig fährt Christian los, seine Hand blutet. In der Stille der Hochebene macht der Diesel einen unangenehmen Lärm.

Das Licht ändert sich von Minute zu Minute. Der Fahrtwind hält Christian wach. Zum ersten Mal, seit er sich in

Yamilés Leben fallen ließ, denkt er weiter. Die Nacht verlief von Atemzug zu Atemzug. Jedes Ziel war nur eine Etappe. Der Ort, den er jetzt ansteuert, macht da keine Ausnahme. Durchkommen, davonkommen, darum kreisen seine Gedanken. Wie lange kann Yamilé das verkraften, mit dem Kind an ihrer Seite? Davonkommen, wohin? Kuba ist eine Insel, Yamilé ist die Frau des Gouverneurs, Tochter einer einflussreichen Familie. Deren Arm reicht weit. In die Wälder will sie, zu den Guerilleros? Was will sie dort? Mit ihnen in den Kampf ziehen, an einer Hand ihren Jungen, in der anderen das Gewehr?

Das Lenkrad ist nass von Blut. Du musst die Blutung stillen. Christian fährt langsam. Die Straße ist vom Regen aufgeweicht. Die wassergefüllten Löcher sind tückisch. Ich könnte Yamilé fortbringen, doch wohin? Außer in der Stadt am Ostseestrand bin ich selbst überall ein Fremder. Die Mittel, über die ich verfüge, stammen von den Dückerwerken. Wenn ich nicht mehr für Dücker arbeite, werden die Mittel versiegen. Soll ich mit ihr fliehen, heimlich in die Staaten übersetzen, und dann? Eine Arbeit suchen, ein bescheidenes Dasein beginnen? So weit reicht selbst Christians Romantik nicht. Sobald Yamilé in Sicherheit ist, sobald ihr Bein verarztet sein wird, braucht er einen Plan, der sie aus dem Gestrüpp herausführt, in das sie geraten sind. Sonst fahren sie geradewegs ins Verderben.

Christian fasst in seine Brusttasche und zieht den amputierten Finger hervor. Knapp vor dem zweiten Gelenk sauber abgehackt. Der Schmerz ist hell und kommt in Stößen. Diese Frau schneidet dir nicht nur ins Herz, denkt Christian lächelnd und wirft den Finger aus dem Fenster.

Die Müdigkeit umklammert ihn bleiern. Er reißt die Augen auf. Mag nicht mehr denken, doch nur die Gedanken halten ihn wach. Es geht bergab, dort unten liegt die lang gezogene

Bucht. Er wirft einen Blick hinter sich. Beide sind eingeschlafen. Der Wind spielt in Manolitos Haar.

Später, an der Gabelung, wo es nach Santiago oder in die Sierra Maestra geht, bleibt Christian stehen. Steigt aus, vertritt sich die Beine, macht ein paar tiefe Atemzüge. Yamilés Schopf taucht über der Ladefläche auf. »Wo sind wir?«, fragt sie schlaftrunken.

»An der Kreuzung. Bist du sicher, dass du zu diesen Leuten willst?«

Sie sieht ihn an. Spürt sie seinen Zweifel? »Ja, Christian.« Sie zieht den schlafenden Manolito in ihren Arm.

Christian steigt ein. »Dann also in die Berge.«

33

Der Tag geht vorüber, Stunde um Stunde. Christian kann kaum noch stehen. Spätnachts hatte er mit Yamilé und Manolito das Lager in den Bergen erreicht. Bewaffnete stoppten den Bauwagen, sie sahen aus wie Bauern oder Handwerker. Als sie Yamilé erkannten, holte einer eine Bahre, zu zweit trugen sie die Frau des Gouverneurs zu den Zelten der Rebellen. Manolito lief neben seiner verletzten Mutter her, er verstand nicht das Geringste. Es war schon Morgen, als Christian zur *Villa Melodiosa* zurückkehrte. Er zog die blutbefleckten Kleider aus und brach zur Baustelle auf. Jetzt redet er mit den Arbeitern. Merken sie nicht, dass er ihnen kaum zuhört, sehen sie nicht sein schmerzverzerrtes Gesicht? Zusammen mit Lutger und einem kubanischen Ingenieur tritt er in die Baracke. Der Mann hat beim Entwurf des Behelfskrans geholfen.

»Für die Bergung des Caissons sind wir gezwungen, Stahlteile zu verwenden, die für den Bau der Brücke vorgesehen sind«, sagt Lutger. »Wir müssen die Träger zerschneiden und neu zusammenschweißen. Wenn wir den Caisson aus dem Fluss gehoben haben, wird der Kran wieder zerlegt.«

Christian spürt Lutgers fragende Blicke. Sie hatten noch keine Gelegenheit zu reden. Lutger war aufgefallen, dass der Lastwagen von oben bis unten mit rotem Schlamm bespritzt, dass das Rückfenster eingeschlagen war. Christian hatte den Verbandskasten geholt, war in der Villa verschwunden und mit verbundener Hand wieder aufgetaucht.

»Ein guter Plan.« Er nickt dem Mechaniker zu. »Suchen Sie sich so viele Männer, wie Sie brauchen.« Er stützt sich auf die Tischkante. »Bevor wir den Senkkasten nicht geborgen haben, können wir den Bau nicht fortsetzen.«

Kaum hat der Mann die Baracke verlassen, bricht Christian zusammen. Er versucht sich am Zeichentisch festzuhalten und geht mitsamt den Plänen zu Boden.

»Was denn – was ist?« Lutger ist bei ihm und hebt ihn hoch.

»War heute Morgen jemand da?«, fragt Christian erschöpft. »Jemand aus dem Gouverneurspalast? Hat jemand nach mir gefragt?«

Lutger legt ihn auf das Feldbett und holt die Feldflasche. »Nein. Nur ein paar Arbeiter wollten wissen, wo du bleibst.« Er gibt ihm zu trinken.

Christian hebt den verbundenen Arm. »Ich habe nicht genügend Serum in der Villa.«

»Serum? Was ist passiert?«

»Ein Missverständnis.« Christian legt den Kopf zurück. »Ein *einschneidendes* Missverständnis. Ich brauche Serum gegen Wundstarrkrampf. Der Arzt auf der Halbinsel hat es bestimmt.«

»Du musst ins Bett. Ich bringe dich hinauf.«

»Nein. Ich gehe selbst.« Unter Schmerzen steht Christian auf. »Die Leute sollen nichts merken.«

Lutger stützt ihn bis zur Tür. »Wo warst du? Hast du deine *Prinzessin* wiedergefunden?«

An der scharfen Grenze zwischen Schatten und Hitze bleiben sie stehen. »Ich habe sie sogar geküsst.« Christian tritt ins Freie.

Er hat ihr einen Kuss gegeben, einen ernsten schweigenden Kuss. Er hat Yamilé davon überzeugt, dass er zurückmuss. Würde er nicht auf der Baustelle auftauchen, würde das den Verdacht sofort auf ihn lenken. Sie wollte ihn nicht gehen lassen. Er widersprach. Es war ein grauer Abschied, ein schwerer Abschied. Am Rand des Lagers ließ er sie zurück.

»Merk dir den Weg«, sagte Yamilé beim Abschied.

Der Mann mit der Bahre widersprach: »Den sollten Sie besser gleich wieder vergessen.«

Unmerklich auf Lutgers Arm gestützt, überquert Christian den Bauplatz. Im Hintergrund sprühen Funken, Stahl wird geschnitten. Lutger hilft ihm in den Wagen, mit letzter Kraft fährt Christian zurück zur Villa. Die Treppe zur Veranda scheint ihm unüberwindlich, und in der Hitze schmerzt die Hand noch mehr. Eine Stufe nach der andern. Er erreicht den Absatz, taumelt ins Haus und fällt, ohne sich auszuziehen, auf das weiße Bett.

Als er erwacht, dämmert es schon. Lutger ist da; er kocht etwas. Christian hat Fieber. Er nimmt den Verband ab. Lutger erschrickt auf seine ruhige Art, als er den fehlenden Finger bemerkt. Er hat den Impfstoff besorgt. Die Injektion setzt Christian sich selbst.

Auf der Veranda treten die Moskitos ihre abendliche Herrschaft an. Sie essen im Haus. Christian löffelt langsam mit der rechten Hand. »Gut ist das.«

»Du brauchst Schlaf.«

»Ich muss zurück in die Berge.«

Lutger kaut. »Das solltest du nicht.«

Christian zuckt die Schultern. »Deshalb bin ich hier, Peter. Aus keinem anderen Grund.«

»Und wenn sie dich kriegen? Wenn sie dir schon auflauern?«

Christian schaut aus dem Fenster. »Gleich ist es dunkel. Ich muss los.«

»Soll ich mitkommen?«

»Sie würden dich nicht mal in die Nähe des Lagers lassen.«

Er steht auf. »Dass du mir bei der Brücke hilfst, ist mehr, als ich erwarten kann. Im Morgengrauen bin ich zurück.«

Er hat sich verfahren. Er hat versucht, sich die Strecke einzuprägen, aber nachts ähneln sich die Felszinken, die Palmen, die ihm als Markierung dienten, die Kehren und Serpentinen. Es gibt zu viele Gabelungen, zu oft wandelt sich die Straße zum Trampelpfad, verschwindet auf einer steinigen Platte oder schlängelt sich durchs Gestrüpp.

Wer immer die Widerständler in den Bergen sein mochten, sie nutzten die Wildnis der Sierra meisterlich. Christian kann den Weg zu ihnen nicht wiederfinden. Bei der nächsten Möglichkeit dreht er um. Er will zu dem auffälligen moosbewachsenen Ceibabaum zurück, bis dorthin schien ihm der Weg richtig. Er ist kaum auf der Rückfahrt, als er in einiger Entfernung ein Licht entdeckt. Jemand kommt ihm entgegen. Ein einzelner Scheinwerfer. Christian schert auf einen Seitenpfad aus, löscht das Licht und stellt den Motor ab. Er lauscht. Eine kraftvolle Maschine nähert sich, das Fahrzeug holpert über die schlechte Straße. Es verlangsamt und hält nicht weit von Christians Versteck. Das tiefe Dröhnen endet. Verschreckt vom Lärm sind die Nachttiere verstummt, unerwartete Stille. Der Fahrer steigt ab, geht ein paar Schritte und bückt sich, als würde er etwas suchen. Er steigt wieder auf, tritt den Kickstarter und fährt weiter.

Christian wartet eine halbe Stunde. Wenn dieser Mann ihn verfolgt, wird er bald merken, dass er die Spur verloren hat, und umkehren. Oder kam er zufällig vorbei? Die Höfe der Bauern enden an den Ausläufern der Sierra, in der Höhe ist das Gebirge praktisch unbewohnt. Christian möchte an einen Zufall glauben und fürchtet, dass er sich belügt.

Eine Nacht lang war er mit Yamilé zusammen. Ein verlorener Finger, ein angesprengter Knöchel, ein verstörtes

Kind – eine Nacht, die man besser schnell vergisst, und die er doch nie wird vergessen können. Yamilé an ihn geschmiegt. Der Kuss. Der Abschied im Morgengrauen.

Christian sieht ihrer Begegnung zwiegespalten entgegen. Die Gesellschaft dieser Leute, die sich um sie kümmern, ist ihm unbehaglich. Ein Camp voller Männer, die ihm misstrauen, die ihm nicht gestatten werden, mit ihr allein zu sein. Aufgeregte Männer, die sich zu einem Kampf versammeln, der nicht seiner ist. Ihre Ziele mögen ehrenhaft sein, Christian hat nichts damit zu tun. Er hat bereits einen Krieg mitgemacht und weiß, es sind stets die Unschuldigen, die darunter leiden. Auf Kuba soll ein Machthaber gestürzt werden, das mag richtig sein. Aber Umstürze schaffen nur neue Machthaber. Das Ergebnis ist selten besser.

Christian hat Schmerzen und keine Medikamente dabei, sie zu lindern. Nachdem er fast eine Stunde gewartet hat, startet er den Laster und kehrt auf die Straße zurück. Vielleicht war es wirklich nur ein einsamer Bergbewohner. Christian findet den umgestürzten Ceibabaum, an dem das Moos hochwuchert. Heute ist es zu spät weiterzusuchen. Er nimmt den Weg aus den Bergen, die Strecke nach Santiago und erreicht die *Villa Melodiosa* nach Mitternacht. Lautes Schnarchen begrüßt ihn. Im Zimmer, wo früher Carlotta schlief, hat Lutger sich einquartiert. Christian nimmt etwas gegen die Schmerzen, legt sich ins eigene Bett und hört dem Röcheln des Geologen zu. Mit Yamilés Bild vor Augen schläft er ein.

34

Der Geruch von gekochtem Maniok zieht durch das Lager. Im Zelt ist es heißer als draußen. Ihr Bein ist bis zum Knie geschient und straff verbunden. Sie muss liegen. Mit überkreuzten Beinen sitzt Christian da. Er möchte sie umarmen, das Pochen ihrer Halsschlagader spüren, den Haarkringel am Ohr berühren, den schweißglänzenden Hemdausschnitt.

Er durfte zu ihr, aber nicht allein. Ein Kerl, den sie Jorge nennt, hockt in der Zeltöffnung. Auf einer Decke spielt Manolito mit Stöckchen. Absurder Krankenbesuch, lächerlicher Versuch, Konventionen einzuhalten, mitten in der Wildnis. Vor dem Bewacher, auch vor Manolito sind offene Worte nicht möglich. Sie reden darüber, wie lange Yamilé den Liegeverband tragen muss. Der Junge sagt, dass er das Essen mag, weil es direkt auf dem Feuer gekocht wird. Im Gouverneurspalast bekommt er sein Maniok auf Tellern mit Silberrand serviert. Die Männer sind nett zu ihm, einer ließ ihn sein Gewehr halten.

Christian muss an Yamilés Briefe denken. In diesen Zeilen waren sie perfekte Liebende, ihre Offenheit war grenzenlos. Frei ließen sie ihre Gefühle fließen, es lagen ja viele tausend Meilen zwischen ihnen. Jetzt sitzen sie auf engstem Raum beisammen, und doch trennen sie Welten. Die Welten, aus denen ihre Leben bestehen.

Vor der Abenddämmerung ist Christian losgefahren, diesmal fand er das Ziel ohne Mühe. Er blieb mehrmals stehen und wartete auf einen möglichen Verfolger. Kein Motorrad tauchte auf, nur ein Bauer mit seinem Sohn, der einen Esel ritt.

Als Manolito hinausschlüpft, weil er neue Stöckchen suchen will, nimmt Christian verstohlen Yamilés Hand. Ihre Augen sind ängstlich, dabei freudig. Ihr Daumen umspielt seinen Ballen. Er hört sich ein Du flüstern. Jorge dreht sich um und fragt, ob Yamilé etwas trinken will. Ihre Hände fahren auseinander, sie wenden die Blicke ab.

»Ein bisschen Wasser, Jorge.«

Vor dem Zelt ist es laut, Männerlachen, eine Frau plaudert von ihrem Papagei. Eine Ziege meckert. Alles ist anders als damals in der Kirche von Santiago, als die Dunkelheit ihr Komplize war. Ihre Berührungen waren Signale, sie sprachen von Wünschen und Geheimnissen. Ein halbes Jahr ist vergangen. Sie sind vertraut geworden im verhüllten Umgang mit ihrer Liebe. Doch was jetzt geschieht, ist ihr erster wahrer Kuss. Sie küssen sich in der Hast der Sekunden, die Jorge braucht, um Wasser in einen Blechnapf zu schöpfen. Sie küssen sich in der Gewissheit, dass Manolito gleich mit neuen Stöckchen ins Zelt schlüpfen wird. Christian hält Yamilés Nacken, schmeckt ihre Lippen, seine gesunde Hand erforscht ihre Wirbelsäule, die Schulterblätter, den Ansatz ihres Haares. Sie flüstert etwas, er versteht es nicht und holt ihre Lippen zurück zum Kuss.

Jorge schlüpft wieder herein und füllt Yamilés Becher.

»Wann kommt der Doktor?«, fragt sie und überspielt ihre Erregung.

»Er ist noch bei dem Mädchen mit der Bindehautentzündung.«

»Es sind auch Kinder im Lager?«, fragt Christian überrascht.

Sie nickt. »Manche sind mit ihrer ganzen Familie heraufgekommen. Manche Familien hatten keine andere Wahl.«

Würde man Christian in diesem Moment fragen, sähe seine Definition von Folter so aus: Er ist der Geliebten nah, spürt ihre Berührung noch und darf nichts weiter unternehmen. »Von was leben die Leute hier?«, fragt er, weil die wahren Fragen unmöglich sind. »Wie lange wird es dauern, bis man euch entdeckt?«

»Ziemlich neugierig, dein Freund«, mischt sich Jorge ein.

»Ohne ihn hätte ich es nie zu euch geschafft«, erwidert Yamilé. Ihre Augen sind bei Christian, dem Geduldigen, dem Zärtlichen. Während ihre Augen miteinander sprechen, sind sie glücklich.

Die Zeltbahn wird zurückgeschlagen, ein weiterer Besucher lässt die Aussicht auf einen ungestörten Augenblick schwinden. »Guten Abend«, sagt ein alter Mann und setzt sich neben Yamilé. Sein Kopf ist kahl, statt eines Brillenbügels benutzt er Gummibänder. Sein Schnäuzer ist aschgrau. Trotz des Alters hat er kräftige Unterarme und Hände, die einem Ringer Ehre machen würden.

»Darf ich dir Monteiro vorstellen?«, sagt Yamilé.

»Monteiro?« Eine ferne Erinnerung taucht bei dem Namen auf.

Der Alte schüttelt ihm die Hand. »Ich habe schon einiges von Ihnen gehört. Nein, nicht von Yamilé«, sagt er, als Christian sich zu ihr wendet. »Von meiner Frau.«

»Ihrer Frau? – Monteiro … Martha?«, fragt Christian ungläubig. »Sie sind Doktor Pessão? – Aber Sie sind doch tot.«

»Manchmal fühle ich mich tatsächlich so.« Der alte Mann lächelt. »Im Moment bin ich allerdings nur für die Leute im Tal tot.«

»Als praktischer Arzt konnte er früher die Mitglieder der Bewegung unverdächtig in seiner Praxis empfangen«, erklärt Yamilé.

»Leider ist meine Tarnung aufgeflogen.« Pessão hebt die

Schultern. »Bevor sie mich verhaften konnten, entschloss ich mich, lieber zu *sterben*. Es war ergreifend, als sie meinen Sarg in die Erde gelassen haben. Martha gab eine prächtige Trauernde ab.«

Christian schaut von einem zum andern. »Und wer wurde in Wirklichkeit begraben?«

Pessão gießt sich Wasser ein. »Eine von Marthas Ziegen. Ich habe meinen eigenen Totenschein ausgestellt. Ein befreundeter Arzt hat unterschrieben.«

»Warum erzählen sie dem Fremden das alles?«, fragt Jorge.

»Misstrauen ist wie Brennnesseltee«, antwortet Pessão. »Er ist gesund, schmeckt aber nicht besonders. Manchmal muss man ihn mit einem Stückchen Vertrauen süßen.«

»Wem könnte ich schon etwas erzählen?«, fragt Christian.

»Martin Root zum Beispiel.«

»Weshalb sollte den Amerikaner das interessieren?«

»Die USA wollen immer genau wissen, was auf unserer Insel passiert, sie wollen die Fäden unserer Politik in der Hand behalten. Martin Root ist Auge und Ohr der Amerikaner auf Kuba, zugleich ist er ihr Puppenspieler. Der Gouverneur, sogar der Präsident glauben, Root sei ihr Freund, in Wahrheit sind sie seine Marionetten.« Pessão trinkt. »Ich habe eine Frage an Sie, Señor. Warum sind Sie nach Kuba zurückgekehrt?«

Christians Blick zu Yamilé verrät ihn.

»Ich spreche nicht von Ihren privaten Gründen.«

»Ich soll auf deutsche Kosten eine Brücke bauen. Im Gegenzug erhält meine Firma die Nickelschürflizenz in der Provinz Santiago.«

»Von wem kam das Angebot?«

»Von Martin Root. Er vermittelte zwischen der Dücker AG und dem Gouverneur.«

Pessão mustert Christian durch seine dicken Brillengläser. »So nützlich die Brücke über den *Rio Ochoamayo* auch sein mag, dieses Geschäft hat einen Beigeschmack. Haben Sie Root etwas von dem verraten –« Pessão zeigt auf Yamilés Bein, »was in den letzten zwei Nächten passiert ist?«

»Seit ich in Kuba bin, habe ich den Mann noch gar nicht zu Gesicht bekommen.«

»Aber Sie haben mit dem Gouverneur gesprochen.«

»Stimmt, doch das war, *bevor* Yamilé zu ihren Eltern fuhr.«

»Ist Ihnen auf der Baustelle jemand Unbekannter aufgefallen?«

»Nein.«

»Haben Sie sonst etwas bemerkt, das eine Erklärung geben könnte ...«, Pessão macht eine Pause, »*weshalb* Sie hier sind?«

Christian denkt an das Motorrad. »Gestern war ich schon einmal in den Bergen unterwegs. Ich habe mich verfahren und kehrte um. Ein Motorrad kam die gleiche Strecke entlang. Ich habe meinen Wagen versteckt. Der Mann fuhr vorbei.«

»Hat er Sie gesehen?«

Christian schüttelt den Kopf.

»Wo war das?«

»Hinter der Gabelung, an der der Ceibabaum liegt.«

Pessão nickt besorgt. »Und heute?«

»Habe ich mehrmals Halt gemacht und gewartet. Niemand hat mich verfolgt.«

Draußen werden die Leute am Feuer lauter. Ein paar von ihnen streiten. Yamilé hat bis jetzt nur zugehört. Sie stützt sich auf den Ellbogen. »Gut, dass wir nicht mehr lange hier sind.«

»Ihr brecht auf?«, fragt Christian.

Statt einer Antwort zeigt der Doktor auf Christians frisch verbundene Hand. »Wie steht es mit den Schmerzen?«

»Es ist auszuhalten.«

Pessão verabschiedet sich und verlässt das Zelt. Kurz darauf kommt Manolito zurück. »Schau mal, Mama.« Er bringt einen Haufen neuer Stöckchen mit.

»Hast du Hunger?«, fragt sie.

»Kann ich Maniok haben?«

»Ich hol dir noch eine Portion.« Jorge verlässt das Zelt.

Sie sehen einander an. Christian kann sich nicht erklären, weshalb er auf einmal traurig ist.

Im Büro brennt kein Licht. Trotzdem ist es hell. Der Exerzierplatz vor dem Fenster wird von Scheinwerfern bestrahlt. Martin Root legt den Hörer auf und tritt vor das Bild des Präsidenten. Der Mann hat kalte Augen und einen weibischen Mund. Er ist erst ein paar Monate im Amt, schwer einzuschätzen, welche Richtung das nehmen wird. Der vierte Präsident, dem Martin dient, seit er für die Regierung arbeitet.

»Ich habe ein Geschenk für Sie, Mister President.« Martin beugt sich vor die Fotografie. »Morgen zum Frühstück wird man es Ihnen servieren.«

Vielleicht spielt man es auch an ihm vorbei, denkt Root. Die Navy lässt sich ungern bei solchen Operationen bevormunden. Die wissen, zwischen Guantánamo und Washington liegt ein weiter Weg. Das Platt-Amendment gibt uns im Fall von inneren Unruhen auf Kuba das Recht zur Intervention. Die Unruhen stehen bevor. Wir werden unser Recht ausüben, und die Kubaner werden kuschen.

»Sind Sie einverstanden, Mister President?« Martin nimmt das unverbindliche Lächeln Hoovers als Zustimmung. Er öffnet die Tür. Der Gefreite im Vorzimmer hat die Beine auf den Tisch gelegt. Er fährt zusammen. »Entschuldigung, Sir.«

»Es ist spät geworden, Tanner.« Martin lächelt väterlich. »Verbinden Sie mich mit der *Hütte.*«

Eine Viertelstunde später wird das Gespräch mit dem stellvertretenden Stabschef des Weißen Hauses zu ihm durchgestellt.

»Wir sind so weit, Sir«, beginnt Martin nach kurzer Begrüßung. »Doch, die Information ist zuverlässig. Wir kennen den Ort. – Nein, den Mann kennen wir noch nicht, aber wir sind sicher, dass er sich bei den Rebellen aufhält.« Martin hört sich die Bedenken des Stabschefs an. »Wir sind überzeugt, dass ein Angriff aus den Bergen unmittelbar bevorsteht, ein Anschlag auf Einrichtungen der Provinzregierung.« Er unterbricht den Stabschef. »Abzuwarten würde den Rebellen einen unnötigen Vorsprung verschaffen. Ich denke an die Menschenleben, die wir retten können, Sir.« Schmunzelnd betrachtet er sich selbst im spiegelnden Glas des Präsidentenbildes. »Das Wetter ist günstig. Die Operation kann in vierundzwanzig Stunden beginnen.« Darauf spricht der Stabschef. »Das sehe ich ein, Sir. Deshalb dachte ich an kleine Einheiten mit leichter Bewaffnung. Wir gehen rein, wir gehen raus. In diesem Fall bräuchte ich keinen schriftlichen Befehl von Ihnen. Ihr Wort genügt mir, Sir.«

Martin wirft seinem Vorgesetzten den Brocken hin, nach dem er schnappt. Es bedeutet, keine Unterschrift unter ein verräterisches Papier, die Verantwortung bleibt bei den Militärs in Guantánamo. Im Erfolgsfall wird sich der Stabschef mit der Intervention schmücken, bei einem Scheitern kann er sich genauso leicht von allem distanzieren.

»Das ist eine erstklassige Entscheidung, Sir«, antwortet Martin. »Ich halte Sie auf dem Laufenden. Meine besten Grüße an Ihre Frau. – Danke, ich richte es Hillary aus. Ihnen auch eine gute Nacht.«

Martin legt auf. »Schleimscheißer«, sagt er in die Stille seines Büros, setzt sich und lehnt den Drehstuhl bis zum Anschlag zurück. Der Schakal hat seine Aufgabe glänzend gelöst.

Der Deutsche wurde beschattet. Damit steht fest, wo Yamilé sich aufhält – und der Anführer der Rebellen. Nur wer er ist, das wissen sie noch nicht. Kann man den Körper angreifen, wenn man nicht weiß, wer der Kopf ist? Martin verschränkt die Hände im Nacken. Ich brauche nur noch einen winzigen Stein, damit ich die Lawine lostreten kann.

Der Gefreite tritt ein. »Haben Sie noch etwas für mich, Mister Root?«

Das Uniformhemd des Jungen sitzt wie eine zweite Haut. »Gehen Sie nur, Tanner. Ich schließe ab.«

»Gute Nacht, Sir.« Er macht kehrt.

Ein winziges Steinchen. Und ich weiß auch schon, wie ich es ins Rollen bringe.

35

Kaum hat Christian das Lager betreten, lässt er sich zu Pessão bringen. Hinter ihm schließt sich das Tor aus gekreuzten Bambusstangen. Jorge führt ihn an palmgedeckten Hütten vorüber, an der offenen Küche, wo die Frauen das Maismehl mit der Hand mahlen, auch an der Latrine, die mit jedem Tag unangenehmer riecht. Jorge erklärt, dass ihnen der Kalk ausgegangen sei. Es sind kaum Männer auf den Beinen. In der Mittagshitze bleiben sie in den Zelten. Christian erreicht eine Hütte, die zwischen mannshohen Farnen fast verschwindet.

Jorge öffnet die Tür. »Er sagt, es ist dringend.« Er bleibt im Freien.

Drinnen behandelt Pessão einen ausgemergelten Mann. Er ist höchstens vierzig und so schwach, dass er kaum den Kopf hebt, als Christian die Krankenstation betritt.

»Wir töten die Biester«, sagt der Doktor und tut ein paar Pillen in eine Schachtel. »Trink viel Wasser dazu. Ab jetzt gehst du nur noch mit Schuhen ins Freie.«

Der Mann dankt und schleppt sich aus der Hütte.

Auf Christians fragenden Blick sagt der Arzt: »Mangelnde Hygiene.«

»Darminfektion?«

»Hakenwürmer.« Pessão wäscht sich die Hände. »Der Wurm legt seine Eier im Kot ab, die Larven warten im Boden auf einen Wirt. Zu viele Leute laufen hier barfuß. Bei Hautkontakt bohrt sich die Larve in die Sohle und gelangt durch das Blut in die Lunge. Sie kommt in die Bronchien, wird ausgehustet und geschluckt. Danach setzt sich das Vieh im Darm fest und wird zum ausgewachsenen Wurm. Der saugt das Blut aus dem Körper.« Er wischt sich mit dem Handtuch über das schweißnasse Gesicht. »Tee?«

Christian lässt sich einen Becher eingießen.

»Sie kommen tagsüber – weshalb?«

»Ich dachte, das sollten Sie wissen. Martin Root hat mich besucht.«

»Wann?«

»Heute Morgen, als die Arbeit begann.«

»Was wollte er?«

»*Sehen, wie es mit der Brücke vorangeht.* Das sagte er zumindest. Er betrachtete den abgesoffenen Caisson im Fluss. Ich habe ihm unser Problem erklärt. Darum ging es Root natürlich nicht. Er wollte mich unter vier Augen sprechen. Ich musste die anderen aus der Baracke schicken.« Christian trinkt.

»Was wollte er?«

»Er wusste, dass Manolito zu seinen Großeltern gebracht wurde und dass Yamilé mit dem Kind von dort geflohen ist. Root macht sich Sorgen um Yamilé, sie sei in Gefahr. Er sprach vage, nur in Andeutungen.«

»Er lügt. Root ist immer bestens informiert. Er weiß alles und zwar durch einen Mann, den man den Schakal nennt. Um die Wahrheit zu sagen: Es beunruhigt mich, dass ihr diesen Mann in *Los Cruceros* so leicht abschütteln konntet. Was hat Root noch gesagt?«

»Er fürchtet, dass Yamilé *in schlechte Gesellschaft* geraten sei und will sie warnen.«

»Wovor?«

»Vor ihrem Mann. Der Gouverneur wird angeblich nicht ruhen, bis er sie findet.«

»Das ist eine Binsenweisheit. Weshalb erzählt Root ausgerechnet Ihnen das?«

Christian bedenkt sich einen Moment. »Als ich das erste Mal in Kuba war, hat uns der Schakal möglicherweise beobachtet.«

»Root nimmt an, Sie könnten wissen, wo Yamilé sich aufhält?«

»Das hat er so nicht gesagt.«

Nervös fährt sich der alte Mann über den Schädel. »Ich verstehe das nicht. Root ist weder ein *Postillon d'amour*, noch jemand, den sein gutes Herz dazu treibt, zwei Liebende zu warnen. Dieser Mann will immer etwas. Was will er von Ihnen?«

»Ich habe ihm gesagt, dass ich Yamilé seit einem halben Jahr nicht gesehen habe. Er lächelte und sagte: *Sollten Sie in nächster Zeit doch mit ihr sprechen, richten Sie Yamilé aus, es wäre besser, wenn sie nach Hause kommt. Dem Jungen zuliebe.*«

»Das ist Yamilés einziger Trumpf«, antwortet Pessão. »Sie hat De Gayas' Sohn.« Er nimmt beide Teebecher, geht ins Freie und kippt den Rest aus. »Wir sind zu auffällig geworden. Wir müssen fort. Yamilés Flucht –« Er schüttelt den Kopf. »Irgendetwas stimmt daran nicht.«

»Wäre es nicht besser, wenn Yamilé und ich, wenn wir woandershin aufbrechen würden?« Christian kann die Hoffnung in seiner Stimme nicht verbergen.

»*Wir?*« Der Arzt betrachtet ihn. »Es gibt kein *Wir* zwischen Ihnen beiden, Herr Tolmein. Sie träumen davon. Das tut Yamilé auch. Befreien Sie sich von diesem Irrtum.« Dann tritt er aus dem Schatten der Krankenstation in die Sonne.

Nacht. Christian hat die Berge nicht verlassen. Er sieht keinen Sinn mehr im Versteckspielen. Die Arbeiter am Fluss fragen sich längst, weshalb er ständig die Baustelle verlässt und für Stunden verschwindet. Sie wundern sich, dass Christian mehr und mehr dem anderen Deutschen die Leitung der

Arbeiten überlässt, obwohl Lutger kein Ingenieur ist. Alles, worum Christians Gedanken sich drehen, befindet sich hier. Auch wenn Yamilé Manolito nichts von ihren Gefühlen für den Fremden spüren lassen darf, genießen sie die Minuten miteinander. Christian sitzt bei ihr im Zelt, manchmal spielt er mit dem Jungen. Sie sprechen durch die Blume und haben ein gewisses poetisches Geschick darin entwickelt.

»Ich möchte die Sommersprossen auf deiner Nase zählen«, hat Yamilé am Nachmittag gesagt, damit Christian sich zu ihr beugen musste. Während sie zählte, sahen sie einander an. Unmerklich legte er seine Hand auf ihre Hüfte.

»So viele können das nicht sein«, rief Manolito, als Yamilé bei hundert angelangt war.

Christian schläft im Freien. Die Hispanos erwarten das von ihm. Sie haben begriffen, wie es um ihn steht, doch Yamilé ist eine verheiratete Frau. Zärtlichkeiten würden Aufsehen erregen, sagt Pessão. Christian schützt sein Gesicht vor den Moskitos. Er sieht sich selbst als verliebten Narren, der vor dem Zelt der Angebeteten Wache hält. Mit diesem Bild vor Augen schläft er ein.

Der Lärm ist nahe. Das sind Artilleriegranaten, erkennt Christian im Erwachen. Sie schlagen im hinteren Teil des Lagers ein. Rund um ihn sind die Männer auf den Beinen, viele laufen zur Krankenbaracke. Christian reißt das Zelt auf. Yamilé hält Manolito im Arm. Ängstlich lauscht der Kleine auf das Unheimliche vor dem Zelt.

»Was ist das?«, fragt sie.

»Der Angriff.« Christian rafft einige Sachen zusammen. »Wir müssen dich tragen. Ich hole Jorge.«

»Christian –«

»Ja?«

»Wenn mir etwas zustößt …« Ihr Blick fällt auf Manolito.

»Uns stößt nichts zu.« Er läuft nach draußen.

Christian rennt an leblosen Körpern vorbei. Männer, im Schlaf überrascht. Die Leute aus den Bergen sind auf den Angriff nicht vorbereitet. Das ist kein Aufstöbern einer revolutionären Zelle, denkt er, das kommt einer Exekution gleich.

Mit anderen Männern erreicht Christian die Krankenstation. Pessão packt Verbandszeug und Medizin ein. Er ist umringt von seinen Leuten. Eine Bahre lehnt an der Wand. Leinenstoff, an zwei Bambusstangen befestigt. Christian greift zu.

»Das haben wir Ihnen zu verdanken.« Pessão wendet sich um.

»Mir?«

»Ihr Besuch, unmittelbar nachdem Root Sie aufgesucht hat. Sie haben genau das getan, was er erwartete. Er hat Sie aufgescheucht, und Sie zeigten ihm den Weg. Den Rest besorgt die Navy.«

»Sind das nicht die Truppen des Gouverneurs?« Christian spürt die Blicke der Männer.

»Das sind die Amerikaner. Die Verfechter von Freiheit und Demokratie.« Pessão schließt die Tasche.

»Ich muss zu Yamilé.«

Christian verlässt die Station und läuft zurück. Pessão hat recht, natürlich hat er recht. Die Stangen wie Lanzen vor sich hertragend, kommt Christian ans Zelt.

»Hilfst du mir, Jorge?«

Yamilés Beschützer lädt sein Gewehr. »Ich muss kämpfen.«

»Die werden euch niedermachen. Hier gibt es nichts zu kämpfen!«

Gewehrschüsse vom Tor werden von schwerem Feuer erwidert. In heilloser Flucht rennen die Männer durcheinander.

»Wir müssen Yamilé rausbringen.«

Jorge schüttelt den Kopf. »Ich kämpfe.« Das Gewehr im Anschlag, verschwindet er zum Tor.

Christians Blick fällt auf die Bambusstange. An der Hand, die sie hält, fehlt ein Finger. Sein Hemd ist schmutzig vom Liegen auf der Erde. Ein Auge schmerzt, die Moskitos haben gründliche Arbeit geleistet. Die Einschläge kommen näher. Mit wütender Geste wirft er die nutzlose Bahre zu Boden und schlüpft ins Zelt. Yamilé hält einen Revolver im Anschlag.

»Weißt du noch, wie wir durch die Berge gelaufen sind?«, fragt Christian den Jungen.

Manolito kann vor Angst nicht sprechen.

»Das machen wir jetzt wieder.«

»Nein.« Yamilé zieht den Kleinen an sich.

»Jorge ist weg.«

»Wir bleiben hier. Miguels Soldaten werden mir nichts tun.«

»Das sind nicht seine Truppen, das sind Kubas *Verbündete*. Root hat sie losgeschickt. Ich bin sicher, er möchte so wenige Zeugen wie möglich.«

Yamilé hält ihrem Sohn die Ohren zu. »Miguel lässt vielleicht zu, dass sie mich töten, aber nicht seinen Sohn.«

»Dein Mann hat diese Entscheidung längst nicht mehr in der Hand. Ich flehe dich an, komm!«

»Aber wie?«

»Steck die Pistole weg und halt dich fest.« Er hebt Yamilé hoch und trägt sie aus dem Zelt.

Ein schwerer Einschlag in der Nähe. Waldboden, Wurzeln, Steine werden in die Luft geschleudert.

»Glaubst du mir jetzt, dass man hier niemanden *beschützen* kann?« Er geht in die Hocke. Yamilé umschlingt seinen Hals und presst die Beine um seine Hüften. »Langsam gewöhne ich mich an diese Art, mit dir zu reisen.« Er nimmt Manolitos Hand. Wieder eine Detonation. »Was auch geschieht, bleib dicht bei mir«, schreit er über den Geschützlärm hinweg. Er läuft los. Umgeht die Zelte, weicht den Flüchtenden aus. Yamilés Beinschiene schlägt gegen sein Knie.

»Du läufst ihnen direkt in die Arme!«, ruft sie.

Er wendet sich zu der kleinen Senke, aus der es seit Tagen stinkt. Christian betritt die Latrine, steigt in den Schlamm dahinter. »Geh durch«, zischt er Manolito zu.

Sie waten knöcheltief darin. Sie nähern sich dem Abfluss. Wo der Regen die Fäkalien den Abhang hinunterspült, befindet sich eine Öffnung im Zaun. Christian schlüpft durch und zieht den Jungen hinterher. Manolito gleitet aus, zieht sich an Christians Arm wieder hoch.

»Mein Auto haben sie bestimmt entdeckt.« Christian stakst das abschüssige Gelände hinunter. Yamilés Hände um seinen Hals. Seine Schuhe, die sich in den Boden bohren. Mit jedem Schritt. Feuergarben vom Gipfel des Berges. Je tiefer sie kommen, desto leiser werden die Geräusche. Der Junge läuft geschickt, er stützt Christian manchmal. Baumstämme bieten kurze Rast. Mit jedem Schritt.

36

Er liegt und lauscht, sie liegt an seiner Seite. Sie leben, ein neuer Tag beginnt. Sie sehen den Morgen und sind wach. Manolito schläft im Schatten eines Strauches. Christian hat den Jungen gewaschen. Der Bach ergießt sich in das Felsenbecken und füllt es bis zum Rand, bevor er sich in die nächste Vertiefung stürzt. Manolito hat getrunken und sich hingelegt. Christian hat auch Yamilé gewaschen. Dann sprang er selbst ins Becken und blieb lange unter Wasser. Vor Erschöpfung und Erleichterung schloss er die Augen. Es ist unwirklich, dass sie leben.

Er deckt Yamilé mit ihren Kleidern zu. Das erste Licht gaukelt Reinheit vor und die Hoffnung, das Schlimmste sei überstanden. Christians Brustkorb hebt sich, seine Hand sucht die von Yamilé. So liegen im Niemandsland. Wo sie Nahrung finden werden, wo die nächste Straße ist, weiß keiner. Man wird sie suchen, sucht sie wahrscheinlich schon. Wie lange hält der kleine Junge durch? Und Christian? Er legt sein Gesicht, das noch kühl vom Baden ist, an ihre Wange. Sie rückt an seine Seite. Die Beinschiene klappert. Gleich geht die Sonne auf. Zeigt sie sich, bricht ein Tag voller Gefahren an. In dieser Stunde des Zwielichts möchte Christian gern verharren. Er küsst sie. Sie sieht ihn an, Schmerz, Elend, Ausweglosigkeit sind in ihren Augen. Yamilé küsst sein bärtiges Gesicht, die Stirn, die Brust. Er liegt ganz still, nicht aus Wonne, sondern weil er sich an das Schöne erst gewöhnen muss.

Beide heben den Blick. Vergewissern sich, dass Manolito schläft. Sie lachen einander ins Gesicht und küssen sich.

Ihre Zungen spielen miteinander. Sie zögern, ungläubig, dass nichts mehr zwischen ihnen stehen soll, ein grenzenloser Moment. Christian schiebt die Kleider beiseite, der Felsen ist noch kühl. Sie legt sich unter ihn. Vorsichtig spielt er mit ihren Schenkeln. Ihr Bauch spannt sich an. Er küsst ihre Hüftknochen, den Nabel. Sie wendet ihm den Po zu, er küsst auch ihn. Eine falsche Drehung, ihr Schmerzenslaut, der verletzte Fuß. Christian legt sich auf den Rücken und hebt Yamilé über sich. Sie schwebt und lacht. Nur an der Taille hält er sie fest. Er lässt die Nackte noch ein wenig zappeln. Schließlich sinkt Yamilé auf ihn, leicht und selbstverständlich.

Sie sind so ungeübt im Glück, dass es eine Weile braucht, bis sie sich darin zurechtfinden. Wie eine bösartige Erstarrung hält das Erlebte sie noch fest. Sie umfassen den Körper des anderen, zerren und verbeißen sich darin. Erst allmählich entzünden sie sich an ihrer Liebe, erlauben ihr, sie fortzutragen. Es ist kein Taumel, kein Orkan, bewusst erleben sie die Sekunden des geteilten Glücks, sind aufmerksam in ihrer Liebe, wollen verstehen, wieso sie jedes andere Gefühl verblassen lässt. Sie vertrauen der Liebe. Sie sind Entdeckungsreisende ihres Glücks und fürchten sein Schwinden. Sie lieben einander, während der große helle Ball der Sonne aufgeht und sie wärmt. Sie lieben sich, als die Salamander auf den Stein huschen und die Hitze suchen. Sie lieben sich, als ein Seufzen in der Nähe ihnen sagt, dass die Vernunft nun zurückkehren muss und die Konturen schärfer werden.

Bevor Manolito vollends erwacht, lassen Christian und Yamilé sich ins Wasser gleiten, umarmt im Wunsch, ein wenig von dem festzuhalten, was mit dem aufsteigenden Tag verschwindet.

Sie kriegen uns, sie trennen uns, sie werden uns wehtun. Christian läuft so zielstrebig, als ob hinter der nächsten Palme schon das Ziel läge. Als ob der Wall aus roter Erde, der blanke Fels, der Lianenvorhang einen Weg ergäben, der zu einem Ort führt, der zum Ausgangspunkt des nächsten Zieles werden kann. Es gibt kein Ziel. Und keinen Weg dorthin. Hier ist nur Dickicht, Tropenfäulnis, dampfender Boden. Das ist Insektenland, eine kreischende Vogelwelt. Es ist kein Ort für Menschen.

Christian ist allein. Kaum eine Stunde haben die beiden durchgehalten, nachdem sie von ihrer Rast aufgebrochen waren. Manolito wollte sich nicht mehr führen lassen, Yamilé hatte schlimme Schmerzen. Christian konnte sie nicht länger tragen. An einer Biegung des Baches, im Schatten einer Sandbank, wo sie Wasser haben und sich ihnen niemand unbemerkt nähern kann, richtete Christian einen Rastplatz ein. Sie sagten Manolito, er könne am Ufer spielen, während Christian etwas zu essen holen würde. Er prägte sich einen Baumriesen ein, der sich dort erhob. Den finde ich bestimmt wieder, log er. Yamilé verstand, wie gering die Chance war. Es war ihre einzige.

Selbst wenn ich sie wiederfinde und aus der Wildnis hole, werden sie uns früher oder später kriegen. Sie trennen uns, sie tun uns weh. *Das Erdbeben in Chili* fällt Christian ein. Bei Kleist überstehen Mann und Frau die Katastrophe und werden später umso schrecklicher bestraft. Grausam ist das Schicksal, das sie den Untergang überleben lässt, um sie umso erbarmungsloser in den sicheren Tod zu führen.

Christian will die düsteren Gedanken wegschieben, doch sie sind überall. Nass ist er von oben bis unten, in seiner Hand pocht der Schmerz. Insekten hängen an seinen Beinen, er schlägt nicht mehr nach ihnen. Er hat nichts gegessen, hat dem Chaos in sich nichts entgegenzusetzen. Nichts Besseres fällt ihm ein, als das Periodensystem zu repetieren. Ordnung besteht, sagt er zu sich. Alles, was sich in diesen Wäldern hochreckt, was wuchert und zerfällt, unterliegt der Ordnung. Alles. Das Ganze. *Wasserstoff*, Ordnungszahl eins, sagt er, *Lithium*, Ordnungszahl drei, *Stickstoff*, sagt er. Nein, Stickstoff gehört nicht zur Gruppe der Alkalimetalle. Die Ordnung in der Ordnung, denkt er, Chalkogene, Halogene, Kohlenstoff. Er erklimmt die Lichtung und schaut sich um. Alles sieht ähnlich aus, bis auf den Bach, der in der Tiefe fließt. Ihn darf er nicht verlieren. Er ist das Band, das ihn zu Yamilé zurückbringen wird. Vor Christian wächst der nächste Hügelrücken empor. Hügel um Hügel. Wenn du stehenbleibst, wirst du müde. Nur Bewegung hält dich in Gang. Er läuft weiter.

Ist das eine Mango? Christian erinnert sich nicht, wie Mangobäume aussehen. Die Frucht hängt so verführerisch vor ihm, dass er sie pflückt. Eine wilde Mango vielleicht, er beißt die Schale auf. Das Fleisch ist dunkler, hat die Farbe eines Kürbisses. Eine saftige Frucht, der Durst quält ihn, Christian beißt zu. Die Süße, das Fleisch ist schmackhaft. Eine Mango ist das nicht. Ein paar Bissen, er braucht Zucker, Kraft. Er isst die halbe Frucht. Im Wegwerfen denkt er, dass sie völlig anders aussieht als eine Mango. Der alte Christian behauptete, ich hätte einen Magen, der alles vertilgen kann. Das war zu Hause. So weit weg, dass Christian nur mit Mühe die Bilder findet, sich das vorzustellen. Er läuft zwischen Bäumen, eine Strecke lang sieht er den Bach nicht. Rennt die Böschung hinunter, bis er ihn fließen hört. Der Bach ist ein schlanker Arm, er weist zu Yamilé.

37

Martin Root öffnet seine Jacke. »Wie weit kann er zu Fuß schon kommen? Mit einer verletzten Frau und einem Kind?«

Stickig ist es im Palast und so totenstill, als hätten selbst die Beamten ihren Gouverneur verlassen. Jede Schlacht fordert ihre Opfer, Gouverneur de Gayas ist ein Opfer. Er hat verloren, was ihm am kostbarsten ist, Frau und Kind. Er hat etwas gewonnen, was ihm keine Vorteile bringt. Seit der Schlacht in der Sierra steht er als Bluthund da.

»Was macht Ihnen mehr Sorgen«, setzt Martin fort, »dass Ihre Frau entkommen könnte, oder dass sie im Urwald mit dem Jungen zugrunde geht?«

Ein düsterer Blick des *Gobernador.* »Meine Truppen sind in den Bergen. Ich stelle die Ordnung wieder her. Ich werde meinen Sohn in Sicherheit bringen. Was mit Yamilé geschieht, ist eine andere Frage.«

»Und der Deutsche?«

De Gayas macht eine Handbewegung, als wollte er sagen, was gibt es da zu fragen. »Der Mann ist ein Hochverräter. Er hat sich mit den Feinden Kubas verbündet.«

»Genaugenommen hat er sich eher mit Ihrer Frau verbündet.« Wenn Martin schon auf der Prunkgarnitur des Gouverneurspalastes schwitzen muss, möchte er wenigstens in De Gayas' Wunde bohren. Wie mag sich das anfühlen, Sieger zu sein und zugleich gehörnter Ehemann?

»Dieser Mann wird bekommen, was er verdient.« De Gayas verschränkt die Arme. »Was mich interessiert, ist, weshalb wir es nicht öffentlich machen, dass die kubanische Armee die Niederschlagung der Rebellen der Unterstützung ihres großen Verbündeten verdankt.«

Martin legt den Kopf zur Seite. Das also steckt dahinter: De Gayas will nicht als derjenige dastehen, der schlecht bewaffnete Bauern im Schlaf niedergemetzelt hat.

»Ausgeschlossen, Herr Gouverneur. Die erklärte Politik meines Landes ist es, der kubanischen Regierung die Lösung ihrer inneren Konflikte selbst zu überlassen.«

»Das ist die verlogenste Bemerkung, die ich seit langem gehört habe«, sagt der Gouverneur unter Aufgabe jeglicher diplomatischer Zurückhaltung.

»Es ist der Stand der Dinge. Wir haben Ihnen geholfen, das Widerstandsnest auszuräuchern. Präsident Machado ist Ihnen zu Dankbarkeit verpflichtet. Ihnen und Ihren Soldaten gebührt der Triumph. Die Navy hat sich wieder nach Guantánamo zurückgezogen.«

»Sie haben hundert Tote dort liegen lassen. Darunter Frauen und Kinder.«

»Sie wussten, dass die Widerständler mit ihren Familien in der Sierra leben.«

»Sie haben mit schwerem Geschütz angegriffen. Davon war ich nicht informiert.«

»Leichte Artillerie.«

»Frauen und Kinder«, wiederholt der Gouverneur.

Martin steht auf. »Herr Gouverneur, Sie hatten ein Furunkel an Ihrem Arsch kleben. Eine schwelende, eiternde Wunde, die früher oder später Ihre Provinz verseucht hätte. Wir haben das Geschwür ausgebrannt. Und Sie beschweren sich darüber?«

De Gayas ist es nicht gewohnt, dass außer ihm irgendjemand im Palast solche Töne anschlägt.

Martin schüttelt die Beine aus, da seine Hose an den

schweißnassen Waden klebt. »Der Kopf dieser Leute hielt sich dort oben in den Bergen auf. Wir haben ihn getötet. Ohne Doktor Pessão gibt es den Widerstand nicht mehr.«

»Wie ist Monteiro gestorben?«

»*Monteiro*?«, fragt Martin überrascht. »Sie kannten ihn?«

»Er hat mich einmal …« De Gayas zögert. »Er hat meinen Meniskus operiert. Die Beschwerden sind seitdem nicht wiedergekommen.«

»Meinen Glückwunsch. Und dieser angeblich *tote* Arzt ist nun wirklich tot.« Martin erinnert sich an die Worte des Schakals: *Diesmal feiert Pessão keine Auferstehung. Kann ich seine Brille behalten?* Der Halbindianer hat sich eine Siegestrophäe mitgenommen. »Haben Sie Pessãos Frau inzwischen verhaftet?«

»Ihr Haus war leer. Aber wir kriegen sie.«

Martin will das Gespräch beenden. Die Aktion war erfolgreich, er hat Lust, die Früchte dafür einzuheimsen. Noch heute wird er mit dem Senator telefonieren. Vielleicht lädt man ihn sogar ein, zur Berichterstattung nach Hause zu kommen.

»Die Vereinigten Staaten gratulieren der kubanischen Regierung, ihre inneren Probleme gelöst zu haben«, sagt er abschließend. »Eine Beteiligung amerikanischer Truppen hat es dabei nicht gegeben.« Auf De Gayas' Schweigen setzt er hinzu: »Die Navy hat Guantánamo nie verlassen.«

Der Gouverneur wendet sich ab und starrt das Bild von José Martí an, des kubanischen Freiheitskämpfers.

Mit Martís Hilfe habt ihr die spanischen Kolonialherren abgeschüttelt, denkt Martin und lächelt. Denkt nicht mal im Traum daran, dass ihr das mit uns, den USA, genauso machen könnt. »Habe ich Ihr Wort, Herr Gouverneur?«

Christian betrachtet die blütenweiße Hose, die man ihm gegeben hat. Auch der Verband an seiner Hand wurde erneuert. Er trinkt Limonade, taucht eine Tortilla in Avocadocreme und isst. Er sollte das Essen lieber einpacken und auf dem schnellsten Weg zu Yamilé bringen. Er kommt fast um vor Sorge. Stattdessen spricht er in aller Ruhe mit dem Mann, der ihm geholfen hat, der ihnen weiterhelfen könnte.

»Mein Junge ist noch nicht einmal getauft«, erzählt der Gutsbesitzer. Sein Name ist Ángel.

»Weshalb lassen Sie ihn nicht taufen?«

»Ich möchte ja. Aber die Kirche will erst einen Trauschein sehen.« Ángel lächelt breit. »Seine Mutter ist nicht meine Frau. Meine Frau lebt auf meiner anderen Hazienda, drüben in der Provinz Oriente. Darum bin ich gezwungen, meinen Sohn hier zu besuchen.« Er lehnt sich zurück.

Das Baby liegt in einem Korb. Es ist gerade erst erwacht und betrachtet mit ernster Miene die Decke.

»Wie alt ist er?«, fragt Christian.

»Im August wird er zwei. Eigentlich müsste er schon laufen, aber –« Ángel macht eine väterliche Geste. »Lass dir nur Zeit.«

»Wie heißt er?«

»Fidel Alejandro.«

»Ein schöner Name.«

»So genannt nach seinem Onkel. Ich werde den Kleinen zu mir nach Hause nehmen. Soll meine Frau sagen, was sie will. Die Söhne gehören zum Vater.« Ángel zündet sich eine Zigarre an und achtet darauf, dass der Rauch nicht in Christians Nähe zieht.

Halb verrückt vor Hitze, entkräftet von den Leibesschmerzen, die die unbekannte Frucht, die er verschlungen hatte, in ihm auslöste, hatte er die Plantage auftauchen sehen. Die grünen Spitzen des Zuckerrohrs, die braunen Stiele, durch eine Schneise sah er das Haus. Christian war gefährlich dehydriert. Er kannte den Zustand – theoretisch. Dass er dem beginnenden Irrsinn ähnelt, war ihm neu. Alles fühlte sich dumpf und träge an, er selbst war eine lallende Unzulänglichkeit. Er starrte in die Sonne, sank vor der weißen Scheibe zu Boden. Sein Kopf verdrehte sich grotesk, als wäre er ein Uhu. Zwei heimtückische Wesen waren seine Beine, die sich unter ihm fortbewegten. Er wusste nicht mehr, was sie als Nächstes tun würden. Manchmal knickten sie weg, dann lag er da. Manchmal musste er lachen. Manchmal übergab er sich. Christian weiß nicht, wie oft er sich ins Unterholz erleichtert hat. Alles war wund und schmerzte.

In diesem Zustand hatte er plötzlich die Ordnung entdeckt. Er stolperte förmlich in sie hinein. Dort standen Setzlinge in Reih und Glied. Als Christian am Rand des Zuckerrohrfeldes zusammenbrach, wusste er, dass er gerettet war. Die Hunde fanden ihn und kläfften. Er erleichterte sich ein letztes Mal, bevor er zu den Menschen ging. Hier hat er getrunken und geschlafen. In seiner Verwirrung sprach er wohl auch von einer Frau und ihrem Jungen, von einer Sandbank. Dass die beiden ausharren, wie lange schon? Man hat seine Kleider weggeworfen und ihm saubere Sachen angezogen. Dann wurde er dem Gutsbesitzer vorgeführt. Ángel Castro stellte ihm so wenige Fragen, dass Christian befürchtet, er wisse über die Zusammenhänge Bescheid. Die Soldaten des Gouverneurs sind in den Bergen. Sie suchen eine Frau mit geschientem Bein, einen Jungen und einen großen blonden Mann. Ein auffälliges Trio. Die Nachricht hat sich bestimmt längst verbreitet. Die Sierra ist zwar groß und dünn besiedelt, doch die Plantagen haben Telefon.

Zaghaft beginnt Christian, seine Version der Geschichte zu erzählen. »Wir hatten einen Unfall.«

»Wir?« Ángel nimmt einen Zug aus der Zigarre und behält den Rauch zwischen den Zähnen.

»Meine Bekannte, ihr Junge und ich. Der Wagen ist über

einen Abhang gestürzt. Wir haben versucht, zu Fuß weiterzukommen, aber sie ist verletzt. Ich habe sie verbunden und an einer Wasserstelle zurückgelassen. Die beiden brauchen dringend Hilfe.«

»Sie sind nicht von hier. Amerikaner?«, fragt Ángel mit schräg gelegtem Kopf.

»Ich komme aus Deutschland, bin Ingenieur. Ich baue eine Brücke in Santiago.«

»Und diese Frau ist Ihre – Freundin?«

»Eine Bekannte.«

»Habt ihr beide etwas angestellt?«, fragt Ángel mit ruhiger Stimme.

Christian trinkt Limonade. »Nein, Señor Castro. Es war ein Unfall.«

»Es gab einen Kampf in den Bergen, erzählt man sich. Viele Tote. Wissen Sie etwas davon?«

»Was für ein Kampf?«

Ángel mustert ihn misstrauisch.

Christian beugt sich vor. »Ich brauche nur einen zweiten Mann und eine Bahre, vielleicht ein Maultier. Ich finde den Weg dorthin zurück.«

»Und wenn Sie Ihre *Bekannte* hierhergebracht haben, was dann?«

»Dann belästigen wir Sie nicht länger.«

»Ich kann Ihnen kein Fahrzeug geben, damit Sie weiterkommen.«

»Ich rufe einen Freund. Er wird uns holen.«

Señor Castro raucht schweigend. »Ich habe so eine Ahnung, dass ich Schwierigkeiten kriege, wenn ich euch helfe.«

Dem Kind ist langweilig, es quengelt. Der Patrón setzt sich den Kleinen auf den Schoß. »Lassen wir das Versteckspielen, Señor. Ich will offen zu Ihnen sein: Ich mag diese Leute in den Bergen nicht. Sie denken nicht logisch. Sie wollen nicht dies oder das ändern, sie wollen gleich alles umstürzen.« Zärtlich fragt er seinen Sohn: »Hat das einen Sinn, Fidel?« Der Junge quäkt. »Es hat keinen Sinn«, nickt der Vater. »So geht das nicht auf Kuba. Man muss die Dinge allmählich in den Griff bekommen, nicht mit Gewalt.« Er schaukelt das Kind. »Andererseits gefällt es mir nicht, dass man die Leute in der Sierra einfach abgeschlachtet hat. Auf diese Weise wird das Problem nur größer. Auch die Wut.«

Christian schweigt. Betrachtet die Zehen des Kindes.

»Ich frage Sie: Waren Sie dort oben in dem Lager?«, sagt Ángel leise.

Christian atmet durch und nickt. »Die Soldaten haben nachts angegriffen. Mit schweren Waffen. Sie haben viele im Schlaf getötet.«

»Truppen aus Santiago?«

»Ich habe die Angreifer nicht gesehen. Aber ihre Granaten habe ich gehört. Und ich bin sicher, das waren die Amerikaner.«

Ángel fährt dem Jungen durch das Haar. »Die Amerikaner sind schlimmer als die Spanier waren. Sie sind wie die Heuschrecken: Sie werden niemals satt.«

Die Zigarre im Mund, das Kind auf dem Arm, steht Ángel auf. »Ich habe meine Arbeiter immer gut behandelt. Sie arbeiten gern für mich. Deshalb will ich mit den Rebellen nichts zu tun haben. Trotzdem werde ich Ihnen helfen. Die Frauen machen Ihnen etwas zu essen fertig. Sie kriegen zwei Esel. Zu Fuß würden Sie den Weg in Ihrem Zustand nicht schaffen.«

»Danke.« Christian will ebenfalls aufstehen. Ein strenges Ziehen in der Körpermitte zwingt ihn, sitzen zu bleiben.

»Ruhen Sie sich aus. Meine Männer holen Sie später ab.« Der Patrón beugt sich mit dem Baby zu Christian. »Verabschiede dich von unserem Gast. Das kann er nämlich schon. – Sag es, Fidel.«

»Adiós«, sagt der Junge mit feiner Stimme.

»Adiós, Fidel.« Christian schüttelt das Händchen des Kleinen. »Dein Vater ist ein hilfsbereiter Mann.«

»Essen Sie etwas.« Ángel wendet sich zum Gehen. »Und machen Sie in Zukunft einen Bogen um Früchte, die Sie nicht kennen.« Mit langsamen Schritten trägt er das Kind hinaus.

Vierter Teil

38

Wie ein Wurm, hochgewirbelt mit der Erde, die ein Spaten aufwirft. Wie ein Krebs, den die Flut am Strand zurücklässt. Wie der einzige Baum, den ein Waldbrand unberührt lässt, zwischen Asche und Skeletten.

Nie ist das Paradies die Fremde. Das Paradies geht immer Hand in Hand mit Geborgenheit. Weil ihnen alles andere abhanden kam, stürzen sie sich ineinander. Suchen unter der Haut des anderen Zuflucht. Wollen sich einreden, dass sie am Anfang von etwas, nicht an dessen Ende stehen. Yamilé hält Christian in ihrem Körper fest, sperrt ihn ein, wenn sie das Glück auf dem Bett des stillen Zimmers suchen, auf Laken, die ihnen anfangs unwirklich weiß erschienen. Er lässt sie unter sich verschwinden, erdrückt sie, will ihr Mantel sein und zugleich in ihr versinken. Beide sind auf der Flucht, aber nicht gemeinsam. Sie lassen unterschiedliche Welten hinter sich zurück. Reden sich ein, es tue ihnen nicht leid. Dennoch wird ihr Glück zur Qual.

Wenn Christian morgens die Augen aufschlägt, lauert dahinter die Angst. Er kannte diese Angst nicht, als er sich nach *Los Cruceros* aufmachte. Die Angst war nicht da, während er Yamilé durch den Dschungel schleppte, auch nicht, als ihn die Hunde im Zuckerrohr umkläfften. Es ist die Angst des Ausgestoßenseins. Sie können nirgendwohin zurück. Und deshalb hören sie nicht auf, in diesem Bett zu wühlen. Sie tun es stundenlang, weil das Bett ihre letzte Insel ist. Christian kennt jeden Zoll von Yamilés Leib auswendig, sie reagiert auf jede

Regung seines Körpers. Sie haben ihre Sprache erfunden, lachen und schreien und schweigen sie hinaus. Manchmal essen sie, trinken viel, Wasser und Schnaps, und wenn die Dämmerung fällt, auch Wein. Sie unterbrechen ihr Liebesfest, während Manolito bei ihnen ist oder wenn sie nackt, in eine Decke gehüllt, auf dem Balkon stehen und die Stadt betrachten wie ein Bild.

Auch Martha ist aus Santiago entkommen. Sie hat ihren Mann nicht mehr lebend wiedergesehen. Sie durfte seine Leiche nicht begraben, weiß nicht, was damit geschah. Martha hat Verwandte in Havanna, Neffen von Monteiro. Sie besitzen ein Haus hier, nur ein paar Straßen vom Malecón entfernt. Man kann das Meer nicht sehen.

Es ist besprochen, dass die Fremden nur so lange bleiben, bis Yamilé wieder gesund ist. Martha kümmert sich häufig um den Jungen. Manolito ist gern bei ihr. Er ist verschlossen. Nach seinem Zuhause, nach dem Vater fragt er nicht mehr. Yamilé spürt, er ist unglücklich. Was seine Mutter mit diesem Mann im Zimmer unterm Dach tut, versteht er nicht. Wieso sie sich nicht anzieht. Wieso sie mit dem Blonden mehr zusammen ist als mit ihm. Yamilé wartet auf Heilung. Es ist nicht nur das Bein. Sie wartet auf die Heilung, die angeblich mit der Zeit kommt. Auf den Trümmern ihres Lebens genießt sie die Liebe. Nie hätten Christian und Yamilé sich träumen lassen, dass sie als Liebespaar nach Havanna kommen würden. Sie sind es, und es liegt kein Ausblick darin. Weder Hoffnung noch Geborgenheit. Nur die Insel, diese Falle. Eine Insel aus Zeit.

»Ich hätte die Baustelle so gern ein letztes Mal gesehen«, sagt Christian im Bett. »Die einzige Brücke, die ich im Leben bauen wollte, ist ein verdammter Torso geblieben. Eisenträger, die in die Luft ragen. Bloß ein Hindernis im Fluss, mehr habe ich nicht zustande gebracht.« Sein Mittelfinger streicht über Yamilés Wirbelsäule, bis zum Hals, bis zum Po. »Alle Teile, die man braucht, um die Brücke fertigzustellen, liegen am Ufer. Sie rosten sicher schon.«

Nach allem was geschehen ist, sind die Nickelschürfrechte für immer verloren. Lutger ist abgereist. Vielleicht im letzten Augenblick, bevor man ihn für Christians Verbrechen zur Rechenschaft ziehen konnte. Lutger hat ihnen den Wagen beschafft, der sie nach Havanna brachte. Er nahm das nächste Schiff. Christian bestand darauf. Mittlerweile ist er auf hoher See. Seltsame Dinge wird er zu berichten haben, auf der anderen Seite des Atlantiks, im Büro des alten Dücker. Vielleicht wird Carlotta dabei sein, wenn Lutger seine Version der Wahrheit ausbreitet.

Christian geht ins Bad. Stützt sich auf das Waschbecken. Sehenden Auges bist du von Lübeck aufgebrochen. Hast du überhaupt erwartet zurückzukehren, in dein Elternhaus, zu Carlotta? Seltsam, wie deutlich ihm das schöne Haus *An der Wasserkunst* plötzlich vor Augen steht. Er hört die Stufen der alten Treppe knarren, jeder Spiegel wirft ein Bild. Die Staffelei seiner Mutter, der Wintergarten, ihre Heckenrosen. Jetzt ist Sommer an der Ostsee, die Rosen stehen in voller Blüte. Hat Carlotta geahnt, dass sie Christian verloren hatte, lange bevor er nach Kuba aufbrach? Hat sie deshalb einen Ozean zwischen sich und ihn geschoben, um ihnen die Peinlichkeit zu ersparen, die Verlobung aufzulösen? Während Christian sein müdes, sonnenverbranntes Gesicht betrachtet, überkommt ihn das Heimweh mit Macht. In den Tropen willst du dein Schicksal besiegeln? Nordmensch, was hast du dir dabei gedacht? Er geht zurück ins Zimmer und legt sich zu Yamilé. Ihr brauner Arm langt über ihn, wo das Wasserglas steht. Ihr Arm, zart und träge. Träge ist ihm Yamilé auch damals erschienen, als sie zum ersten Mal miteinander sprachen, im

Morgengrauen. Er hatte ihren verwundeten Vetter in die Villa gebracht, sie kam ihn holen. Ihre Stimme wirkte verschlafen. Inzwischen liebt er es, wenn ihre Bewegungen langsamer sind als ihr Temperament. Ihr Arm reicht nicht bis zum Glas. Christian gibt es ihr.

Yamilé trinkt. »Lass uns heute in die Stadt gehen.«

»Es ist zu gefährlich. Martha sagt: Man weiß nicht, ob der Gouverneur den Staatspräsidenten um Unterstützung bitten wird. Ob wir inzwischen auch in Havanna gesucht werden. Oder ob die Polizei annimmt, wir wären mit den versprengten Rebellen tiefer in die Berge geflohen.«

»Sie kriegen uns, so oder so.«

Er umarmt sie. »Nicht. Denk das nicht.«

»Du denkst es auch.«

»Ich weiß nicht.«

»Liebst du mich?«

Er küsst sie.

»Wir gehen los, sobald Manolito schläft.«

Sie küssen sich. Ein Stockwerk tiefer ein Geräusch, etwas muss umgefallen sein.

Irgendwann ist Christian erneut ins Bad gegangen und hat sich rasiert. Angezogen legt er sich zurück aufs Bett. Von einem Tag zum nächsten zu denken, stumpft ihn ab. Christian löst Fragen gern in komplexen Zusammenhängen, denkt in großen Bögen. Statt zu handeln, können sie nur reagieren, sie sind auf der Flucht. Wie die Ratten huschen sie von einem Winkel in den nächsten. Christian denkt an sein Labor, wo seine Mitarbeiter sich inzwischen längst den Alltagsaufgaben zugewendet haben. Seine Forschung steht still. Er verschränkt die Arme unterm Nacken. Wenn es gelingt, organische Moleküle mit einer offenen Alkoholgruppe an dem einen und einer Säuregruppe am anderen Ende zu erzeugen, müssten sich die Estermoleküle an beiden Enden zu einer beliebig langen dehnbaren Kette verbinden. Nicht nur von Tag zu Tag, denkt er, über die Grenzen hinaus.

Als Yamilé aufsteht, ist es schon lange dunkel. Beiden ist die Lust am Ausgehen vergangen, doch sie verheimlichen es voreinander. Yamilé hat sich von Marthas Verwandten ein Kleid geliehen und etwas Schminke. Seit ihr die Beinschiene abgenommen wurde, verwendet sie beim Gehen einen Stock. Benutzt ihn so zierlich, als wäre es eine modische Spielerei.

»Ich will Straßen und Lichter sehen, die Nachtluft spüren. Ich werde verrückt, wenn wir nur hier drin sind.« Sie kommt aus dem Bad.

Er ist bezaubert. Das Kleid ist zu eng, der Lippenstift sitzt ein bisschen schief, und doch ist sie die schönste Frau. Vielleicht war doch nicht alles vergebens, denkt er, vielleicht ist Glück noch möglich. Wir müssen uns lieben, es ist der einzige Ausweg, von Tag zu Tag.

Yamilé ist so elend zumute, sie möchte heulen, trotzdem dankt sie für sein Kompliment mit einem Lächeln. Vorsichtig stakst sie neben ihm die Treppe hinunter. Hand in Hand treten sie auf die Straße. Yamilé geht langsam, sie hat noch Schmerzen. Ihr erster Weg soll sie zum Meer führen. Sehen, wie sich die Brandung an den Mauern bricht, ein Blick auf die Festung, die gewundene Küste. Sie sagt, wie sehr ihr das gefehlt hat. Mitunter wendet sie den Blick ab, er soll nicht merken, dass sie mit den Tränen kämpft. Es bricht ihr das Herz, wie unglücklich Manolito ist. Er versteht nicht, wieso er bei fremden Leuten wohnen muss, weshalb alle so merkwürdig über seinen Vater sprechen. Vielleicht versteht er alles, denkt sie, auch die Anwesenheit des Fremden in meinem Bett. Vielleicht spielt er mir sein Kindsein nur vor. Würde Yamilé heute vor die Wahl gestellt, zu Miguel zurückzukehren, in den verhassten Palast, Manolito zuliebe würde sie es tun. Keine Konsequenz könnte schlimmer sein als das Unglück ihres Kindes.

»Überanstrenge dich nicht.« Er will sie stützen.

»Lass nur.« Mit dem Stock zeigt sie aufs Meer. Es ist schwarz da draußen, nur der Lärm lässt ahnen, dass die See wütet. Im Licht der Laternen blitzt die Gischt, manchmal erhebt sich eine Welle hoch über die Festungsmauer. Obwohl Yamilé nicht rasch ausweichen kann, gehen sie dicht am Kai entlang. Sie werden nass gespritzt, lachen und umarmen einander. Christian hat Salz in den Augen.

Ich nehme ihm seine Zukunft, denkt sie. Er wäre längst zu Hause, bei seinen geliebten langen Molekülen. Kuba ist meine Heimat, vielleicht muss ich sie verlassen, doch niemand zwingt ihn, seine Heimat aufzugeben. Ich sollte es ihm leicht machen. Er fühlt sich mir verpflichtet. Es ist nicht sein Sohn, nicht sein Land. Er hat eine Brücke nach Kuba gebracht. Er wird sie nicht zu Ende bauen; jetzt könnte er heimfahren. Yamilé umfasst ihn zärtlich, auch Christian drängt sich an sie. Ihre Körper belügen einander gut, den Augen würde das nicht gelingen.

Es ist die Musik, die man jetzt an jeder Ecke hört, in Havanna ebenso wie auf dem Land. Es ist das Lokal, nach dem sie suchen. Durch die Glasfront vergewissern sie sich, dass es nur eine harmlose Bar ist. Sie sind ein verliebtes Paar, das den Abend in Havanna genießen möchte. Ein Paar, das vergessen will. Sie treten ein, die Leute trinken Rum, vorwiegend Einheimische, ein paar Fremde. Einer so hellhäutig wie Christian, im weißen Anzug. *Guajira Guantanamera* singen die Gitarristen. Sie gehen zwischen den Tischen umher und erzählen vom Liebesleid eines Mannes, den das Mädchen aus Guantánamo zum Narren hält. Zuerst lässt sie ihn in ihre Nähe, dann weist sie ihn ab. So sind die stolzen Frauen aus Guantánamo.

Christian und Yamilé bekommen ihren *Draquecito*, sitzen da, halten einander an der Hand. Es fühlt sich an, als ob alles einfach wäre, so einfach wie die Melodie über das Elend der Liebe. Die Leute lachen und reden, nur die beiden an dem kleinen Tisch sind still und genießen die Leichtigkeit rund um sie.

Später verlassen Yamilé und Christian die Bar zu den Klängen der Gitarren und verlieren sich in den schwach beleuchteten Gassen des Hafenviertels. Er geht ein Stück voraus. »Yamilé«, beginnt er nach einer Weile. »Ich habe eine Sache bis jetzt nicht erwähnt, weil ich glaube, dass du sie ohnehin weißt.«

Mit ihrem hinkenden Schritt kommt sie heran.

Er zögert, sieht sie an. »Wahrscheinlich war es meine Schuld, dass Pessãos Lager angegriffen wurde. Ohne es zu wollen, habe ich Martin Root den Weg dorthin gewiesen. Ich bin mitschuldig am Tod vieler Menschen. Auch am Tod von Doktor Pessão.«

Er will weitersprechen, Yamilé legt die Hand auf seinen Mund. »Heute denken wir nicht an den Tod. Die Nacht ist voller Leben.« Sie küsst ihn, setzt den Stock zierlich auf und läuft um die nächste Ecke.

39

»Bist du jetzt mein Papá?«

Christian starrt geradeaus. Ein großer blonder Mann und ein schwarzhaariger Junge auf einer Bank in der *Avenida de los Presidentes*. Ein Tag, der blau und durchsichtig begonnen hat und ein paar Stunden später erfüllt ist von weißer Hitze. Der Tag, an dem sie zum ersten Mal tagsüber ausgehen. Zu dritt, wie eine kleine Familie. Der nächtliche Ausflug hat sie leichtsinnig gemacht.

Manolitos Frage ist überfällig. Der kleine Junge versteht immer noch nicht, was geschieht. Wie viel hat Yamilé ihm bereits erklärt? Wie wird sie auf diese eine umfassende Frage ihres Sohnes reagieren?

»Deine Mutter und ich mögen uns sehr.«

»Aber irgendwann fährst du zurück.« Manolito sieht ihn an. »Dorthin, von wo du hergekommen bist.«

»Das hatte ich mir eigentlich vorgenommen.«

»Wann fährst du?«

»Ich fürchte, das Schiff, das mich nach Hause bringt, ist längst abgefahren.«

Manolito schweigt nachdenklich.

Wir müssen endlich eine Entscheidung treffen. Bis jetzt haben wir uns von den Strapazen der Flucht erholt. Allmählich wird klar, dass wir in Havanna nur gestrandet sind. Yamilés Rückkehr zu Miguel ist undenkbar. Genauso unmöglich ist es, dass sie sich von ihrem Kind trennt. Zu ihrer Familie kann sie nicht. Bei Marthas Verwandten können wir auf

Dauer auch nicht bleiben. Kuba ist eine Falle. Wir müssen die Insel so bald wie möglich verlassen. Die USA sind das naheliegendste Ziel. Ein Katzensprung, und die Überfahrt ist bezahlbar. Wir könnten als Touristen einreisen und um Asyl ansuchen. Man wird mir nahelegen, nach Deutschland zurückzukehren. Könnte ich die beiden mitnehmen? Yamilé an der Ostsee? Spaziergänge mit Manolito an der Trave – allein die Vorstellung ist undenkbar.

»Wo bleibt denn Mama?« Der Junge baumelt ungeduldig mit den Beinen.

Christian schaut zu dem Laden auf der anderen Straßenseite. Unter der Markise ist Yamilé vorhin verschwunden. »Sie kommt bestimmt gleich.«

»Ich habe Durst.«

Er betrachtet den dunkelhäutigen Jungen. »Könntest du dir denn vorstellen, dass ich eines Tages so etwas Ähnliches wie dein Papá bin?«

»Nein«, antwortet Manolito gläsern. Christian gibt es einen Stich. »Der Gouverneur ist mein Papá. Er macht sich Sorgen. Wieso holt er uns nicht ab, mich und Mamá?«

Wir könnten Martin Root um Hilfe bitten, denkt Christian. Nach allem, was wir für ihn *getan* haben, wäre es das Mindeste, womit er sich revanchieren könnte. Was nützt ihm der Untergang eines verzweifelten Liebespaares?

Manolito springt von der Bank. »Ich schau mal nach ihr.«

»Warte.« Christian versucht, ihn festzuhalten. Wo bleibt nur Yamilé? Es kann nicht so lange dauern, Limonade zu kaufen.

Manolito rennt ein paar Schritte. »Mamá!« Er winkt.

Christian eilt ihm nach und hält ihn fest. Auf der anderen Straßenseite sieht er Yamilé unter der Markise hervortreten, eine Eiswaffel in der Hand, eine Flasche in der anderen.

Jemand geht hinter ihr.

Im Augenblick die fürchterliche Klarheit. Sie haben zu lange gewartet. Sie haben mit geborgter Zeit gelebt. Jetzt müssen sie zurückzahlen. Die Nächte und diese rosafarbenen Morgen voller Glück gehörten ihnen nicht. Die Zeit war wie ein hoffnungsvolles Lächeln, das man im Trubel einer Straße erblickt – schon wird es von der Wirklichkeit wieder verschluckt. Sie haben ein Spiel ums Glück gespielt und verloren.

Der Mann mit dem öligen Haar und dem ewig gleichen Anzug geht hinter ihr, ein unauffälliger, gnadenloser Begleiter. Die Männer, die von beiden Seiten dazukommen, wären gar nicht nötig, um das Bild zu vervollständigen. Yamilé überquert die Straße. Sie balanciert das Eis und macht ein harmloses Gesicht, damit Manolito keinen zu großen Schrecken kriegt.

Er will zu ihr. »Mamá!«

Christian hält ihn zurück.

»Mamá!« Der Junge reißt und zerrt.

»Ich bin gleich da«, ruft sie und dreht sich nach dem Schakal um. Die anderen Männer laufen voraus, um Christian daran zu hindern, das Kind in Sicherheit zu bringen.

Wir hätten sofort auf ein Boot gehen müssen. Das wäre unsere Rettung gewesen. Doch weil die Gefahr in Havanna nicht gleich ihr Haupt erhoben hat, wiegten wir uns in Sicherheit. Es ist zu spät. De Gayas gewinnt. Martin Root gewinnt. Sie wollen das Kind. Das Kind ist für sie am wichtigsten. Christian zieht Manolito an sich. Der wehrt sich, ihn locken das Eis, die Limonade. Mit ihm davonzurennen hat keinen Sinn. Sie haben Yamilé. Aufgeben, das hätte Sinn. Schlag der Bestie den Kopf ab, denkt Christian plötzlich. Ohne den Kopf können sie nichts unternehmen.

Er lässt sich von dem ungeduldigen Jungen zu Yamilé ziehen. Am Straßenrand treffen sie aufeinander. Ein Eselskarren verursacht einen Stau, dahinter hupen Autos. In Yamilés

Gesicht entdeckt er keine Panik, nur verzweifelte Gedanken. Sie schießen hin und her und suchen Rettung. Mit ruhiger Stimme sagt Christian: »Lauf.« Nur das eine Wort.

Dann stürzt er sich auf den Schakal. So unvermittelt, so grausam, dass der Mischling nicht schnell genug reagieren kann. Christian stößt ihm die Faust ins Auge. Schlägt mit der anderen Hand auf seinen Kehlkopf. Springt ihn an. Mit dem Gewicht seines Körpers reißt er den Schakal zu Boden. Wenn sie fürchten, dass ich ihn töte, werden sie Yamilé aus den Augen lassen. Er schlägt den Stürzenden, schlägt ihm immer wieder ins Gesicht. Dessen Auge, ein blutender Brei. Christian bohrt seinen Daumen hinein. Der Schakal schreit nicht, keucht nicht, versucht nur auszuweichen. Er wartet auf den Moment, wenn die Wut des *Alemán* verraucht ist. Christian ist kein Kämpfer Mann gegen Mann. Aber er war im Krieg. Er weiß, wann der Moment gekommen ist, wenn es heißt: du oder ich. Er kann nicht sehen, was Yamilé tut. Er sieht nur den sich windenden Schakal.

Hände packen Christians Schultern, wollen ihn hochreißen. Er klammert sich an den Mann auf dem Boden. Gleich erschießen sie mich, denkt er. Gleich setzt die Kugel einen klaren Schnitt zwischen mir und dem Jetzt. Wieso schießen sie nicht, wieso versuchen sie nur, mich hochzuziehen? Als Christian sich mit den Händen nicht länger halten kann, schlägt er seine Zähne in den Hals des Schakals. Wirft einen Blick über den Boden, das sind Frauenbeine, eines trägt einen Verband. Das sind Kinderfüße, rennende Füße. Sie entfernen sich, kommen den Häusern auf der *Avenida de los Presidentes* näher. Gleich müssten sie die Türen erreichen, die Torbogen und Durchgänge, die Stiegen, die Hinterhäuser, gleich müssten sie dort sein, wo es schwierig ist, ihnen zu folgen. Ein Fünfjähriger und eine verletzte Frau. Eine Chance, so gering, dass nur Verzweiflung die Hoffnung schüren kann.

Christians Zähne dringen tiefer und tiefer ins Fleisch des Schakals ein. Der Mann schreit. Im Schreien keucht er: »Das Kind – ihr Idioten – kümmert euch um das Kind!«

Wie ein tollwütiger Köter verbeißt sich Christian in den Schakal. Die Hände, die an ihm zerren, lassen ab. Jetzt, denkt er, jetzt kommt die Kugel. Doch kein Schuss fällt. Nur ein dumpfer Aufprall. Die Häuser zerfallen, die laufenden Beine werden unsichtbar. Die Kugel, denkt Christian und fällt ins Licht.

40

Martin Root spannt den Regenschirm auf. Er ist bester Laune. Alles fügt sich so folgerichtig ineinander, als ob ein Uhrmacher seine Hände im Spiel hätte. Bei prasselndem Regen läuft er über den Exerzierplatz und lacht über die Wassertropfen, die vom Boden wieder hochspringen. Rund um ihn eilen Soldaten. Die Gefreiten in den duchnässten Kurzarmhemden, Wassertropfen an ihren Gürtelschnallen. Die Sergeanten in feuchtem Weiß, ihre sonnengebräunten Gesichter, der messerscharfe Haarschnitt. Es gibt keinen besseren Job als meinen, denkt Martin. Heute Abend hätte ich Lust, Tanner zum Diktat ins Büro zu rufen. Mit ihm plaudert es sich so ungeniert. Ob er sich seiner Wirkung bewusst ist? Wenn ja, dann auf die unschuldigste Art. Martin kichert – er ist eine *Debütantin.* Vielleicht hat es mit dem erfrischenden Regen zu tun, dass Martin sich einen sentimentalen Gedanken über den Zauber der Liebe gestattet. Man sollte die Liebe niemals unterschätzen.

Yamilé hat sich gemeldet. Sie selbst braucht Hilfe, doch zuerst bat sie um Unterstützung für den Deutschen. Selbst wenn Martin wollte, er könnte nicht das Geringste für ihn tun. Bis zu seiner Verurteilung sitzt Tolmein in Haft, danach stellt sich einzig die Frage, ob sein Sarg nach Deutschland überführt oder in kubanischer Erde bestattet wird. Am Telefon gab Martin sich voll tiefer Sorge, zeigte echtes Verständnis. Er rang sich die vage Zusage ab, dass er seine Kontakte spielen lassen würde. Yamilé rief aus Havanna an. Man wusste zwar, dass sie sich dort aufhielt, leider weiß man nicht, wo genau. Sie fragte, ob Martin ihr ein Boot besorgen könne. War es nicht ein Gebot der Menschlichkeit, ihr eines zu versprechen? Sie war so dankbar am Telefon.

Die Dankbarkeit einer mittellosen Frau auf der Flucht nützt Root wenig. Dagegen wiegt die Dankbarkeit eines Gouverneurs weit mehr. Gelingt es Martin, dem gehörnten De Gayas Kind und Frau zurückzubringen, kann er sich dessen uneingeschränkter Unterstützung sicher sein. Es gilt schließlich, den Frieden in der Provinz wiederherzustellen. Welche Macht besitzt denn schon ein Gouverneur, dem die Frau mit einem Ausländer davongelaufen ist? Man wird annehmen, er hat im eigenen Haus nichts zu sagen. Martin tut es leid um Yamilé, doch sie hat ihr Schicksal selbst heraufbeschworen. Als First Lady Santiagos, als Mutter eines Fünfjährigen, stürzt man sich nicht in Abenteuer. Tut man es doch, muss man darauf gefasst sein, dass einem die Rechnung präsentiert wird. Arme, wunderschöne kleine Frau – Martin weicht einer Pfütze aus. Schwer vorzustellen, was der Gouverneur mit ihr anfangen wird, wenn er sie wieder in seiner Gewalt hat. Vielleicht reicht Yamilés erotisches Geschick aus, den gehörnten Esel ein zweites Mal an die Leine zu legen.

Martin schmunzelt: »Ein großes romantisches Abenteuer.«

»Guten Abend, Sir«, sagt eine helle Stimme über das Rauschen des Regens hinweg. »Sie haben ja eine prächtige Laune.«

»Hallo, Tanner.« Martin schmunzelt. Da steht der Junge und hat keinen trockenen Faden am Leib. »Mir ist gerade etwas Komisches durch den Sinn gegangen.«

»Wollen Sie mir verraten, was das war?« Der Gefreite wischt Wassertropfen aus den Augenbrauen.

»Im Augenblick habe ich noch etwas zu erledigen. Warum kommen Sie nicht nach Dienstschluss zu mir ins Büro? Ich hätte da noch einige Briefe.«

»Gern, Sir.«

Es kann kein offeneres Gesicht geben als das dieses Jungen. Offen und neugierig. Martin nickt und läuft weiter. Er hat Yamilé versprochen, heute Nacht werde ein Motorkutter am *Pier 9* auf sie warten. Stattdessen wird Martin seine Leute in Havanna informieren. Sie sollen die Gouverneursgattin am Pier empfangen. Aus ihrer Reise ins gelobte Land wird bedauerlicherweise nichts.

Martins Laune ist so sonnig, dass er Hillary daran teilhaben lassen möchte. In letzter Zeit ist sie leider ganz und gar nicht das geduldige Mädchen, das mit ein paar Aufmerksamkeiten zu beruhigen wäre. Ihre Stimmungen ließen Martin oft ungeduldig werden. Das war ungerecht von ihm, er allein ist ja der Grund für ihre Launen. Sein schlechtes Gewissen ist aber noch kein Grund für eine Änderung des Status quo. Mehr als einmal spielte er mit dem Gedanken, Hillary nach Hause zu schicken, doch er fürchtet, sie könnte in Vicksburg ausplaudern, was niemals ausgeplaudert werden darf.

Ich schaue kurz bei ihr vorbei, ziehe mir trockene Sachen an, lasse mir einen Drink mixen, und wir unterhalten uns. Das gibt ihr das Gefühl, dass ich während der Arbeit an sie denke. Später verabschiede ich mich ins Büro und erledige die Telefonate. Wenn es dunkel ist, kommt Tanner. Ein genussreicher Abend! Martin ändert seine Richtung und läuft im strömenden Regen zu den Wohnblocks.

Kaum ist er eingetreten, bemerkt er schmutzige Fußspuren auf dem Küchenboden, Werkzeug auf der Anrichte. Die Unterschränke wurden ausgeräumt. »Hillary?«

»Bist du das, Martin?«, ruft sie aus dem Bad.

»Was ist hier passiert, Darling?« Er lässt den Schirm im Flur.

»Wieso bist du schon zu Hause? Ich wollte die Schweinerei beseitigen, bevor du kommst.«

Er bereut, dass er sie überraschen wollte. Jetzt wird sie ihn mit irgendeiner unwichtigen Angelegenheit belästigen. Sein Abend gerät ins Wanken. »Was gab es denn für ein Problem?«

»Die Küche stand unter Wasser. Ach, wenn es Wasser gewesen wäre! Braunen Schleim hat es aus der Spüle hochgedrückt. Die Kanalisation, du weißt ja. Ich habe es leider erst bemerkt, als das Malheur schon passiert war.«

Er zieht die Schuhe aus, schlendert zur fahrbaren Bar, gießt sich Bourbon ein und setzt sich auf das Sofa. »Du Arme! Du hättest mich anrufen sollen.«

»Ich habe die Männer vom Technischen Dienst angerufen. Die waren gleich da.«

Er setzt sich. »Wie lange bleibst du denn noch da drin?«

»Gleich, Martin. Ich musste duschen. Das Zeug war so ekelhaft.«

»Die Wasserleitungen auf dem Stützpunkt stammen aus dem vorigen Jahrhundert.«

»Das haben die vom Technischen Dienst auch gesagt.«

Die Tür geht auf. Da steht sie, in ihrem seidenen Bademantel. Aufgelöst, mit roter Haut und unsicherem Blick. Sie ist immer noch eine schöne Frau, denkt er, wenn man den Typ der klassischen Blondine bevorzugt. Es gab eine Zeit, da war dieses Mädchen genau mein Typ.

Ihre Hüften schlagen einen behäbigen Takt, als sie auf ihn zukommt. »Hast du einen harten Tag gehabt, meine Hübsche?« Er streckt die Hand nach ihr aus.

»Das war so abstoßend, Martin.«

»Wir wollen es ganz schnell vergessen.«

Sie ergreift seine Hand, steht über ihm, ihr Busen drängt aus dem Mantel hervor. Unglaublich, wie prächtig sich diese Brüste gehalten haben, während alles andere in Auflösung ist. Da Martin schließlich heimgekommen ist, um ihr eine Freude zu bereiten, greift er nach oben und entblättert die beiden friedlichen Freunde. »Wen haben wir denn da? *Dick* und *Larry*?« Er lächelt.

Sie ist so überrascht, dass sie keinen Muskel bewegt. »Richtig, so hast du sie früher genannt.«

»Sie hören auch heute noch auf diese Namen.« Er wiegt ihre Brüste und massiert sie sanft.

»Ich habe nie verstanden, warum du ihnen Männernamen gibst.«

Er beugt sich vor, küsst ihren Busen, küsst und leckt ein bisschen daran.

»Oh Martin –« Sie seufzt. »Bist du deshalb früher heimgekommen?«

Nicht im Traum wäre er auf die Idee gekommen, nicht in hundert Jahren. »Du hast mich durchschaut, Baby.«

Sie beugt sich über ihn, streift seine feuchte Jacke von den Schultern und öffnet den Krawattenknoten. »Martin –«

Er bemerkt die Falten an ihrem Hals. Obwohl sie geduscht hat, riecht sie ein wenig nach Schweiß. Er sieht die Stelle, an der das Blond nicht mehr deckt. Das Haar darunter ist weiß. Meine alte Frau. »Hoppla, nicht so wild.« Er lacht und will sich zurücklehnen.

»Wollen wir hinübergehen?« Sie lässt nicht von ihm ab. »Du solltest es dir bequem machen.« Ehe er widersprechen kann, zieht sie ihn vom Sofa hoch. Sie stehen einander gegenüber, Hillarys Bademantel steht offen. »Mein Liebling, mein großer Junge. Es gehört alles dir.« Sie küsst ihn, ihre Zunge spielt mit seinem Ohr.

Urmutter Erde, Fruchtbarkeitsgöttin. Es ist zu viel von allem da. »Ich bin ziemlich abgespannt, weißt du. Das war so ein Tag …«

»Natürlich.« Sie hört nicht zu. »Gehen wir nach drüben. Willst du duschen?«

»Ich muss noch einmal ins Büro.«

»Später.« Sie öffnet sein Hemd.

Rechts führt der Weg ins Schlafzimmer und ins Bad, links in die Küche. Martin hat Angst vor dem Schlafzimmer. »Lass mich noch was trinken.«

»Bourbon?«

»Was gegen den Durst.« Er will in die Küche.

»Nicht da hinein.« Sie hält ihn fest. »Die haben zwar aufgewischt, aber es stinkt immer noch.«

»Ich hole mir ein Juice.«

»Dann eben gleich hier.« Vor seinen Augen sinkt Hillary zu Boden. Breitet den Mantel um sich wie eine Decke. Spreizt die Schenkel. »Nimm mich, Martin, liebe mich, mein starker Mann.«

»Hör auf, Hillary.«

Sie rutscht unterwürfig vor ihn hin, so dass sein Bein zwischen ihre Schenkel gerät. Das Gefühl in Martin, als ob der Boden sich senken würde und er gleich umfallen müsste. »Hillary, bitte –«

»Fick mich, Martin, fick mich jetzt –«

»Schluss damit, du bist doch keine Nutte.« Er sagt es nicht barsch, eher als Entschuldigung für ihr Verhalten. Einen Schritt nach dem andern tritt er zurück. Der Küchenboden fühlt sich klebrig an.

»Bringst du es nur noch, wenn dir kubanische Jungs ihre Schwänze in den Arsch stecken?«, fragt die liegende blonde Frau mit dem geöffneten Schoß. »Das kann ich dir auch besorgen, Martin. Ich stecke dir meine ganze Faust hinein, wenn du willst.« Sie sagt es mit dem bornierten Ton einer Hausfrau aus Vicksburg. Sie sagt es, als würde sie ihm selbstgebackenen Pflaumenkuchen anbieten. Schneller als man es ihrer Fülligkeit zutraut, ist sie auf den Beinen.

Martin denkt an den jungen Tanner. Den sympathischen Gefreiten mit der sonnigen Natur. Schlechte Laune scheint es bei Tanner nicht zu geben. Wenn man ihn lässt, erzählt er gern von zu Hause, das liegt in Delaware. Es muss schön dort sein, ich sollte ihn vielleicht einmal dorthin begleiten. Martin holt weit aus und schlägt Hillary ins Gesicht. Der Schwung reißt sie zurück. Sie fängt sich sofort und stürzt auf ihn zu. Fasst nach unten und packt seinen Schwanz.

Er schlägt sie ein zweites Mal. »Du hast recht, Darling, mit jedem Hafenarbeiter, mit jedem MG-Schützen würde ich es lieber treiben als mit dir.«

Sie öffnet seine Gürtelschnalle. Als er sie zum dritten Mal schlagen will, fasst sie ihm ins Gesicht.

»Vorsicht, die Brille.« Er packt ihr Handgelenk. Sie sehen sich an. Er drängt sie nach hinten, bis ihr Rücken gegen die Spüle stößt und lässt sie los. Hillary zieht den Bademantel zu.

»Dann wäre das wohl erledigt.« Er sortiert sich ein wenig in seiner Hose und durchquert die Küche. Bei jedem Schritt machen seine Sohlen ein schmatzendes Geräusch. »Der Boden muss noch einmal gewischt werden.« Bevor er das Wohnzimmer betritt, bleibt er stehen. Er will den Teppich nicht schmutzig machen, bückt sich und zieht die Strümpfe aus.

Hillarys Blick fällt auf den Schraubenschlüssel, den Hammer, die Wasserzange. Die Männer vom technischen Dienst hatten ihr eigenes Werkzeug dabei, ich hätte unseren Werkzeugkasten gar nicht hervorholen müssen. Ich sollte das wegräumen. Sie nimmt die Zange. Ihr gebückter Mann hält seinen rechten Strumpf in der Hand. Während er den linken auszieht, präsentiert er ihr sein Hinterteil.

So schwer die Wasserzange auch ist, Hillary schwingt sie mühelos nach oben. In ihrem seidenen Morgenmantel fühlt sie sich luftig und frei. Der Kreis endet auf Martins Hinterkopf, dort, wo er kahl ist. Er war schon kahl, als sie ihn kennenlernte. Hillary fürchtete damals, bald würde sie einen

Glatzkopf zum Mann haben, doch bis auf die kleine Stelle behielt er sein volles Haar. Sie wirbelt die Zange noch einmal herum und trifft exakt auf dieselbe Stelle. Martin fällt in sich zusammen, als hätte jemand einen Schalter an ihm ausgeknipst. Er plumpst mit dem Gesicht auf den Teppich. Die nackten Füße bleiben in der Küche. Ein knackendes Geräusch. Da ist wohl seine Brille zerbrochen. Hillary hätte gern ein anderes Brillenmodell an ihm gesehen. Wieso hat sie ihm nie gesagt, dass ihm die Stahleinfassung etwas Distanziertes verlieh. Eine Hornbrille hätte das Humorvolle an Martin besser zur Geltung gebracht.

Sie legt die Wasserzange und das übrige Werkzeug in den Kasten. Während sie über Martin hinwegsteigt, breitet sich das Blut auf dem Teppich aus. Er hätte sich nicht die Mühe zu machen brauchen, die Socken auszuziehen. Der Teppich ist in jedem Fall ruiniert.

41

Carlotta Dücker rennt. Man sieht sie selten rennen, sie gefällt sich nicht dabei. Abwärts über Treppen in ihren hohen Pumps, das Kleid flattert hektisch.

Ein Kredit von neun Millionen Reichsmark sollte erneuert werden. Carlotta hat das Schreiben auf dem Tisch. Das Bankhaus *Kuhn, Loeb & Co.* in New York ist ihr langjähriger Partner. Es nimmt hohe Zinsen, aber die Dücker AG konnte sicher sein, dass der Kredit am Fälligkeitstag jedesmal verlängert wurde. Mit einem Mal ist alles anders. Dücker steht als stabiles Unternehmen da, die Investitionen sind betriebswirtschaftlich abgesichert, trotzdem wird der Kredit nicht erneuert. Panikstimmung in den USA, Rückzahlungsforderungen mit einem Zeitrahmen, den man unverschämt nennen muss.

Die Situation der Banken ist nicht erst seit gestern kritisch. Schon der September 1929 sah die Geldhäuser in heller Aufregung. Es ist nicht die erste Talfahrt des Aktienmarktes seit dem Krieg, doch keine verlief so stürmisch. Selbst solide Papiere geraten in Schwierigkeiten. Die Dücker AG kann sich bis jetzt durch relative Börsenunabhängigkeit halten. Die Krise ist nicht hausgemacht. Die Finanzströme kehren sich um. Gelder, die von den USA in europäische Volkswirtschaften investiert wurden, werden ohne Vorankündigung abgezogen. Deutschland steht vor dem Phänomen, dass der beachtliche Aufschwung des letzten Jahrzehnts in wenigen Monaten verspielt sein könnte. Noch ist das Ärgste ausgeblieben. Aber die Schlinge legt sich der Wirtschaft in aller Welt immer enger um den Hals.

Carlotta rennt. Der Brief in ihrer Hand hat keinen Briefkopf. Er stammt nicht von *Kuhn, Loeb & Co.,* auch von keinem anderen Finanzhaus. Er ist minutiös geschrieben, zugleich so schwer leserlich, dass sie eine Weile brauchte, seinen Sinn zu entschlüsseln. Carlottas Sorge übersteigt ihre Fähigkeit, die Information nüchtern zu betrachten. Einige Fakten kennt sie schon von Lutger, der im Übrigen so verschwiegen war, dass man Schlimmeres hinter seinen Worten vermuten darf.

Nach vielen Stufen abwärts läuft sie durch das Zentralbüro. Carlotta erwidert die Begrüßung der Sekretärinnen nicht und macht sich an den Aufstieg in den Turm. Sie ist eine schwere Frau, ihr Atem geht hastig. Sie wird langsamer und nimmt das Geländer zu Hilfe. Der Brief in ihrer Hand wird feucht. Sie weiß, wie sie nach solchen Anstrengungen aussieht, knallrote Wangen, rote Arme, Schweißperlen entlang des Haaransatzes. Papa muss sich endlich einen Fahrstuhl einbauen lassen. Auch wenn er die Tortur für Sport hält, der Turm ist keinem Besucher zuzumuten.

Carlotta beruhigt ihren Atem, lüftet das Kleid ein wenig vom Dekolleté und tritt ohne Klopfen ein. Sie nähert sich seinem Schreibtisch.

»Das bedeutet gar nichts«, sagt der alte Dücker ins Telefon. »Wenn ich an die Aufregung von 1914 denke, bedeutet dieses zarte Lüftchen gar nichts.«

Er führt eines von vielen Beschwichtigungsgesprächen. Es kommt Carlotta vor, als ob die Führungsetage zur Zeit nichts anderes tun würde. Der Betriebsrat, die Banken, die Gläubiger, die Zulieferer, alle wollen beschwichtigt werden. Und wer beschwichtigt uns?

»Die Krise der Amerikaner ist hausgemacht.« Dücker fährt sich durch den Haarkranz. »In ein, zwei Monaten ist das ausgestanden. Ich an Ihrer Stelle würde gar nichts ändern. Ein Panikverkauf macht sich nicht bezahlt.«

Als er auflegt, bemerkt Dücker den Brief in Carlottas Hand. »Noch mehr schlechte Nachrichten? Hat das nicht Zeit, bis ich gegessen habe?« Er drückt eine Taste auf dem schwarzen Kasten. »Kann ich einen Haselnusspudding kriegen, Otto? Und ein Schinkenbrot. Nicht zu mager. Lassen Sie den Fettrand dran.« Eine knarrende Stimme aus dem Kasten antwortet. »Willst du vielleicht auch etwas?«, fragt Dücker seine Tochter.

»Ich nehme auch ein Schinkenbrot. Mit Meerrettich.«

»Zwei Schinkenbrote mit Meerrettich, Otto. Danke.« Dücker dreht den Stuhl zu seiner Tochter. »Was ist los?«

Sie legt den handgeschriebenen Brief vor ihn hin.

»Das kann ich nicht lesen. Wer schreibt mit so einer Kralle?«

»Der Brief ist von Christian.« Sie nimmt das oberste Blatt und liest es vor.

»Meine wunderbare Carlotta, in letzter Zeit habe ich vieles falsch gemacht. Meine einzige Entschuldigung ist, dass es aus Liebe geschah.«

Carlotta weicht dem Blick ihres Vaters aus, sammelt etwas Speichel und liest weiter.

»Ich habe dich betrogen. Ich habe das Vertrauen deines Vaters missbraucht. Nicht einmal meine Brücke habe ich fertiggebaut. Ein Teil davon liegt als Ruine in der Mitte des Flusses. Bald wird nichts mehr davon zu sehen sein.«

Dücker steht auf. »Was ist denn los mit ihm? Sentimentalität ist nicht Christians Art.«

Carlotta lässt das Blatt sinken. »Hör weiter.«

»Nein. Das ist ein Brief an dich. Ich möchte in eure Vertraulichkeiten nicht hineingezogen werden.« Dücker gießt sich aus der Wasserkaraffe ein. »Was will er?«

»Er will gar nichts«, antwortet sie. »Er nimmt Abschied.«

Der Vater blickt auf. »Von wann ist dieser Brief?«

»Vom Sechsten.«

»Dann war er zwei Wochen unterwegs. Da kann inzwischen alles Mögliche passiert sein.«

»Hör bitte weiter. –

Die Schürfkonzession für die Nickelvorkommen konnte ich leider für die Dücker AG nicht aushandeln. Das wird Lutger euch ja schon berichtet haben. Liebe Carlotta, du warst von Anfang an klug und gut und vorausschauend. Du hast von meiner unerschütterlichen Loyalität gesprochen, und dass ich meine Versprechen immer halte. Du hast dich getäuscht. Was meine große Erfindung angeht, kann ich mein Versprechen nicht einlösen. Jemand anders wird die Welt mit »Monopren« erfreuen. Was meine Liebe zu dir betrifft und unsere gemeinsame Zukunft, habe ich mein Versprechen ebenfalls gebrochen. Ich habe mich benommen wie ein kopflos verliebter Chemiker, dem die Kohlenstoff-Wasserstoff-Ketten durcheinandergeraten sind. Das alles hat nun bald ein Ende. Darum verzeih mir, wenn du kannst.«

Dücker geht zum Fenster. »Ein Ende? Was will er damit sagen?«

»Er hat den Brief im Gefängnis geschrieben.«

»Wieso sitzt er im Gefängnis?«

Statt einer Antwort liest Carlotta weiter.

»Man hat mich lange verhört. Ich kann den Leuten des Gouverneurs nichts verraten, weil ich nicht das Geringste weiß. Ich habe keine Ahnung, was draußen vor sich geht, habe noch keinen anderen Häftling zu Gesicht bekommen. Der alte Mexikaner, der täglich den Essenswagen vorbeischiebt, behauptet, dass in dem kahlen Raum am Ende des Korridors eine »Krawatte« aufgebaut wird, so nennen sie das Würgeeisen hier. Ich nehme an, sie machen sich die Mühe für mich. Das bedeutet, es wird ein Schnellverfahren geben, der Gouverneur will seine Rache sofort. Im Übrigen behandelt man mich den Umständen entsprechend gut.«

Carlotta senkt den Brief, schweigt, holt tief Luft. »Begreifst du? Sie drohen ihn hinzurichten! Im Schnellverfahren. Wir müssen etwas unternehmen, sofort.«

Ihr Vater nickt. »Was ist mit der kubanischen Botschaft?«

»Das Konsulat in Deutschland kann uns nicht helfen.«

»Und unser Ambassador auf Kuba?«

»Zur Zeit gibt es nur einen Generalkonsul.«

Dücker greift zum Telefon. »Zwei Wochen, sagst du, ist der Brief unterwegs? Das könnte bedeuten …«

»Das bedeutet es *nicht*«, erwidert Carlotta gefasst. »Er lebt.«

»Natürlich lebt er.« Plötzlich schreit der schwere Mann ins Telefon: »Bequemt sich bei euch mal jemand dranzugehen?« Er schneidet die Antwort am anderen Ende ab. »Verbinden Sie mich mit Übersee. Nein! Die von der Industriellenkammer müssen eben warten.«

Carlotta legt Christians Brief so liebevoll zusammen, als wäre es das letzte Andenken, das sie je von ihm bekommen würde.

Der Regen, seit Stunden, den ganzen Tag, tief in der Nacht, es wird auch morgen regnen. Irgendwann spürt man nicht mehr, dass kein Faden am Leib noch trocken ist. Das Land, die Luft, sogar das Meer scheint nass zu werden. Yamilé blickt hoch und sieht die Tropfen aus der Schwärze auf sich zufallen. Die Positionslampe gibt ein wenig Licht, man hat sie an einen geschälten Baum gehängt. Sie beißt das Wasser mit den Zähnen, es schmeckt schwer und warm. Ihr Tuch hat sie um Manolito geschlungen. Trocken hält es nicht, doch gaukelt es ihm etwas von Beschütztsein vor. Er kauert auf dem Boden. Ihm ist nicht kalt, er zittert aus Furcht. Nachts, immer nachts mussten sie weiter. Bei Tag hielten sie sich versteckt. Von Ort zu Ort. Wo sie auch unterschlüpften, immer war es nur kurz. Niemand wollte die Gefahr lange im Haus, niemand konnte ihnen helfen. Die Boote im Hafen sind registriert, die Hafenpolizei ist wachsam. Während der Regenzeit herrscht kaum Betrieb, wer trotzdem hinausfährt, macht sich verdächtig. Vorsichtige Kontakte zu den Fischern, Fragen hie und da, sofort abgebrochen, wenn jemand neugierig wurde. Dem Jungen jeden Tag andere Lügen erzählen, Ausflüchte, kleine Inseln der Ablenkung, manchmal mit etwas Süßem, manchmal mit einem erfundenen Spiel. Keine Antwort auf seine Frage, weshalb sie nicht nach Hause fahren. Dorthin, wo alles selbstverständlich ist, das Essen, die frische Wäsche, die Spielsachen. Immer wieder fragt er: »Wann fahren wir heim? Wann fahren wir zu Papá?«

Alles ist zu Ende. Yamilé hat nachgedacht: Weshalb darf es nicht wenigstens für Manolito gut enden? Er könnte in Miguels Reich der Kronprinz sein. Ein Hauslehrer würde ihn unterrichten, ihn zum Mann erziehen. Was ist falsch daran? Was immer Miguel mit Yamilé anstellen mag, dem Jungen würde es gut gehen. Vielleicht bringt man sie um und erzählt ihm hinterher von einer schlimmen Krankheit seiner Mutter. Yamilé kann nicht länger zusehen, wie ihr Kind darunter leidet, was sie ihm antut. Weshalb sie immer weiter fliehen, sich nachts zum Schlafen nicht ausziehen, weshalb sie ein Leben führen wie die Ratten. Anfangs hat Manolito viel gefragt, mittlerweile fürchtet er sich vor seiner Mutter. So sehr er sie liebt: Sie ist diejenige, die jede Nacht zum Aufbruch drängt, die schuld ist, dass sie keine Ruhe finden. Auch heute. Ein Keller am Stadtrand von Havanna. Aufgeschreckt nach Mitternacht, ein leerer Hühnerlaster, ein mürrischer Fahrer, der Geld wollte. Der Regen deckte alles zu. Die Ladefläche schwamm in Wasser und Hühnerdreck, trotzdem mussten sie sich dort zusammenkauern. Die Fahrt, auf der die Häuser nach und nach verschwanden, auch die befestigten Straßen, die Fahrt, auf der sich der Laster durch den Schlamm kämpfte. Die schwarzen Wälder, die verschleierten Zuckerrohrfelder, Wasser, immer mehr Wasser.

Es regnet seit dem Tag, an dem Christian verschwand. Als Yamilé wegen einer Limonade in den Laden gegangen war. Draußen war es flimmernd heiß gewesen. Der Laden führte auch Eiscreme, sie kaufte eine für Manolito. Aus dem Augenwinkel sah sie jemanden eintreten. Sie hätte schreien mögen vor Verzweiflung. Sie hatte den Jungen draußen gelassen. Wäre ein Messer auf dem Tresen gelegen, sie hätte den Schakal niedergestochen. Der Verkäufer gab ihr das Eis und nahm die Münzen entgegen. Der Schakal blieb an der Tür. Als sie hinauswollte, sagte er: »Ganz langsam, dann passiert nichts.«

Unter der Markise erkannte sie, dass Christian noch nichts ahnte. Er und Manolito saßen in der Sonne und unterhielten sich. Der Junge entdeckte Yamilé zuerst. Er wollte loslaufen, Christian hielt ihn fest. Von links und rechts tauchten zwei Männer auf. Der Junge winkte, die flirrende Straße. Die Ausweglosigkeit.

Christian fand den Ausweg. Er schlug den Mann nieder, der Yamilés geballten Hass auf sich versammelt. Er hat ihn nicht getötet, doch man erzählt sich, der Schakal habe ein Auge verloren. Christian bezahlt diese Tat mit seiner Freiheit, seinem Leben. Yamilé starrt in den Regen. Am Tag, nachdem er sich geopfert hatte, begann es zu regnen und hat seither nicht mehr aufgehört.

Vielleicht ist er schon tot. Sie will es nicht glauben. Sie sagt sich, dass sie fühlen würde, wenn er nicht mehr am Leben wäre. Er wusste, was ihm bevorstand. Wusste, dass Yamilé weiterleben muss, Manolito zuliebe. Lass ihn noch leben, Herr, betet sie jeden Tag. Manchmal spricht sie still mit Christian und hofft, er hört sie, und wartet auf seine Antwort. Manchmal redet sie sich ein, sie habe ihn gespürt.

»Wie spät ist es, Mamá?«, sagt die zarte Stimme auf dem Boden. Manolito redet unter dem Tuch.

»Er kommt bestimmt gleich.« Sie streichelt das klitschnasse Kind, pustet ihm Wassertropfen von der Nase.

Auf der hölzernen Mole draußen steht eine gebückte Gestalt, nur ein Umriss. Steht und schaut aufs Wasser. Alles ist grauschwarz, alles verschwimmt, Martha schaut in eine flüssige Wand.

Ohne Martha wäre ich tot; Yamilé streichelt Manolitos Nacken. Sie ist zäher und schlauer als ich es bin. Sie hat ihren Mann verloren, zweimal, doch statt sich selbst in Sicherheit zu bringen, hilft sie mir. Stürzt sich in die nächste Gefahr. Die deutsche Frau kannte einen deutschen Skipper. Martha hat wenig von ihm erzählt, ist er ein Gauner, ist er verlässlich? Angeblich macht er sich ein Vergnügen daraus, zwischen Miami und Havanna zu pendeln. Mal hat er Schmuggelgut an Bord, mal bringt er Amerikaner nach Kuba, die hier fischen wollen.

Schon einmal hat ein Deutscher mein Leben gerettet, denkt sie, jetzt bin ich wieder auf die Hilfe eines Deutschen angewiesen. Yamilé möchte zu Martha laufen und sie fragen, ob dieser Mann nicht längst kommen müsste, ob er es sich vielleicht anders überlegt hat. Doch sie will Manolito erst aufstehen lassen, wenn es einen Grund dafür gibt. Den einzigen Grund, hier im Regen zu hocken, in dieser abgelegenen Bucht, wo man nachts nicht mit der Küstenwache rechnen muss.

Beim letzten Mal haben sie umsonst auf ein Schiff gewartet, am *Pier 9*. Zeit und Ort stimmten, doch der versprochene Kutter ist nicht gekommen. Niemand kam. Yamilé verfluchte sich, weil sie Martin Root ins Vertrauen gezogen hatte. Im dichten Regen lag *Pier 9* da, kein Mensch, keine Nachricht, keine Erklärung. Root wird wohl die Interessen abgewogen und erkannt haben, dass er mit der Flucht der Gouverneursgattin besser nichts zu tun haben sollte. Der umsichtige Martin. Der verschlagene Martin. Manche Menschen tun ihr ganzes Leben lang nur Böses und werden trotzdem nicht bestraft. Yamilé hebt den Blick – dort winkt Martha.

Aus den grauen Schwaden, aus den Wasserwelten blinkt ein Licht. Es verschwindet und taucht wieder auf. Noch misstraut Yamilé dem Licht, noch will sie nicht zu Manolito sagen, steh auf, wir gehen an Bord. Aus dem einen Licht werden drei, grün und rot die Positionslichter, weiß die Schiffslaterne. Er kommt. Er ist sogar schon ziemlich nah.

»Was habe ich dir versprochen, Manolito? Da sind sie!« Sie sagt es heiter, als hätte sie nie den geringsten Zweifel gehabt, dass das Schiff aus dem Nichts auftauchen, dass der Mann im Gummimantel ein Seil ans Ufer werfen würde. Martha hat es verfehlt, sie konnte es nicht fangen.

»Wir müssen Martha helfen!« Yamilé läuft voraus. Läuft auf den Steg, winkt, ruft sogar, als ob in einer Nacht wie dieser eine Begrüßung angebracht wäre. Sie erreicht Martha, die die Arme nach dem Seil ausstreckt. Die Gestalt im Gummimantel wirft ein zweites Mal – und Yamilé fängt. Sie lässt das Tau nicht los. Das Tau, an dem sie sich in die Freiheit zieht, fort von dieser Insel, ihrer Heimat. Das Schiff legt längsseits an, die Wellen gehen hoch.

»Machen Sie schon!«, hört Yamilé eine sperrige Stimme.

Als sie sich umdreht, wird ihr bang und warm zugleich. Da kommt er angelaufen. Der kleine Junge hat endlich ein Ziel, hat wieder etwas, worauf er sich freuen darf. Ein Boot im Regen, in einer namenlosen Bucht, für Manolito ist es ein Ausblick nach der Wirrnis all dieser Wochen. Yamilés Tuch hängt an seinen Schultern, er schleift es wie einen Mantel nach. Der Deutsche streckt ihm die Hand entgegen. Manolito springt, landet an Bord und sieht sich gleich nach seiner Mutter um.

Als Nächstes steigt Martha umständlich aufs Schiff. Der Skipper fängt sie auf.

»Das Seil!«, ruft er.

Yamilé soll es hinüberwerfen und springen, bevor der Kutter abtreibt. Leb wohl, Kuba, leb wohl, altes Leben. Sie wirft das Tau, tritt einen Schritt zurück, nimmt Anlauf und verlässt die Insel. Yamilé ist in der Luft, sie fliegt durch den Regen.

42

Christian wischt sich den Schweiß von der Brust und vom Gesicht. Er kann sich an die erstickende Schwüle in diesem Land bis heute nicht gewöhnen. Schlaflos in der Hitze, selbst der Morgen brachte keine Brise. Das Fenster ohne Scheiben, die Türen sind undicht, trotzdem zirkuliert nichts. Schwer steht die Luft, feucht steht die Luft. Und der Regen, immerfort das monotone Geplätscher auf die Dächer, auf den Hof.

Die Ostsee, denkt Christian, Paradies im Norden. Nur die Kälte macht einen zum Menschen, in der Schwüle degeneriert man zum Kriechtier. Den Kopf freiblasen. Er bewegt die Finger, sie lassen sich nicht vollständig strecken. Gut, dass man ihm keine Bücher erlaubt hat: Mitanzusehen, wie das Papier sich wölbt, die Seiten aufquellen, ertrüge er nicht. Dass sie ihn bald von dieser Schwüle befreien, ist ihnen hoch anzurechnen. Christian denkt nur wenig zur Zeit, fühlt sich zu bleiern dafür. Sonst dachte er meistens in Absichten und Plänen, in Befürchtungen, er dachte in Kombinationen dessen, was er gelernt hat. Mittlerweile denkt er nicht mehr daran, *was sein könnte.* Denkt sich keine Paradiese herbei, auch nicht das mit Yamilé. Ihm sind die Welten im Kopf zerfallen. Das ist neu.

Sie haben ihm nur einen einzigen Brief gestattet. Besser so. Wäre er heute angehalten zu schreiben, er würde merkwürdige Dinge zu Papier bringen. Gefühle sind unberechenbar, wenn man keinen Referenzpunkt hat, sie einzugrenzen. Selbstmitleid ist unerträglich, doch wer kann behaupten, er ist frei davon? Die Sentimentalität lauert wie ein Tier. War sein Brief zu schwülstig? Das Papier war knapp bemessen, er hat winzige Buchstaben gesetzt. Der Bleistift war kurz, er hielt ihn zwischen den Fingerspitzen und bekam bald einen Krampf davon. Falls sein Brief Carlotta erreicht hat, sieht man in Lübeck bereits dem Herbst entgegen. Ein Herbststurm, ja, wenigstens eine Brise, denkt er voll Sehnsucht, durch die Kälte laufen, später die Fenster schließen, die Vorfenster vorlegen, Feuer machen. Ein dicker Pullover. Was gäbe er darum, wenn er noch einmal im Leben einen dicken Pullover anziehen dürfte. Den mit dem Norwegermuster. Schal und Handschuhe, die fremdesten Dinge in einer Welt, wo der Körper ständig damit beschäftigt ist, die Temperatur durch Schweiß zu regulieren.

Christian steht auf und lehnt sich gegen die Mauer unterhalb des Fensters. Grobe, unregelmäßige Steine, weiß getüncht. Der Brief war schwülstig. Nur einen einzigen Satz würde er heute noch stehen lassen: *Die Schürfkonzession für die Nickelvorkommen konnte ich für die Dücker AG nicht aushandeln.*

Er sieht es noch vor sich, wie der Nachbar der Tolmeins vor vielen Jahren die Kätzchen ertränkte. Ein Sack voller Leben, die kleinen Krallen kamen durch den Stoff zum Vorschein. Während Christian seinen Vater bestürmte, dem schrecklichen Unrecht Einhalt zu gebieten, er sei Schuldirektor, er dürfe so etwas nicht zulassen, lief der Nachbar ohne Hast zur Wakenitz hinunter. Der alte Christian erklärte, dass die gute Minka leider zu fruchtbar sei. Jedes Jahr ein neuer Wurf, der Nachbar wisse nicht mehr, wem er die Kätzchen noch schenken solle.

»Dann nehme ich sie!«, rief Christian heulend. »Ich kümmere mich, ich füttere sie.« Der Vater war geduldig, aber eisern. Der Nachbar erreichte das Ufer und tauchte den Sack lange unter Wasser. Was er mit den Leichen gemacht hat, weiß Christian nicht. Was werden sie mit meiner Leiche machen? Kaum etwas könnte ihm gleichgültiger sein. Er verbietet sich den Gedanken, dass er und sein Vater bald vereint sein werden. An allen Ecken leckt das sentimentale Tier. Christian pustet die Luft aus.

Schluss damit. Jetzt noch die Abschiedsvorstellung, dann den Hut genommen. Ihm fällt ein Bild ein – die Aufnahme einer Hinrichtung. Merkwürdig, auf jenem Bild trugen alle Anwesenden Hüte, nur der Henker nicht. Christian hat sich die Abbildung in einer deutschen Zeitung angesehen, sie trug die Bildunterschrift: *Das Mittelalter haben wir überwunden.* Auf dem Bild sitzt ein Mann auf einem Holzgerüst, nackter Oberkörper, weiße Hosen, keine Schuhe. Die Füße stecken in Fußeisen, die Hände sind mit Stricken gefesselt. Die eiserne Krawatte umschließt seinen Hals. Vier Männer stehen um ihn herum, einer hält einen Stock wie zum Schlag erhoben. Ein anderer hat die Streifen eines Sergeanten an der Jacke. Die Männer machen bedenkliche Gesichter. Die Miene des Henkers ist konzentriert, als sei seine Aufgabe besonders schwierig. Dabei hat er nur an einer Schraube zu drehen. Ein langer Hebel, das Prinzip des Schraubstocks. Der Verurteilte auf dem Bild scheint noch nicht tot zu sein, er würgt mit vorgestreckter Zunge. Ihm wird nicht das Genick durchtrennt, man stranguliert ihn langsam. Das Irrwitzige an der Situation war, dass die Männer *Kreissägen* trugen, weiße Strohhüte mit dunklen Hutbändern, als ob sie nach der Hinrichtung in einer beschwingten Revue auftreten wollten. So ist das eben, denkt Christian, alles ist immer auch ein bisschen komisch. Hoffentlich werden die Leute, denen ich in dem kahlen Raum begegne, keine Kreissägen tragen. Ich müsste sonst wahrscheinlich lachen.

Es gibt nicht allzu viele Methoden, wie man den Organismus zum Stillstand bringt. Entweder das Herz versagt oder die Lunge. Ersticken also, denkt Christian. Würde jetzt eine Fee in meine Zelle herabschweben und mich nach einem letzten Wunsch fragen, das wäre meine Antwort: Ich würde gern ans Ufer der Trave gehen und bei leichtem Wind am Wasser entlanglaufen. Die wunderbare Luft. Ich könnte zu Fuß das Meer erreichen.

Rache ist ein verderbliches Gut, denkt Christian. Genießt man sie nicht in frischem Zustand, verdirbt sie. Der Gouverneur wird bald seine Rache nehmen. Hat er Yamilé inzwischen eingefangen? Kehrte sie freiwillig zurück, Manolito zuliebe? Hast du je bedacht, dass in deiner Liebe zu Yamilé Großartiges, Wunderbares zum Ausdruck kam, aber nie das, was die Liebe in Wahrheit ausmacht – Beständigkeit? Unsere Liebe existierte, solange sie vorwärtsstürmte wie eine Feuerwalze. Nicht für eine einzige Stunde durfte sie sich im Alltag bewähren, in der Friedfertigkeit, in der Stille eines trägen Nachmittags. Sie bezog ihre Kraft aus der Leidenschaft, von der sie mehr und mehr verschlang. Für Geborgenheit fehlte Gelegenheit, vielleicht auch die Grundlage. Alles war ein Feuerzauber, ein pyromanischer Rausch. Möglicherweise war es nur ein Traum von der Liebe, der Traum vom Traum.

Ein schwarzer Regenschirm eilt über den Vorhof. In der Säulenhalle schließt der ältere Herr den Schirm und rennt weiter. Vorwärtshastend gibt er den nassen Schirm einem Uniformierten. »Er erwartet mich«, keucht der Herr.

Der Offizier will eine Legitimation sehen. Der Herr weist sich aus. Seine Schuhe sind schlammig, seine Hosen bis zu den Knien bespritzt. Er kommt in dringendster Angelegenheit. Der Offizier ist nicht willens, den Laufschritt dieses Besuchers mitzumachen.

»Schneller, Mann«, keucht der Eilende, als der Offizier würdevoll eine Tür nach der anderen öffnet. Sie betreten den

Vorraum zu einem Vorraum. Viel Würde auch hier. Man begrüßt den Generalkonsul.

»Keine Zeit, wenn Sie verstehen«, sagt er atemlos.

Der Referent versteht, dass die weltweite Krise sich von Tag zu Tag zuspitzt. Es brennt an allen Ecken, die Neuigkeiten überschlagen sich. Das *Rhinozeros* namens USA ist erkrankt. Wenn das *Rhinozeros* krank darnieder liegt, kriegen das auch die Parasiten zu spüren, die aus seinem Panzer das Ungeziefer picken. Die USA haben Kuba hohe Kredite gewährt. Bei der Rückzahlung zeigte man sich gönnerhaft. Damit ist es vorbei. Das *Rhinozeros* ist in ein Schlammloch getaumelt, aus dem es sich aus eigener Kraft nicht mehr befreien kann. So viel weiß der Referent im Vorzimmer des Präsidenten. Er vermutet, dass der hastige Auftritt des deutschen Generalkonsuls mit den sich überstürzenden Ereignissen zusammenhängt. Offensichtlich ist das Schlammloch inzwischen so tief, dass auch die Deutschen darin strampeln. Der Referent bringt den Generalkonsul in einen letzten Vorraum, wo ein Adjutant in Paradeuniform seines Amtes waltet.

»Exzellenz ist angemeldet«, sagt der Referent und schleust den Konsul am Adjutanten vorbei. Die Flügeltür öffnet sich gerade weit genug, dass der schlammbespritzte Mann durchschlüpfen kann. Er steht vor Präsident Machado.

»Wir haben das Vergnügen länger nicht gehabt, Exzellenz.« Gerardo Machado streckt dem Generalkonsul die Hand entgegen. »Gerade in schwierigen Zeiten muss sich die kubanisch-deutsche Freundschaft bewähren.«

Unter anderen Umständen würde der Konsul die Diplomatensprache aufgreifen und Entsprechendes erwidern. Aber im Kopf des Mannes pocht das Blut, sein Atem geht hastig, der Schweiß rinnt ihm den Rücken hinunter. Die Luftfeuchtigkeit liegt bei annähernd hundert Prozent. Machado dagegen wirkt kühl und unangestrengt.

»Die deutsch-kubanische Freundschaft ist in Gefahr«, antwortet der Außenhandelsexperte, während er dem Präsidenten die Hand schüttelt.

»Wie das?«

»In diesen Minuten wird ein Todesurteil vollstreckt, Herr Präsident, das nicht auf dem Rechtsweg zustande kam.«

Machado findet den Besuch nicht besonders interessant, daher beeindruckt ihn auch die Ankündigung nicht. »Sie sind im Irrtum, Exzellenz«, antwortet er freundlich. »In dieser Woche ist keine Exekution anberaumt.«

Wie der Konsul vermutete, wurde die Angelegenheit an der Aufmerksamkeit des Präsidenten vorbeigeschleust. »Es hat ein Schnellverfahren stattgefunden.«

»Bitte setzen Sie sich.« Machado geht zum rotseidenen Sofa voraus.

»Das würde ich gerne tun, Herr Präsident, hinge nicht ein Menschenleben daran. Gestatten Sie, dass ich stehenbleibe und Ihnen auf der Stelle vortrage, was es mit Ihrer Hilfe zu verhindern gilt.«

Machado setzt sich. Er ist nicht gewillt, sich dem Zeitdruck eines Ausländers zu beugen. »Ein Schnellverfahren?«

»Ein Prozess dieser Art hat nur in Kriegszeiten Gültigkeit.«

»Um wen handelt es sich, und was wird ihm vorgeworfen?« Der Präsident legt den Arm über die Lehne.

»Die Anklage lautet auf Hochverrat. Ich weise darauf hin, dass der Verurteilte deutscher Staatsbürger ist. Seine Exekution wäre ein Verstoß gegen internationales Recht.«

»Im Fall von Hochverrat gelten Sondergesetze«, antwortet Machado schärfer.

Der Generalkonsul lässt sich nicht einschüchtern. Er trägt den Fall Tolmein Punkt für Punkt vor. Er macht seine Sache gut. Macht sie vielleicht nicht schnell genug, denn es verrinnt eine Viertelstunde, bis der Präsident aufsteht, zum Schreibtisch geht und telefoniert. Als er auflegt, macht er ein bedenkliches Gesicht. »Ich fürchte, es ist zu spät.«

»Sie meinen …?«

»Das Urteil wurde bereits in Kraft gesetzt.«

»Ist das sicher?«

»Nein. In der zuständigen Abteilung war niemand zu erreichen.«

»Woher wissen Sie dann …?«

»Weil der Wagen des Staatsanwalts das Gefängnis bereits vor einer Stunde erreicht hat.«

»Es kann eine Verzögerung gegeben haben.«

Der Generalkonsul ist es leid, auf saloppe Weise über die Auslöschung eines Menschenlebens zu diskutieren. Er tritt vor den Präsidenten. »Señor Machado, sollten Sie sofort von Ihrer präsidialen Macht Gebrauch machen und Gnade walten lassen, ist die Dücker AG bereit, Ihnen ein äußerst großzügiges Angebot zu unterbreiten.«

Stille in dem prunkvollen Raum. Der Regen prasselt auf die Gesimse. »Ich kann einen Toten nicht zum Leben erwecken«, antwortet Machado mit trägen Augen.

»Das können Sie, Herr Präsident. Wenn Sie nur wollen.«

Machado betrachtet den Freimaurerring an seinem Finger. Er dreht ihn, als ob er ihm mit einem Mal zu eng geworden wäre.

43

Das Amt des Adjutanten lebt von Haltung. Seine Paradeuniform erschwert das Laufen. Wenn die Ordensspangen klirren, die Epauletten auf und ab schwingen, wenn die Stiefelschäfte gegen die Oberschenkel schlagen, verliert der Adjutant des Präsidenten seine Würde. Schweißperlen im Schnurrbart, das blütenweiße Hemd ist klebrig. Die Ankunft des Adjutanten ruft bei der Gefängnisverwaltung nicht die erwartete Wirkung hervor. Sie ist unterbesetzt, der Abgesandte des Präsidenten muss mit einem Subalternen vorliebnehmen. Die Information fließt schleppend, die Korridore sind lang. Wieder rennt der Mann. Wieder klappern die Orden, schwanken die Epauletten. Es riecht merkwürdig auf diesem Gang, so als ob man einen üblen Geruch mit einem noch übleren übertünchen wollte.

»Schneller, Mann, schneller«, keucht der Adjutant. »Das ist schließlich kein Begräbniszug.« Im Weiterlaufen wird ihm der doppelte Sinn seiner Worte bewusst.

Hinter der Tür am Ende des Korridors schließt der Staatsanwalt die Akte. Er hat das Urteil ein letztes Mal verlesen. Erstaunt mustert er den Verurteilten und fragt ihn, was es in seiner Lage zu grinsen gebe. Christian antwortet nicht. Darauf gibt der Staatsanwalt dem Vollzugsbeamten das Zeichen zu beginnen. Der Beamte trägt einen kreisrunden hellen Strohhut mit dunkelblauem Hutband. Gewissenhaft widmet er sich dem Mechanismus, der Christian keine Möglichkeit bietet, den Kopf zu bewegen.

Der Eintritt des Adjutanten verfehlt seine Wirkung nicht.

In der illusionslosen Umgebung dieses Raumes, in dem es nichts gibt als einen Schlauchanschluss, einen Abfluss im Boden und die Garotte, wirkt der Abgesandte des Präsidenten wie ein Operettengeneral, der sich in der Tür geirrt hat.

»Halt!«, ruft der Mann mit aller Würde, die er noch aufbringt. »Im Namen des Präsidenten!«

Die Krise begann mit einem generellen Vertrauensschwund in die amerikanische Wirtschaft. Die Banken vergaben ihre Kredite zögerlicher, worauf die Unternehmen die Produktion drosselten, worauf Arbeiter entlassen wurden, worauf die Menschen weniger Geld ausgaben. Von dieser *Spirale* ist seitdem die Rede, einer Spirale, die nur nach unten führt. Abwärts scheint die einzige Richtung zu sein, in der sich alles noch bewegt. Die Banken werden durch panische *Runs* weiter destabilisiert. Die Spekulanten stoßen Papiere ab, um sich vor dem Schlimmsten zu retten. Dadurch tritt das Schlimmste noch schneller ein. Der Verkauf von sechzehn Millionen Aktien an einem einzigen Tag lässt das *Rhinozeros* endgültig zusammenbrechen. In einer gespenstischen Kaskade stürzen die Finanzströme in den Abgrund. Wohin das viele Geld versickert, bleibt unklar.

Die Wirkung lässt sich mit dem Schwimmen in eiskaltem Wasser vergleichen, ein Vorgang, der Christian vertraut ist. Fällt ein Mensch in eisiges Wasser, strömt das Blut aus den Gliedmaßen in den Torso, damit die lebenswichtigen Organe warmgehalten werden. Was währenddessen an den Extremitäten passiert, interessiert den Organismus wenig.

So kommt es, dass eine weltweite Entwicklung eine kleine unwichtige Tragödie zum Guten wendet. Dass sich in einem abgelegenen Hafen der Vereinigten Staaten, am äußersten Rand des Kontinents, zwei Menschen wiederbegegnen, hat mit der Krise nichts zu tun. Das *Rhinozeros* hat keine Zeit, sich um die beiden zu kümmern, das *Rhinozeros* kämpft um sein Leben. Vor diesem Hintergrund geht der Deutsche auf die karibische Prinzessin zu. Zierlich ist sie und todmüde, die ausgestandene Angst hat sie abmagern lassen. Sie trägt einen schmalen Verband ums Bein. Aber sie hat ein fröhliches Kleid angezogen, lindgrün, an der Hüfte gerafft. Sie trägt etwas im Haar, Christian hält es für eine Blüte, es ist nur eine schlichte Spange. Weil sich niemand um die beiden Fremden kümmert, dürfen sie sich ungehindert um den Hals fallen. Dürfen einander halten, ihr Glück nicht fassen und sich der Vorstellung hingeben, dass sie allein sind auf dieser Welt. Sie dürfen sich küssen.

Wenn ihr Kuss endet, werden sie aufschauen und die Bucht wahrnehmen, wo das Schiff der kubanischen Küstenwache kleiner und kleiner wird. Sie werden das dürftige Lokal mit dem *Coca-Cola*-Zeichen erkennen, das der letzte Hurrikan arg ramponiert hat und in dem der kleine Junge auf seine Mutter wartet. Sie werden mit der alten Frau zusammentreffen, die auf ihre späten Tage noch erstaunlich viel in der Welt herumkommt. Nicht lange, und sie werden sich um die gleichen Dinge Sorgen machen wie die meisten Menschen. Wovon sollen wir leben und wo? Bleiben wir hier, ziehen wir weiter? Ist uns jemand auf den Fersen?

In diesem Moment aber erkennen sie nur den Segen, der ihnen zuteil wird. Eine Liebe in der Stille, ein Augenblick der Berührung, der Moment, wenn man eine Kartoffel durchschneidet oder das Radio eine vertraute Melodie spielt. An dieser Küste schreien keine paradiesischen Tocororos, bestenfalls ein paar Sumpfhühner. Weiter im Norden soll es angeblich Jahreszeiten geben. Vielleicht kann Christian dort eines Tages einen Pullover anziehen, mit Norwegermuster. Er wünscht es sich von Herzen, aber das behält er für sich. Was es damit auf sich hat, wird er Yamilé ein andermal erklären. Sie haben ja jetzt Zeit genug.

MIX
Papier aus verantwortungsvollen Quellen
FSC® C014496

Verlagsgruppe Random House FSC® N001967
Das für dieses Buch verwendete FSC®-zertifizierte Papier
Munken Premium Cream liefert Arctic Paper Munkedals AB, Schweden.

1. Auflage

Satz: Uhl + Massopust, Aalen
Druck und Einband: GGP Media GmbH, Pößneck
Umschlaggestaltung: buxdesign, München
Printed in Germany
ISBN 978-3-630-87389-3

www.luchterhand-literaturverlag.de